U0922053

〔美〕海明威　著
朱永丽　译

下册

岛在湾流中

Islands in the Stream

海明威全集

四川大学出版社

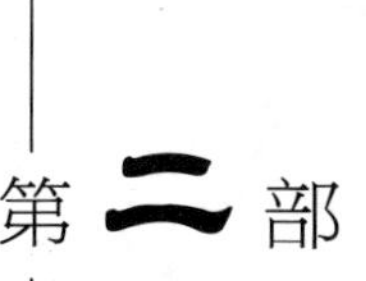

古巴

等到他们都走了，他把一张合成纤维的席子铺在地上躺下去。外边的风动静挺大，西北风呼啸着。听起来风一定很大，他感觉有些冷，于是取出两条毛毯铺在地板上，在起居室的桌子脚边挪出空位，将一个鼓鼓囊囊的椅子靠垫放在那儿，再把两个枕头堆叠在一起紧顶着靠垫。虽然桌子上仅放着一盏看书用的大台灯，但是光线却有些刺眼，于是他就找出一顶鸭舌帽戴上，遮住部分光线，然后在灯光下拿出信。他的猫蜷在他的胸前，不时扭动一下身子，轻轻地打着呼噜。他轻轻地将一条薄毛毯拉起来，将自己和猫全都盖住。然后拆开手中的信慢慢地看了起来。手边的地上放了一杯兑水的威士忌，在伸手就够得着的地方，他不时端起来喝上一小口。

那猫翻了个身继续打着呼噜，不过丝毫没有打搅到他，因为那呼噜很轻，几乎没声。他一只手拿着信笺，若有所思，另一只手轻轻抚摸着猫前颈的毛。

“看来你真的有个喉式传声器[1]，宝伊西。”他说，“你爱我吗？”

猫的美梦似乎被搅醒了，它用毛茸茸的爪子在他胸口上轻轻挠了几下，一下子就把他藏青色的厚毛线衫给抓起了几丝线头。猫亲昵地用头在他的衣服上蹭了蹭，又伸了个大大的懒腰，活脱脱一只睡眼惺忪的小老虎。他顿时感到胸口上的分量加重了几分，沉甸甸的，手指在猫毛茸茸的颈部抚摸着，一阵阵的无声呼噜从指夹传来。

“这女人真不是什么好东西，宝伊西。”他对猫说着，随手拆开了另一封信。猫探起毛茸茸的小脑袋来回蹭着他的下巴。

“调皮的小家伙，蹭吧，蹭吧，一会儿有你受的，保管叫你吃不了兜着走，宝伊西。”他说着压低下巴，用胡子茬去蹭猫的脑袋，“女人们总是受不了我的胡子茬。可惜宝宝呀，你就是不会喝酒，其他事儿你可都会。”

猫的名字叫宝伊西，最初名字的由来是一艘叫“宝

[1]飞机驾驶员有的时候会使用喉式传声器。该传声器附于喉核处，依靠喉核的震动传出声音，用来隔离周围噪音的干扰。

伊西”号的游艇。不过他已经叫习惯了，到现在他干脆把猫就叫作宝宝了。

第二封信他默默看完，从头看到尾，一句话没说，之后才伸手拿起地上的酒杯，默默地喝一口兑水的威士忌。

“真是不公平啊。”他说，“看来咱们没什么好谈的了。要不咱俩换换位置，你来看信，我趴在你胸口打呼噜可好？我说宝宝，你看我这个主意是不是很好？”

他索性翘起下巴迎向猫的脑袋，猫仰起头来迎着他的下巴蹭来蹭去，胡茬像一把密齿梳，一直从猫的两耳之间梳到了后脑勺，又梳到肩胛骨之间。这个时候第三封信已经被他拆开了。

“还是你最好，我的宝伊西呀，你有没有替我们担心呢？刚才起风的时候我是挺担心的。”他对猫说道，“我们进港[1]的时候你没看到，莫洛堡都被海浪打在下面了呢。估计你看到后会被吓傻的，宝宝。我们进港的时候那浪头是多么凶、多么大啊，就好比踩在冲浪板上，浪花打得漫天都是。”

猫却依然一副心满意足的样子，趴在那里，跟着

[1] 这里说的进港指的是进哈瓦那港口。莫洛堡就在哈瓦那港口外面。

他的话轻轻呼吸着，仿佛在回应他一般。一人一猫呼吸都是那么均匀。宝宝是一只大公猫，估计是夜里太过辛苦逮耗子，让人觉得它很瘦，不过依他看宝宝还挺懂情意的。

“我不在的时候那些该死的老鼠倒霉了吧？你应该是战功赫赫的吧，宝宝？”放下手中的信，他一只手轻轻地隔着毛毯抚摸猫，“小肚子鼓鼓的，看来你夜里的战绩真是不错呢。”猫撒娇地翻过身来，把肚皮凑过去让他抚摸。在宝宝还是小猫的时候，它高兴起来就喜欢这样。他把胸前的猫抱紧，那大猫就顺从地侧着身子，用脑袋顶住他的下巴。可是他搂得有些过于紧了，那猫就突然不耐烦地一翻身，一下抓住了毛衫，趴在他胸前。一人一猫紧紧地依偎着，猫现在连呼噜也不打了。

“啊，难受啦？真是对不起啊，宝宝。”他说，“让我把最后这封信看完。反正现在我们也想不出什么办法。我看你也拿不出什么好主意，对吗？”

猫一副可怜巴巴的样子，就那样眯着眼紧紧地依偎着他，也不再打呼噜了。“我连一点好办法都没有想出来呢，不要急不要急，宝宝。有灵光闪现的时候我会告诉你的。”他就这样一边看信，一边抚摸着猫。

第三封信，有些长，等他看完，黑白大猫早已趴在他胸前睡熟了。那副姿势像极了狮身人面像，毛茸茸的脑袋耷拉在他胸前。

猫这回是真睡着了。太好了！他心想。我也应该舒舒服服地睡个觉，不过应该先脱衣洗个热水澡，但哪里有热水呢？洗热水澡都很难了。再说一天下来折腾得好累，今晚我也不想睡床上。睡在这儿还踏实些，睡在床上说不准还会翻下来。他感觉胸口上猫的身体越来越沉，让这老猫压在身上恐怕也睡不好。

“宝宝，醒一醒。”他说，“我想侧身睡，你这样趴着睡觉的话非得下去不可啦。”

猫软绵绵、沉甸甸的，他刚用双手抱起它，猫一下子就警醒过来，但是它睁眼向四周看了看，没发现异常就又变回迷迷糊糊的状态了。他把猫在身边安顿好，终于将身子翻了过去，把头枕在右臂弯上侧身而卧，猫被他甩在了背后。那猫开始还很不乐意的样子，但还是给自己挪了个地方，身体蜷起来像个毛球，非得挨着主人才睡得着。他把三封信又从头到尾读了一遍，一阵困意袭来，他决定睡觉。他探起身，伸手关掉刺眼的台灯，侧身贴地躺着，屁股和猫紧紧地贴在一起。他枕着一个枕头，抱着另一个，就这样不知道睡了多久。外边的风呼啸着，他躺在地上，感觉整个屋子摇摇晃晃的，仿佛自己现在仍然站在船上的驾驶台上一样。毕竟他在驾驶台上可是一直工作了十九个小时啊，不久前才回来，估计是“晕陆”吧。

他竟然失眠了，躺着，眼皮沉重，期望快点睡着，但翻来覆去，就是睡不着。他不想再开灯也不想再读东西，于是就只好躺在那里，希望快点入睡或者天快点亮。在这狂风呼啸的夜里，他所有的感觉都变得灵敏得很，身下的席子隔着条毛毯都能感觉得到。记得珍珠港事件前六个月，有一次他乘着一艘游艇去萨摩亚，从那里带回这张席子，席子是按照这个房间的尺寸定做的。挺大的一张席子，刚好可以将整个地面的花砖全都盖住。通往露台的法式落地门下的席子，由于不时开门关门，都卷边了。风从窗框下的缝隙里吹进来，直往席子下钻，把席子吹得一鼓一鼓的，他感觉得到身下席子的微微波动。他心想：这西北风至少还要刮一天，然后会变成偏北风，最后变成东北风，接着就慢慢弱下来了。转了东北风以后有时还可能要刮上几天大风。据他所知，冬天起风一般都是这个规律，不过稍后才会稳定下来，变成东北信风，也就是当地人所说的“拔立柴”[1]。东北向的大风常常跟墨西哥湾流面较劲。只要风力达到七级以上，海面上就

[1]原文为“Brisa”。

会掀起连他这位经验丰富的人都绝少见到的滔天恶浪。他清楚，德国人的潜艇在这样的风浪里是绝对不会浮到水面上来的。他心想：四天以后潜艇肯定就会上来，看来我们至少还要在岸上待四天。

最近一次巡逻的情景不由地浮现在脑海中。他们的巡逻船沿着海岸在限速内行驶着，与岸边保持三十英里的距离，但不巧的是刚刚行驶六十英里，一阵大风刮来。他当即决定返航，不去翁达湾[1]回哈瓦那港避风，结果这一错误的决定让他这一路吃尽了苦头。天气过于恶劣，巡逻船都有些吃不消了，看来回去后船上好些部件得好好检修一下。这个错误的决定让他一路上没消停过，也十分为难这艘船。如果当时决定去翁达湾避风的话，或许就不会弄得现在这般狼狈。但话又说回来，近来他们可是没少去翁达湾，何况去的次数多了就不避免乏味。何况他那次根本就没有想到在海上一待就是十二天，按原定计划，出海根本不会超过十天，没料到事与愿违。他的船上好几样物资已经用完了。对于大风到底何时停歇他心里越来越没谱，所以他才会做出这么一个让他损失颇重的决定——回哈瓦那港。他第二天一大早就要到大使馆向

[1] 翁达湾：位于古巴北部的一个海港，在哈瓦那西偏南六十英里处。

海军武官报告，不过去之前先要梳洗整齐，洗个澡，刮一下脸。或许他们会说他现在应该继续在沿海一带滞留，在这种鬼天气下返航安全毫无保证。但是他对自己的想法还是很有信心的：德国人的潜艇肯定不会在这种天气浮出海面，何况他们想要出水也没那么容易。说到底就是这么回事，其实整个想法正是建立在这一前提下，只要他这个观点成立，得到认可，其他都不是问题。不过事有万一，任何事都不会那么单纯。他越想就越觉得这件事肯定有难以察觉的秘密。

侧卧的时间一久，他感觉右侧屁股、大腿以及右边的肩头都有些麻木了，地板硬得让人无法忍受。于是他用肩膀稍微支撑了一下，身子转过来改为平躺。他将毛毯下的双腿抬起来，弯曲，蹬脚用脚后跟将毛毯的边缘压住。这样总算舒服些了。他伸出左手，轻轻地抚摸着酣睡的猫。

“宝宝，你睡得可真香啊！你倒真自在，我都有些羡慕了呢！”他轻轻地对那猫说，“看来只能这样了，一个人睡不着总比一人一猫都失眠要好，你就继续做你的梦吧。”

宝伊西睡着了，他也没了说话的伴儿，一丝寂寞浮上心头。他也想过要不要将别的猫也放出来两只，自己也好跟它们说上几句话缓解缓解寂寞。但是想想还是算了。那一定会让它吃醋的，宝伊西的心可容易受伤了。记得今天他们的旅行车到达的时候，宝伊西早已双眼圆睁在屋外等候了。他们一个个下车时，那猫简直高兴得不得了，在脚前脚后钻来钻去，对每个人都表示热烈的欢迎。只要门稍微打开一条缝，它就没完没了地进进出出。自从他们走了以后，也许它每天晚上都是这样在屋外干等。要不然他刚接到出发命令的时候，那猫怎么就感觉到了呢？主人一有准备出发的迹象，灵敏的猫就仿佛听到了命令。显然猫是不懂什么命令不命令的，但是，它立刻就能从种种迹象中嗅出来。于是出发前的准备工作就接二连三开始了，直到临走前的一天，整个屋里因大家的忙碌而变得乱糟糟的（假若每次天不亮就必须出发的话，那么他总是要求大家必须在他的房间里集中睡）。每当猫看到这样的情景，就显得焦躁不安、紧张兮兮的。到临走前的那一刻那猫连命都不要了，四处寻找钻到车上去的通道。实在没有办法，如果放任它跟着车子跑出院子，它就会一直跑到村子里，跑到公路上，为此他们不得不将它锁进屋。

有一次他在公路中央看到一只被汽车撞死的猫。从那猫的尸体来看是刚刚被撞的，但是发现时已经没了呼吸。它跟宝宝好像，他忍不住多看了几眼。这只猫颈前、胸口、前脚都是白色的，背是黑色的，脸上也像戴了一只黑色的面罩。那个地方离自己的农庄至少有六英里路，他判断那肯定不是宝宝。不过当他看到尸体时还是觉得难过，甚至专门停下车来，把猫抱起来仔细看了看，确认它的的确确不是宝宝后，才把它轻轻地安放在路边，免得被再碾到。那猫生前身体一定是挺强壮的，也不知道到底是谁家养的，如果主人沿路边寻找，就能看见它了，也免得为走丢的猫而牵肠挂肚。假如不是考虑到这一点，他早就把猫抱上车，带到农庄去埋了。

当天傍晚回农庄时猫不见了。他想一定是猫主人找到这里，发现了猫的尸体。当天夜里他坐在那张大椅子里看书，宝伊西也在椅子上紧紧挨着他，就在那时他冒出一个悲观的想法：如果那只死掉的猫是宝伊西，万一它真有个闪失的话，那么他还真的是不知该怎么办了。从宝伊西日常看不见他时的紧张和为了他可以拼命的那种架势来看，他想如果猫失去了自己肯定也会一样疯狂的。

宝宝，你要是能把世事看开，日子就要好过得多。遇到这样的事它比我还着急呢，你为什么总是这么急啊。他不断地叮嘱自己：我可是说到做到，如果我遇到这样的事情，我一定会努力把一切都看开些，但是宝伊西它可怎么办？无论如何它是做不到心平气和的。

尽管宝伊西脾气古怪，但每当他在海上孤独的时候，就不由自主想起它，想起它的一举一动，想起它那无可救药的痴情。第一次见到这猫时的情景，仿佛历历在目。那时它还是一只小猫咪。在突出的崖顶上，有个名叫科希马的小镇，坐在镇上的酒吧里，从那个卖雪茄的玻璃柜台往下望就能看见哈瓦那港，当时还是小猫咪的宝伊西正在玻璃柜顶上追自己的影子。记得那是一个阳光明媚的圣诞节的清晨，他跟孩子一起来到这个酒吧。天都亮了还有几个过圣诞夜的醉汉待着没走。强劲的东风从敞开的大门冲进大堂和酒吧。尽管阳光明媚、空气清新，一切都那么沁人心脾，可这些酩酊大醉的醉汉来说却感到这一切都不顺心，很扫兴。

“风这么大，快把那该死的门关上。”一个醉汉趴在桌子上对老板说。

“那可不行。”老板肯定地说，“这里必须得有风吹进来的，换一下新鲜空气。你要是嫌风太大的话就请到别处去，吹不到风的地方多得是，是吧？”

“老子在这儿花了钱，就是为了买个舒坦。”夜里喝多了酒等着醒酒又懒得动弹的醉汉说。

“你那点钱买的仅仅是你要下肚的酒。要舒坦？请另找地方吧。”

这是一座设有露天座位的酒吧，越过外边平台，他向远处望去，只见渔船扬帆在深蓝的大海上航行，大海翻着白浪，此时刚好是拖钓海豚的季节。吧台上坐着五六个渔民，平台上的两桌也坐满了人。这些都是昨天出海的渔民，他们要么收获颇丰，要么就是还没收获的，趁着天气好，这潮情短期内还不至于马上变化的当口儿，想偷一下懒，今天在家就当是过一年一次的圣诞节，就不出海打鱼了。据托马斯·赫德森所知，这班渔民从来就不是什么虔诚的教徒，就算是圣诞节也不会去教堂。说来也好笑，这帮子渔民是他这辈子见过的最不像渔民的渔民了，他们故意把自己打扮得不像渔民。但是他们确确实实全都是经验老到的渔民。他们要不就干脆光着头，好一些的也就仅仅戴顶旧草帽。有时光着脚，有时也穿鞋，身上的衣服也大都是旧旧的。渔民跟农夫的不同之处就在于农夫进城时穿紧身裤、正儿八经的打褶衬衫，头戴宽边帽，脚蹬骑马靴，差不多每个人都带一把大砍刀。而渔民则总是一副乐呵呵充满自信的样子，并且似乎很偏爱家里破破烂烂的旧衣服，专挑旧衣服穿。农夫平时大多充满戒心，喝了酒话才会多起来。不过有一个十拿九稳的办法能判断他是不是渔民，那就是仔细看他的手。老渔民的手被太阳晒得黑黝黝的，上面还有一些红斑，饱经风霜的手掌和手指上布满了被绳子勒出来的深深的口子和疤痕。年轻渔民的手掌虽然没有那些饱经风霜的痕迹，但也能看到太阳晒出的片片红斑和深深的疤痕。除了一些肤色本来就特别黑的人而外，大多数人手臂上的汗毛被海水侵蚀后，太阳一晒，白花花的。

托马斯·赫德森清楚地记得，一个圣诞节的早晨，就是战争爆发后的第一个圣诞节，他来到酒吧。酒吧的老板问他："对虾不错，要不要来一点儿？"话音未落，一大盘刚出锅的对虾就端了出来，轻轻地放在吧台上面。老板又去拿来一个盘子，把黄澄澄的酸橙切了片装满一盘。对虾鲜红欲滴，触须从吧台边上垂了下来，个头很大，有一尺多长。确实不错，他当时就拿起一只，把长须拉直了一看，好家伙真是够长！连日本海军大将的胡子也没有这么长啊！

这只长着日本海军大将胡子的对虾很不幸被托马斯·赫德森扯下了脑袋，他用两个大拇拨开对虾腹部的软壳，虾肉就进口了，那真是爽滑到极点，唇齿留香。他也分辨得出，这虾是用原汁海水加鲜酸橙汁和原粒黑胡椒烹煮的。他这辈子还从来没有吃过这么好吃的虾，就是在马拉加，在巴伦西亚，在塔拉戈纳[1]，都从来没有品尝过如此好吃的虾。就在品尝美味的时候，那小猫从吧台上急急忙忙跑了过来，在他的身边挨挨蹭蹭的，凑到他的跟前讨好，他看得出这馋家伙是想讨一只对虾吃。

“小家伙，这么大的虾你确定能吃得下吗？”他说。不过他还是拧下一块虾肉递给了小猫。小猫反应迅速，叼起来就跳到雪茄柜台上。它迫不及待地大吃特吃起来，肯定是饿极了。

托马斯·赫德森一边看着这小猫，一边吃着虾。这猫胸口和前腿是白色的，眼睛和脑门是黑色的，就像是戴着黑面罩。仔细看看这猫一身黑白相间，倒也算漂亮。他就问老板这是谁的小猫。

“你要是想要的话就当是你的好了。”

“家里已经养了两只波斯猫了。”

“那你何不把这只也领去呢，反正你都养了两只，也不多这一只。正好也可以给你们家的猫加上一点科希马的血统。”

“爸爸，我们就把它领回家吧，我喜欢它，好乖啊！”他的儿子在身边开口了，现在他已经不再时刻

---

[1] 以上提到的三地均在西班牙。

需要照顾了。儿子原本是站在平台的台阶上看渔船往来穿梭的，他喜欢看这些。船上的人卸下卷好了的钓线，将捕来的鱼扔到岸上，拔下桅杆。可没想到这时候小家伙却跑上台阶，到店堂里面来了。“我们带它回家吧？你看它多可爱啊，爸爸，我求求你啦。”

“它生在海边，如果它离开大海它会感到快乐吗？”

“爸爸，如果它留在这儿，用不了多久就要到街头流浪，相信我没错的，你又不是没看到街上的那些流浪猫有多可怜。我们不收留这小猫，也许它很快就会成为它们中的一员的。”

“到了农庄上它会快乐的，还犹豫什么，快领走吧。”老板说。

“听我说，托马斯。”桌子另一头的一个渔民听到了他们的谈话，插嘴道，“你要是真想要猫的话，我可以替你去弄一只从瓜纳瓦科阿[1]来的安哥拉猫，纯得不能更纯的安哥拉种，非常地道的安哥拉虎猫。”

“你确定是公的？”

“错不了，绝对跟你一个性别。”那渔民调侃道。整桌人都被逗得哈哈大笑。

[1] 位于哈瓦那以东的一个城市。

说西班牙语的人们讲笑话的时候，十有八九都是这个基调。“只是它一身是毛。”那渔民又接着调侃了一句，果然又引得酒吧内一阵哄堂大笑。

“爸爸，我只要这只猫，我们把它领回去，好不好？”小家伙恳求道，“这是只公猫。”

“你怎么这么肯定？”

“我当然确定，真的，爸爸。”

“你还记得咱们家里那两只波斯猫吗？你那时候不是也说它们是公的吗？”

“波斯猫是很难看得准的，爸爸，那是我看错了，这个我不会赖账。但是这只不一样啊，这一次我看得很准，爸爸，这一次绝对是千真万确的。”

“喂，托马斯，你到底要不要瓜那瓦科阿的安哥拉虎猫？”那渔民问。

“难道那是一只成了妖的猫？”

“当然不是。这只猫连圣白芭蕾[1]的名字都没有听说过呢，纯洁得像个基督徒。这只猫比你还像基督徒。”

“*Es muy posible.*”[2]另一个渔民打趣道，又引来一场哄堂大笑。

---

[1] 这是传说中的人物，据说只要呼唤她的名字，就可以避开雷电。

[2] 西班牙语：倒是大有可能的。

“既然那猫如此名贵，那得花不少钱吧？”托马斯·赫德森问。

“一个子儿都不要。完完全全的免费。这只地道的安哥拉虎猫就算作送给你的圣诞礼物好啦。”

“那得给我详细介绍介绍，别客气，到吧台上来，咱俩好好喝一杯。”

那渔民来到吧台前。只见他的鼻梁上架着一副角质架眼镜，蓝衬衫干干净净，洗褪了色，两个肩膀之间的布薄得就像网眼衫一样，经纬眼都散开了，看上去让人担心，只怕再洗一次就要破了。下身穿着的卡其裤同样褪色褪得厉害，这人圣诞节竟然还打着赤脚。脸庞和双手都被晒成了乌木一样的颜色。他将双手往吧台上一搁，手上疤痕累累，他对老板说：“威士忌加干姜水。”

“我喝干姜水不太好受。”托马斯·赫德森说，“我的威士忌加点矿泉水就好。”

“我喜欢干姜水口味。”那渔民说，“加拿大纯干威士忌很不错，是我的最爱。我总会觉得别的威士忌里有股怪怪的味道。托马斯，我愿用那只猫起誓，我那只猫可是只规矩的好猫。”

“爸爸。”儿子有些生气，“在你跟这位先生喝酒之前，先答应我领了这只猫，好不好？”

儿子把空虾壳用一根白棉纱线系上，像钓鱼一样逗小猫玩儿。小猫也和儿子玩了起来，它像纹章上挺身跃立的狮子那样，两只后脚站立，扑向晃过来的诱饵。

“你确定你还是很想要这只小猫？”

“我想确定。”

“那你就养着吧。”

“爸爸，你真是世界上最好的爸爸。那我就先带它到汽车上去，我要赶紧跟它建立感情。”

儿子抱起小猫，在托马斯·赫德森的目光下穿过马路，钻进了汽车的前座。车篷敞着，他在酒吧里能看清孩子的一举一动。灿烂的阳光洒在小家伙的身上，一头棕发被风吹得平贴在头顶上。怕小猫跑掉，孩子把小猫按在车座上他看不见。风刮得很大，孩子也不得不缩着身子避风，不停地抚摸着小猫。

如今小猫成了老猫，当年的孩子却不在了。人已亡而猫还在，真是物是人非。依他看，假若他和宝伊西心有灵犀，他俩中任何一个先离开，另外一个也是不愿独活的。他想：人跟人之间的感情是微妙的，人跟动物之间恐怕也是如此。他也不知道以前人跟动物产生感情的事有多少，对于这种事，没有经历过的人也许会觉得很好笑。可是他一想起来心里就泛起一丝苦涩，丝毫也不觉得有什么好笑的。

他想，对，这一切有什么好笑的，就如同孩子先猫而亡，哪里谈得上好笑？当然回忆往事，他仍能找出让他会心一笑的点点滴滴。譬如宝伊西有时会无缘无故地咆哮一阵，然后突然以一声悲鸣结束，之后把整个身子直直地贴在他的身上，好像是在表达它的心情。后来据仆人们描述，有时这猫因主人外出好几天都不肯吃饭，当然也不是绝食，最后实在饿得受不了还是要来吃的。还有它还不肯跟别的猫一起回窝，有时它一连几天都在外边捕食充饥，但是到最后总还是会回来。送食的仆人端碎肉进去，别的猫总是争先恐后地挤啊挤啊，生怕自己吃少了，它却总是鄙夷地踩在它们的背上窜出屋去。不大一会儿，别的猫还围着送食物的仆人团团乱转呢，它却又呼地一下子跃过它们跑回屋里。不用说就是回来吃食的，它吃东西时总是狼吞虎咽，一吃完就迫不及待地离开这个养猫的房间。好像整整一屋子的猫，压根儿就入不了它的法眼似的。

可是主人早就看穿它的小心思了：宝伊西一向是把自己当作人类的。只有一个遗憾，它不能像熊那样可以跟主人一样喝酒，但凡主人吃的东西，它都尝过，一般猫不敢尝的东西它也尝过。托马斯·赫德森记得，去年夏天有一次他们在一起吃早饭，他无意中给了宝伊西一片冷冻鲜芒果。没想到这小家伙居然吃得美滋滋的，从此只要托马斯·赫德森不出海，只要出产芒果的季节还没有过，它每天早晨就可以吃几片。放在盘子里的芒果片滑溜溜的，没有人的帮助猫自己是抓不起来的，托马斯·赫德森不得不像喂孩子一样把芒果一片片喂到它嘴边。仿照面包片架的样子做一只芒果片架是个不错的想法呢，这样猫吃起来就可以不用那么急急忙忙的了。

后来在九月里，宝伊西身上又发生了一件趣事。近期准备去海地，托马斯·赫德森的船要全面检修。此时鳄梨树上结满了果实。“阿瓜卡特”[1]枝干深绿粗大，果实的颜色比叶子深，比叶子亮。他心血来潮，把果壳剖开，去掉果核，在芯里加上油醋汁，舀了一匙果肉喂给它吃。那猫居然也吃了，从那之后，每顿饭它总要吃上半个“阿瓜卡特”。

一次托马斯·赫德森带上宝伊西在自己农庄的小山丘上散步，他对宝伊西说：“你呀，干吗不上树自己采两个来吃呢？”

当然那猫是回不了他的话的。

[1] 意即西班牙语里的“鳄梨树”。

可是一天傍晚他竟然在一棵鳄梨树上发现了宝宝的身影。当时夜幕即将降临，他决定出去散散步，其实主要是要去看看那些飞到哈瓦的乌鸦。它们正成群结队地迁徙，每天黄昏，来自东南方附近乡下的乌鸦会一大队一大队地向这边飞来，栖息在林荫大道的西班牙月桂树上，咕咕呱呱地叫个没完。山冈上的灯火在太阳落入哈瓦那背后的大海后都亮起来了，对于托马斯·赫德森来说这时候是看乌鸦掠过山冈的最佳时刻。这个时刻还可以看到薄暮中第一批出现的蝙蝠、夜间飞行的离巢猫头鹰幼鹰。一般来说宝伊西总是要陪着他散步的，可是那天傍晚他一直找不到宝伊西的影子，于是“大山羊”就成了他的临时伙伴。其实“大山羊”与宝伊西是有血缘关系的，它是宝伊西的后代。它的肩膀和脖子有些宽，也是大脸盘，根根胡须翘得高高的，一身墨黑，看上去既骄傲又健壮，最大特点就是爱打架。“大山羊”从来不外出抓耗子，家中很多大事就够它忙乎的了。比如它是打架专家，打架就够它忙活一天，又有个传宗接代的伟大任务。不过它是乐天派，除了不大愿意做自己的本职工作，陪主人出去走走也是它喜欢的。它尤其喜欢和主人玩耍。托马斯·赫德森时不时停下来，用脚使劲推它一下，它呢，也就顺势侧身倒下，等着托马斯·赫德森用脚尖在猫肚皮上揉来揉去。如果脚劲轻了它还不乐意，“大山羊”绝不会嫌你揉得太重、太猛，它只会觉得你穿着鞋比光着脚板揉更舒服，它就喜欢这种在主人看来奇怪的调调儿。

这天托马斯·赫德森刚想伸手去爱抚一下“大山羊”（“大山羊”就喜欢你下手重，最好能像拍斗牛犬那样），却不料一抬眼，发现鳄梨树的枝叶丛中蹲着宝伊西，“大山羊”一仰头也发现了它。

“怎么跑这儿来了，老家伙？”托马斯·赫德森招呼它说，“敢情你能自己上树吃果子啦？”

宝伊西回答不了，低头看了看树下的“大山羊”。

“晚饭的时候我可是会准备‘阿瓜卡特’给你吃哦。”托马斯·赫德森对它说，“快下来咱们一块儿走走吧。”

宝伊西一声不吭地瞅着“大山羊”。

“还别说，这满树的绿叶和你还蛮衬的，看起来蛮帅的嘛。要是不想下来你就继续在树上蹲着吧。”

宝伊西把头扭向一边，于是托马斯·赫德森就带着那只大黑猫，继续往小林子里走去。

“你看它是不是神经病发作了，‘大山羊’？”主人问猫。为了逗猫高兴，他又接着说：“有一天晚上我们找不到药了，你还记得那时的事吗？”

一个“药”字，对“大山羊”来说简直比魔咒还要神奇。它一听到这个字，就条件反射般直挺挺地侧身倒下，等着主来“全身松骨”。

“药，你还记得吗？”主人又问了一遍。那只大黑猫已经兴奋快乐得浑身抽搐了。

一个“药”字之所以会对它产生这么神奇的效果，背后有个故事。有一天夜里，主人喝得烂醉如泥，醉得实在太厉害，连宝伊西都被熏跑了，不肯睡在他那里。“公主”是绝对不愿意陪喝醉的他睡觉的，它从来也不委屈自己。只有“独行客”肯陪着他，“独行客”是“大山羊”原先的名字，还有就是“独行客他弟弟”。虽然名字是叫弟弟但其实是个妹妹。那真是一只倒霉的猫，它的伤心事情一件接一件，有时还莫名其妙地发疯。它认为“大山羊”肯定觉得酒醉的主人更好，也许那是因为托马斯·赫德森没喝醉时陪夜的只能是其他猫，“大山羊”是无缘陪夜的，才得出这样的结论吧。总之是这样的：托马斯·赫德森连续三四天没出海，从早喝到晚，直到酩酊大醉。在佛罗里迪塔酒吧他同一些古巴政客喝了个头，他们是经过这里顺便进来，匆匆忙忙喝一杯就走了；接着又有一些种甘蔗、种稻米的庄园主也来喝点儿小酒；有一些利用中午休息的时间偷空来喝一杯的古巴政府的工作人员；还有陪着个什么人上这酒吧来的美国大使馆的二秘、三秘；还有那班满面春风而又无处不在的联邦调查局人员，摆出美国年轻后生的那份潇洒，还想拼命装成常人的模样，结果反而变得更显眼，即使他们穿着白色亚麻布或皱皱的条纹的平民百姓衣服，但每一个脑门都像挂着联邦调查局的肩章一样让人一下可以分辨得出。他喝的是康斯坦特亲自调制的双料的冰冻代基里酒[1]，风味特佳，后劲十足，初尝似乎一点酒的味道都没有，可是喝上几口之后，那种感觉就像在高速滑雪道速降一样，有如穿行在细粉般的干雪中。一旦七八杯下肚，那种感觉就更强烈了，虽还像在滑雪坡道上快速滑降，可是却跟滑雪板脱开了。后来跟他认识的几个海军人员又来了，那必不可少的奉陪是惯例，再后来是几个当时人称“无赖海军”的海岸警卫队队员。他来喝酒就是要忘掉自己的本行，可一看见他们就想起自己的本行，他远远地躲到吧台的那头。吧台那头是一些看起来比较体面、老资格的妓女。这些妓女风韵犹存，不知道这二十多个酒吧老常客们还有谁没有跟她们睡过觉。不过现在反而大家之间没了

[1] 古巴一个产朗姆酒的城镇名叫代基里。因此，一种由糖、柠檬汁和朗姆酒调成的鸡尾酒就取名为代基里。

那种尴尬，他就找了只圆凳在她们那里坐下，要了一份“总会三明治”，又喝了几杯双料的冰冻代基里。

那天晚上他又喝醉了，都想不起自己是怎么回到农庄的。除了“大山羊”，那些猫谁也不愿意陪他过夜。“大山羊”对主人身上的气味通通接受，不嫌朗姆酒味，它也不反感主人喝得烂醉如泥，甚至它还陶醉于主人身上散发出来的一股浓浓的妓女的气息，那味道像极了圣诞吃的水果蛋糕。它和主人在一起呼呼大睡。“大山羊”的呼噜打得震天响，托马斯·赫德森总算没有睡死过去。他晃晃麻木的脑袋，想起今天确实是喝多了，便对“大山羊”说：“我们应该吃一点儿药。”

一听到这个拥有巨大魔力的“药”字，“大山羊”心里很是欢喜。在它心里，它在主人的房间里所能享受到这么高级别的荣华富贵，到了这个地步也算是到极限了，所以它的呼噜声也越来越响亮了。

“药怎么没了呢，‘大山羊’？”托马斯·赫德森找不到就问它。一连几天刮风暴，电线都不知道刮断了多少根，他无法出海。他去开床头灯看书，灯没亮，估计是电线短路了，到今天也没人去修。头痛得厉害，他摸黑在床头柜上四处摸索，找那特大剂量的速可眠胶囊。他记得这药还剩一颗，吃了保证很快就能睡着，到明天早上醒来一点不良反应都不会有。黑暗中他一伸手，刚好碰到药，药却从床头柜上掉到了地上，骨碌骨碌滚没了。那颗药好像躲着他一样，地下都被他仔细摸了个遍还是没找到。他不抽烟，所以床头根本没有备火柴，手电又没办法按亮，估计他出门的时候手电被仆人一通乱用，早就把电池用光了。

“我说‘大山羊’，”他当时就说，“为了你不失去主人，咱们可得把药找到啊。”

他下床找药，“大山羊”也急得跟着跳到了地上，于是一人一猫一起找。其实“大山羊”根本不知道要找的是啥，但它还是顺从主人的意思钻到了床下，它知道傻卖力气多干活肯定没错。托马斯·赫德森想，管它有用没用现在只有叮嘱它：“就看你的了，‘大山羊’。一定要把药找出来啊。”

“大山羊”在床下找了个遍，急得在床下喵喵直叫，最后疲惫地钻了出来。托马斯·赫德森在地上一摸，指尖触到了胶囊，这“大山羊”还是有些灵性的，药还真让“大山羊”找到了。那胶囊沾了不少尘土和蜘蛛网。

“你呀，不只四肢发达，还真是只神猫。药还真让你找到啦。”他对“大山羊”大加赞赏。把胶囊小心地托在掌心里，他从床头的水瓶里倒些水小心地冲洗了一下，喝了一大口水把药咽了下去，喘了口粗气，这才重新躺在床上。一会儿他就觉得眼皮渐渐发沉，显然药性来了。“大山羊”感觉到他着实称赞了自己，报以大声的呼噜。从此以后，“大山羊”只要一听到一个“药”字，就像听到了神奇的咒语一般。

托马斯·赫德森出海的时候不但想念宝伊西，也想念“大山羊”。尽管“大山羊”有时候也吃足了苦头，但是它是一只刚性有加的猫，在它的身上看不到一丝一毫悲剧色彩。它即使有时候经过一场殊死恶斗的大败，却始终能保持自身个性的绝对完整，从没露出过哪怕半点可怜相。有一次它跟别的猫决斗之后，浑身的毛被汗水浸透了，紧贴在身上，连回到屋里的力气都没了，只能趴在阳台前的芒果树下直喘粗气。它的肩膀显得更宽了，腰也显得格外细。此时它没有一点力气，趴在那儿一动也不动，一个劲儿地大口吸气。可即便是如此，它脸上也始终没露出过哪怕半点可怜相。不只脑袋大如狮子，狮子那种打不败的气概它也有。托马斯·赫德森喜欢“大山羊”，“大山羊”也喜欢主人，他们之间既有敬又有爱。但“大山羊”是不能跟主人产生爱情的，这点跟宝伊西没法比。

至于宝伊西呢，他认为简直是愈来愈不像话了。就在他和“大山羊”发现宝伊西爬上“阿瓜卡特”的那天晚上，主人都上床睡了，它还没回来，在外边待到很晚。那时候他睡的是一张大床，在最里面的那间卧室里，三面墙都有窗户，晚上一股股凉风对穿对过。他夜半醒来就能听到夜鸟啾啾的叫声，忽然窗台上一声响，一听声音就知道是宝伊西跳上来了。宝伊西本来是一只走路没有一点声响的猫。可是那天它却一上窗台就招呼起主人来。托马斯·赫德森对此觉得很是好奇，就过去打开纱窗。宝伊西一闪就跳了进来，主人这才发现它嘴里衔着两只田鼠。

月光从窗子照进来，洁白的大床上印满了木棉树的影子，宝伊西就在月光下把两只田鼠当玩具耍了起来。它仿佛一下子又回到了童年。它一会儿欢快地蹦来蹦去，一会儿又围着田鼠打转，一边拖动一边毒打，然后把一只拨弄到一边去，身子一弓一个饿虎扑食向另一只纵身扑去。总之是往疯里玩，过了好一会儿它终于玩累了，才把两只田鼠拖进浴室。不大一会儿托马斯·赫德森就感到它跳上床来了。

“那你没在树上吃芒果？”宝伊西拿头在他身上亲昵地蹭蹭。

“我的好猫咪，看来你是在捕鼠除害，在保护我们的家产？耗子被你逮住了，你是不是还舍不得吃，宝伊西老弟？”

宝伊西无法回答，只是打了几个无声的呼噜，脑袋在主人身上蹭来蹭去。它捕鼠捕累了，不大一会儿就睡着了。不过这一夜它却睡得很不安稳，到了第二天早上，它对两只死耗子便没了兴趣。

托马斯·赫德森一直没有睡着，他看着天空由黑变白。棕榈树的树干在灰蒙蒙的曙色里渐渐显出了身影。先是只能看到灰蒙蒙的树干和朦朦胧胧的树梢轮廓，后来天又亮了些，才看清大风把棕榈树的树梢吹得左右摇摆。等到第一缕阳光射进来，棕榈树摇摆的树枝也露出绿油油的树叶了，树干也在灰蒙蒙中泛出些白亮。远处石灰岩的山头看上去像是积满了白雪，经过一冬的干旱，山冈上的草都有些发黄了。

他从地上疲惫地爬起来，披上一件旧旧的麦基诺厚呢短衣，套上软帮鞋。此时宝伊西还蜷着身子睡在毯子上，他轻手轻脚，从起居室走进饭厅，又穿过饭厅来到厨房。宅子一侧的北端就是厨房，外边的风刮得出奇的猛烈，呼啸着，凤凰木树枝光秃秃的，被吹得在墙上、窗上乱撞一气。冰箱里的食物吃得一点不剩了，壁橱里也空空如也，一些烧菜用的佐料倒是还有不少。还有一罐美国产的咖啡、一听立顿牌红茶和一听烹调用的花生油。烧饭的是个华人厨子，所有的原料都是从菜市上当天现买的。托马斯·赫德森昨晚回家很晚，事先也没告诉他们，估计这会儿那个厨子去菜市买菜了，他所买的也不过就是当天仆人们的那点食物。托马斯·赫德森揉了揉肚子想：看来只好等仆人回来了，就差遣一个到镇上去买些水果、鸡蛋。

他只好烧了点开水，沏上一壶茶来充饥。他端着一杯热茶回到起居室。这时候太阳出来了，房间里的昏暗一扫而光。他坐在大椅子里，品着手里的热茶，看着墙上被冬日的阳光映照得清新、灿烂的画，心想：我也许该换几幅新画了。我的卧室里还有几幅好画，到时取来，反正我现在不住卧室。

船上的空间狭小，也许是他在船上待久了吧，如今坐在这大椅子上再看自己的起居室，觉得大极了。当初定制席子的时候是说得出尺寸的，现在时间久了，他也说不出这起居室到底有多宽多长，早就忘了。不管房间到底有多长，反正今天早上看起来竟像长出了三倍。刚开始上岸的时候，事事他都觉得新鲜，好几件事情让他觉得自己的关注点变了：其一是觉得房间大；其二便是打开冰箱愣了一会儿，竟然发现里面空无一物。凛冽的西北风，加上急流激荡、波涛汹涌，船上的日子都是在颠簸中度过的。如今这种感觉消失了，遥远得他快忘记了，就像这大海一样。至少大海他还是看得见的，在这个洁白的房间里只要打开门就能看得见，开窗也看得见。只不过房子与大海隔着草木葱茏的山冈，一条公路穿过山冈；远处还有一些光秃秃的山头，这片山头自古就是一片天然屏障，掩护着城市和海港，海港那边的一片白色是城区。不过越过这重重阻隔，尤其是远处的城区再看，大海只剩下一抹蓝。事情的前因后果往往就是这样，他现在觉得自己离大海相当遥远。那种颠簸的感觉也不复存在，其实能远远地离开大海他倒也是愿意的，反正到时候想出海时还是要出海。

他想，这风浪至少还有四天吧，那帮德国佬在这四天里有罪受呢。海上的风浪这么大，他们在水下的潜艇里躲着，不知道鱼儿会不会在肚皮底下游来游去。也许潜艇的四周已经变成鱼儿嬉戏的场所了。不知道水下多深才不会受海上风浪的影响。反正潜艇下潜再深，这一带也绝不会深到没有鱼。那里的鱼也许会对潜艇感到好奇，鱼儿还喜欢围着脏脏的潜艇底部打转嬉戏。不过按这些德国潜艇出航的行程来看，大概还不至于脏得特别厉害。即使不是特别脏，免不了要吸引鱼儿。他想起了大海，想起今天如果要是出海的话，海上肯定波涛汹涌，巨浪翻滚，那种日子可不好过。他想着想着就出了神，半响才把关于海上的一切挤出脑袋。

看到睡在毯子上的猫，他不由得伸手轻抚，没想到猫却醒了。只见它打了个大大的哈欠，伸了伸懒腰，又蜷作一团呼呼大睡。

“说来也真是奇怪，跟我睡过的女人从来都睡得很死，没有一个是我醒她也醒的。”托马斯·赫德森说，“宝宝，你还是照旧睡吧，想起来真是有些悲哀，现在连陪我睡觉的猫都变成这个样子了。不过我刚才的话其实也是没话找话的。我曾经也有过这么一个女人，我醒她也醒了，甚至有的时候我还在睡懒觉，她就醒了。你没有赶上对的时间认识一个好人品的女人。你运气真是太背了，我的宝伊西。

“我脑子里倒有个主意，你猜怎么着？我们应该一起去找一个人品好的女人，宝宝。即使你我都爱上她，那也没关系。如果你要能养得活她，她归你也没问题。可是靠你的田鼠要养活个女人，根本就不可能。”

喝了几口茶感觉好一点，可还是饿，这会儿他又饿得不行了。要是在海上的话，一个小时前一顿丰盛的早饭就已经下了肚，一壶茶也早在一个小时前就享用完了。昨天风浪太大，返航的时候做不了饭，他就在驾驶台上找来两个咸牛肉三明治，再夹上两片厚厚的生洋葱作为早饭来充饥。也难怪这会儿饿得这么厉害，可让他恼火的是，厨房里哪怕连一丁点可以吃的东西都找不到。他心想：为了以后返航回家时可以应个急，我一定要买一些罐头之类的食品储存在家里。不过那样的话就得备一只有锁的碗橱，免得仆人们把买来的罐头用个精光，而我偏偏又好面子，把家里吃的东西都锁起来又是我最不喜欢做的事。

他就坐在椅子里，倒了一杯加水的苏格兰威士忌，喝喝酒，看看积压了好几天的报纸，不知不觉强烈的饥饿感渐渐消退了，也不再像刚刚到家时那样兴奋了。他对自己说：今天你就只管喝个够吧。离海港不远了，一旦进了港，就只管喝好了。今天出奇的冷，找个地方喝上两杯一定很安逸，去佛罗里迪塔酒吧喝酒倒也不错，那里的客人不会很多。喝酒的地方有了着落；他又在考虑吃饭的问题：是到和平饭馆，还是就在酒吧里吃好呢？这种鬼天气，和平饭馆里也不会暖和到哪儿去。他心里这样想着。不如我今天穿厚些，在外套里多加一件毛线衫好了，记得以前在那里吃饭时，那家饭馆靠墙有一张桌子，今天正好可以坐在那里，离吧台也很近，吹不到风。

“宝宝，不如咱们出去走走吧，你肯定会喜欢的。”他很认真地对猫说，“我们今天就到城里玩一天吧，快快活活地玩它一整天。”

宝伊西怕要带它去看兽医，它对兽医有心理阴影，不大高兴跟他去。坐车时带上“大山羊”倒是不错的——他心想。如果上船时带上它估计也是挺好玩儿的事，不遇上风浪就好办。也许把它们都带上出去走走应该也不错。可惜这一次没有什么礼物给它们，两手空空总不好。如果今天城里有卖猫薄荷[1]的，我一定要多买一些，晚上好让猫们闻个够，像“大山羊”啦、威利啦、宝宝啦，都必须闻个一醉方休。其实家里养猫房间的五斗橱里应该还有一些猫薄荷，只是时间久了，恐怕已经风干没味了。猫薄荷容易受热受潮，在热带没几天就要失效，自己园里倒是特意种了一些，但是根本没有一点效用。他心想：我们要是猫该有多好啊，也就能享受猫薄荷那样既灵验又不伤身体的东西，那样一来就完美了。为什么我们就不能让鼻子闻闻也能求得一醉呢？我们就从来没有类似的玩意儿……

猫薄荷对这帮猫的吸引力也是不尽相同的。宝伊西、“大山羊”、威利、“独行客他弟弟”、“毛皮行”、“小不点儿”、“特混舰队”，这几个对猫薄荷简直是着了魔，一闻起来就没完没了。“公主”，是只青灰色

[1] 学名樟脑草，属于芳香类植物的一种，猫科动物对其香气有特殊的反应，故名。

的波斯猫，本来叫“娃娃”，但是仆人们却都管它叫“公主”，于是也就这么叫了，对猫薄荷却从来都是敬而畏之，远远避开，碰都不愿意碰一下；还有那只叫“伍尔非大叔”的纯灰色的波斯猫也是如此。

虽然“伍尔非大叔”身材修长，英俊潇洒，可事实证明它却是个大傻瓜。它不碰猫薄荷的原因可能是因为它太笨了，笨得不知道怎么享受，或者说是个保守的死脑筋。任何新鲜的玩意对于“伍尔非大叔”来说都是危险重重，从来不敢去轻易尝试，对于没吃过的新鲜花样也是百般小心，总要嗅上半天，在这位猫的眼里好像危险无处不在。等到它嗅完了，面前只剩一个空盘，东西早就被其他猫抢光了，连渣也剩不下。可是“公主”却不一样，它聪明优雅，雍容华贵，品格高，秉性仁慈，算是猫里的老奶奶辈了。它对猫薄荷的表现很奇怪，只要一闻到那个气味浑身毛发就全立起来，十分害怕，仿佛那是唯恐避之不及的不道德的邪门歪道。“公主”长着一身灰里透青的毛发，眼珠像是黄金的，举止优雅，集雍容华贵与端庄大方于一身，可是一旦它到了发情期那就有得瞧了。帝王之家的种种宫闱秽闻，可由此管中窥豹。托马斯·赫德森是见过“公主”发情的情景的，不过那不是撕心裂肺、苦恼欲绝的第一次发情，而是它脱离青涩，变成美丽又成熟的贵妇以后。只见它平日端庄稳重的形象瞬间破灭，突然变得放荡起来。托马斯·赫德森也是看得怦然心动：要是有一个像“公主”那样可爱的真公主存在，要是他这辈子能跟这位公主做一场爱，那是死了也甘心的。

不过这个真公主呢，在跟他相亲相爱以前一定要像“公主”那样雍容华贵，那样美丽非凡，可是一旦到了床上，一定也要像“公主”发情时那样春心荡漾。这是他的期望，只不过他只在梦里遇上过这么一位公主。醒来仍久久回味，忍不住叹息。人世间包罗万象，但什么也比不上他的这些舒心的美梦。可是梦境再美好毕竟只是一场梦，他不能总活在梦里，现实中拥有才好。只要世上真有这样的公主，那么他一定将梦实现，他对自己还有这个自信。

不过说来也真是遗憾，这辈子他总共就只跟一位公主做过爱（这里的公主是把意大利的公主排除在外，此公主非彼公主，那种公主不算）。而这位公主的长相相当普通，一双脚平淡无奇，一双腿也缺乏公主般优美的曲线。不过她的皮肤极有光泽，是那种北方人很细腻的皮肤，梳得齐齐整整的一头长发也光可鉴人。他喜欢她的脸蛋和明媚的大眼睛，总之这个人他是喜欢的。船要通过苏伊士运河，靠近一座叫伊斯梅利亚[1]的灯塔时，两人靠着栏杆依偎在一起，紧紧握着对方的手，感觉美妙。他们彼此都深深地喜欢上了对方，但还没达到相爱的程度，只能算相互吸引，但那跟相爱也相差不远了。跟大家在一起时她还刻意回避，生怕别人注意到他们，两个人说话也尽量不让人听出异样来。黑暗中两人手握手靠着栏杆，似乎心有灵犀，都意识并确定彼此在交流些什么。既然觉察到了，而且也拿准了，他就老老实实地对她说一切。又因为他们都默许对方，他还对她提了个要求，那就是应该坦诚相告过去的一切，不能有丝毫隐瞒。

“我也确实是这么想的。”她说，“你难道对我不了解？那我就真的没办法了。你难道真的没办法了解？”

“办法总会有的。”托马斯·赫德森指着救生艇说，“总会有办法的。”

“你是说我们到救生艇里去做？”她说，“不行，无论如何我都不会到那样敞亮的救生艇里去。”

“那就这样吧。”他说着，伸出一只手去抚摸她的乳房，只觉得她的乳房在他的抚摸下一下子充满了

[1]位于苏伊士运河中段的著名城市，拥有苏伊士运河沿岸最大的港口之一，是一座环境优美的花园城市。

活力，乳头挺了起来。

“这样很好嘛。”她打断他，“亲爱的可不只有这一只，知道吗？”

“知道，宝贝。”

“嗯，这样才够舒服。”她说，“我到今天才发现我竟然很爱你，赫德森。”

“怎么发现的？”

“刚发现的，并不难。难道你就一点儿感觉不到我喜欢你？”

“我什么也没发现。”他故意撒了个谎。

“很好。”她说，“你的房间不妥当，我的房间也不妥当，救生艇就更不妥当了。”

“我们到男爵的房间。”

“男爵的房间老有人进进出出。这男爵也真够事多的。挺有意思，人们常说古时候的男爵事多，哪知道现在的男爵事更多。”

“可不是嘛。”他说，“我先去探听清楚有没有人。”

“不，不行。趁现在爱我，尽情爱我吧。你能怎样爱我就怎样爱吧。”

他当然乐意，还添了点花样。

“不行了。”她说，“快，快停下。我真受不了。”

后来她也不甘示弱：“你受得了吗？”

“受得了。”

“好。那我就干脆赖在那儿啦。别，现在不能吻我。要是你在甲板上都敢吻我，那指不定你在这儿还干得出什么事情呢。”

“我们为什么不能干其他事？”

“赫德森，哪里？你倒是跟我说说，此生哪个地方是属于我们的？”

“我先告诉你为什么。”

“我知道为什么。可问题是在哪里。”

“我爱你爱得要死。”

“这我知道。我也爱你。可你也知道，除了我们相爱是件好事，其他并没好结果。”

他这时做了点小动作，她说道：“你要是还这样，我可要走啦。”

“那我们坐下吧。”

“不，我们还是站着好些。”

“你喜欢你正在做的事吗？”

“是的，喜欢。你介意吗？”

“不。但它不能一直都这样。”

“好吧。”她说着转过头来，匆匆吻了他一下，立刻又转过头去望着远处的沙漠。夜色中沙漠在船舷边上渐渐后退。正值冬季，晚上很冷，甲板上就更冷了，他们紧紧地依偎在一起。“我决定让你得逞了。想不到在这热带地方，这貂皮上衣居然还能派得上这种用场。你不会只顾自己舒服就不管我吧？”

“不会。”

“你保证？”

“我保证。”

“哦，赫德森。求求你，求求你快点来吧。”

“你是当真的？”

“哦，是的。快点，求求你，就是这样，来吧。”

“你确定，现在？”

“哦，是的，求求你。”

一会儿过后两个人仍旧站在那里，灯塔的灯光近了许多，轮船还在航行，远方的景色和运河的堤岸还在悄悄后退。

“刚才你替我感到羞耻了吗？”她问他。

“不。我很爱你。”

“是不是我太自私了，你还没有舒服够吧？”

“不。我还好，你也不自私。”

“那不是多此一举，真的，千万别那样以为，对我来说真的不是多此一举。”

“那就按你说的不是多此一举吧。吻我，好吗？”

“不，现在不行。还是把我紧紧搂在你的怀里吧。”

过了一会儿她说："我对他真的很着迷，你不会见怪吧？"

"不会。他很骄傲。"

"让我告诉你一个小秘密吧。"

她告诉了他一个秘密，对于他来说其实这所谓的秘密也没什么可大惊小怪的。

"是不是很坏？"

"不坏。"他说，"挺好玩儿的。"

"哦，赫德森。"她说，"我真是爱死你了。你要玩只管尽情去玩，但完了你还得回我这儿来。要不我们到里茨酒吧来瓶香槟怎么样？"

"这样也好。你的丈夫怎么办？"

"他还在玩桥牌，从窗里我都看得见。打完了牌他会来找我们的。"

于是他们去了设在轮船尾部的里茨酒吧，先点了一瓶1915年的毕雷·儒埃纯干香槟，喝完不尽兴就又来了一瓶。过了一会儿，王子来了。赫德森对他印象不错，王子人挺好的。当初他在东非打猎，正好王子夫妇也在东非打猎。在内罗毕的穆赛加夜总会和托尔酒吧他与他们结识了，后来巧合的是，在蒙巴萨又搭上了同一艘邮轮。那是一艘在蒙巴萨停靠，专做环球航行的邮轮。终点是英国的南安普敦港，不过要先经苏伊士运河，过地中海，才能到达终点。这艘超级豪华巨轮上所有的客舱都是带套间的包房。虽然价格不菲，但生意火爆。这艘环球旅行的邮轮早已住满了，不过有几个旅客在印度上岸办事去了，没再搭乘。这时一位消息灵通人士告诉在穆塞加夜总会里的托马斯·赫德森船上空出了几个房间，如果有意搭乘的话，凭他的关系，倒也无需花上很多的钱。他转身就又把这情况告诉了王子和公主。肯尼亚王子乘的是飞机，一路劳顿，正不乐意呢，那年代汉德利·佩奇飞机[1]飞得很慢，飞半天都算好的，坐飞机跟遭罪没什么两样。听到有超级邮轮可坐，而且价钱也不是很贵，他们简直高兴死了。

“老兄，你可真是神通广大啊，你能打听到这么一条重要的消息，搭这条船走我真是高兴坏了。”王子还说，“明天我一起床就打电话告诉他们，咱们要坐超级邮轮了。”

搭这条船果然是享受。放眼望去，是一片湛蓝的海水，蒙巴萨的新港在船后缓缓远去，船不一会儿就将非洲连同那参天的白色老城及其背后的一片翠绿都

[1] 英国飞机设计师弗雷德里克·汉德利·佩奇（1885—1962）于1909年创办汉德利·佩奇民航公司。

给抛在了后边。长长的沙洲间巨轮驶过，荡起海水，浪花在沙洲上四溅。轮船终于来到了辽阔的大洋，便加快了速度，不时可见飞鱼在船的前方游来游去。船的背后非洲终于缩成了一条长长的蓝线。船上一个服务员激动地敲起了锣，顿时船上响起了阵阵锣声。当时他和王子、公主、男爵四个人正在酒吧里享受马丁尼。他与男爵算是老朋友了，但其常住非洲，人品确实不怎么样。

“让这锣敲去吧，我们就在里茨吃午饭吧。”男爵说，“大家同意吗？”

自从上了这艘邮轮，他跟公主竟然还没有睡过觉。即使船到海法时，其他什么他们早都干了，只有这一条一直没有破。两人非常默契，到了一种如痴如醉、不顾一切的地步。论两人这种干柴烈火的势头，按说是早该睡在一块了，而且每次肯定会弄到意犹未尽才行。欲望是无穷尽的，没人打搅，他们不弄到筋疲力尽是不会停下的。但事实却恰恰相反，船一到海法，他们反倒坐上汽车到大马士革游玩去了。一路上，托马斯·赫德森坐在司机旁边，王子和公主坐在后座。

托马斯·赫德森游览了当年T.E.劳伦斯[1]留下足迹的一两处地方，瞻仰了一两处圣地古迹。除此之外，一路上便都是成片的沙漠和重叠的山峦。回来的路上他和王子换了一下位置，王子坐在司机旁边，他坐在后座，挨着公主。一路上他迷迷糊糊的，只看见王子和司机的后脑勺晃来晃去，托马斯·赫德森实在是有些累了。从大马士革到海法这一路，事后他只记得海法是一个轮船停靠的港口，途经一条从公路旁流过的河。河床就是陡峭的峡谷，小且没有气势，看上去就像一座峡谷的微缩景观。峡谷里竟然还有个小岛。要说这次旅行印象最深刻的就是这小岛了。

虽然去了一趟大马士革，但根本没有解决两人的实际问题。船缓缓驶离了海法港，下个目的地是地中海。当时正吹东北风，可是站在甲板上已经非常冷了，几乎看不到游客的影子。他们俩就偷偷躲到救生艇甲板上。船在缓缓晃动，海上起了风浪。这时候她对他说：“老是这么憋着，简直是活受罪。”

“不如我们来个‘低调处理’吧？”

“那可不行。我们就应该立刻上床，一个星期除

[1]托马斯·爱德华·劳伦斯（1888—1935）：身兼英国军人、学者、间谍三种身份，长期在阿拉伯各地活动，人称“阿拉伯的劳伦斯”。

了上床什么也不干。”

“一个星期好像不够长？”

“那就一个月。我真恨不得马上去做，可偏偏现在又什么都干不了。”

“我们现在到男爵的房间去吧。”

“不。我不想提心吊胆。”

“你现在还忍得住吗？”

“我要疯了，已经疯了。”

“等到了巴黎，我们就可以在床上做了。”

“不过我怎么脱身？我实在不知道该怎么脱身。”

“上街买东西。”

“可如果真是上街买东西也总得有人陪着啊。”

“有人陪着倒也问题不大。你们身边没有信任的人吗？”

“有倒是有。但不到万不得已我不会那么做。”

“那就别做了。”

“不，我想，我一定得做。不过，我心里惴惴不安的，一点都不踏实。”

“你以前就没有对他不忠过？”

“绝对没有。遇到你之前，我总以为自己一辈子就这样，根本不会做对不起他的事。可我现在却一心只想做这种事。尽管我不断想，万一要是让人知道了，后果不敢想。”

“我们还是再看看有没有什么好办法。”

“求求你，用力搂着我。”她说，“求求你，我们什么都不要说，什么都不要想，更别去操什么心。求求你就这样紧紧搂着我，好好地爱我吧，我好难受啊。”

过了一会儿，他认真地对她说：“我最后再说一句，偷情这种事你就不做了吧，做过之后你总会像现在这样自责、不安。你不想对不起你的丈夫，更不想人人皆知。可世上没有不透风的墙，一旦真干出来这种事了，你不想别人知道也不行。”

“我想做。可我不希望伤害他。我一定要干。我无法控制自己。”

“咱们说干就干吧。”

“可马上就干太危险了。”

“这船上的人没有不认得我们的，他们见了我们这样卿卿我我，听见我们这样说着情话，难道谁还会相信我们关系纯洁？还没在一起睡过觉？大家认为我们睡过觉了，做与不做难道还有什么区别吗？”

“怎么会呢，做与不做显然是有区别的。两者显然是有本质区别的。我们做的这些还不会怀上孩子。”

“这说法真是绝了，”他说，“真是服你了。”

“我们真要是怀了孩子我才高兴呢。我跟他一直都没怀个孩子，他一直很想要个孩子。这主意不错，如果我们怀上了，我就马上去跟他睡觉，他绝对想不到孩子是咱们的。”

“我觉得马上去跟他睡觉并不是个好主意。”

“确实不好。那第二天晚上吧。”

“你们有多久没有同房了？”

“我每天晚上都跟他睡在一起。赫德森，我心里难以抑制这种兴奋。他现在老是打桥牌打到很晚，他巴不得等他回房时我早已睡熟了。我们夫妻多年，也许他有点疲劳了。”

“你们结婚这么久就一次也没有找相好的？”

“我……我找过，说来实在不好意思，之前有过几次。不过我可始终没有对不起他的行为，那种事甚至连想都没有想过。王子心地善良，作为丈夫十分称职，我真的很爱他，他也爱我，待我一直那么温柔体贴。”

“我看我们还是别站在这儿了，咱们下去吧，到里茨酒吧去喝点香槟。”托马斯·赫德森说。此刻公主的心里话让他的内心矛盾起来。

里茨酒吧里只有几个客人，冰桶里镇着1915年的毕雷·儒埃纯干香槟。他们随便找了一张靠墙的桌子坐下，侍者过来问了一声：“老规矩，赫德森先生？”他点头，然后一个侍者就给他们送来了酒。

他们举杯示意一下就喝了起来，公主说：“这个酒真的很合我的口味，你喜欢吗？”

“非常喜欢。”

“你在想什么？”

“你。”

“这个不用说我也知道。我也在想你。但是你在想我的什么呢？”

“我在想，应该马上去我的房间。我们不能总是说啊说啊的，应该做点什么。你看看表，现在几点了？”

“十一点十分。”

“几点啦？”他扭头问送酒的侍者。

“十一点一刻，先生。”侍者看了看吧台里的钟对他说。

等到侍者走开，他才很认真地问：“他每天打桥牌？大概要打到几点？”

“每天都很晚，他今天也说要打到很晚，让我先睡。”

“这杯酒喝完了就上我房间吧，我房间还有酒。”

“可是赫德森，这很危险。”

“事事总有风险。”托马斯·赫德森说，“你想想老是这样想干又不干，反倒更危险。”

那天夜里他们做了三次，事后他送她回自己的房间，她说容易被人看到，他不该送的，他却说越是小心越会让人怀疑，不如送送她，让人看着更觉得合情合理，何况王子不是还在打他的桥牌吗？把她送走后，托马斯·赫德森又回到里茨酒吧，酒吧还在营业。他又要了一瓶酒，之前喝的那种牌子，于是就看报纸，报纸是在海法港送上船来的。激情之后再看看报纸，真是一身轻松，生活也不过如此啊，他这才想到自己居然有好长时间没看报纸了。牌局散了以后，王子路过里茨酒吧，探头进来看了看，托马斯·赫德森请他过来喝一杯再去睡觉。他感到自己与王子似有一种浓浓的亲情，他对王子更加喜欢了。

船到马赛，他和男爵下了船。船上的其他旅客继续各自的旅行，毕竟邮轮的终点是南安普敦。在马赛老港的一家路边饭馆，他和男爵要了一大瓶玫瑰红葡萄酒，一边喝酒一边吃腌贻贝倒也是一种享受。托马斯·赫德森这时才觉得自己饿得前胸贴后背。他想起来了，原来是体力消耗过大，他的肚子自从船离海法以后就老是觉得饿。

真是要命，这会儿肚子也饿得不行了。他心想。

真是奇怪了，这帮仆人按说现在至少也应该回来一个，该上饭了，都到哪儿去了呢？外边越来越冷，也不知道是肚子饿的错觉还是真的冷。这使他想起了从前同样的一个大冷天，港口到马赛的街道路面很陡，走不快。为了遮风挡寒，他们把外套领子竖起来，在路边饭馆吃贻贝。就着加了辣椒的烫烫的肉汁浓汤，一层化开了的黄油浮在汤面上，一口喝下去烫烫的，寒冷便被驱散了几分。他舀起浓汤中的贻贝，剥开薄薄的黑壳，品尝那鲜美多汁的肉。他们喝的玫瑰红葡萄酒味道很纯，是塔继尔的正宗货，跟普罗旺斯[1]的风味几乎完全一致。港口鱼龙混杂，他们边吃边打望。形形色色的人们沿着那陡峭的鹅卵石街道向上走来：有淳朴的渔家姑娘，有轮船上下来的游客。还有在港口作营生的娼妓，衣着虽粗陋，却喜欢迎着西北风搔首弄姿，让风把她们的裙子吹得鼓鼓的，还时不时掀起来一点儿，里面的内衣若隐若现。

“你这小家伙，这两天做得也太出格了。”男爵说，“真是太出格了。”

“你要不要再来点贻贝？”

“不了，不能再来稀的了。我得来点干的。”

---

[1] 普罗旺斯是法国南部一个地区。

“要不我们再来一盘杂鱼汤[1]？”

“天哪！连续喝两道汤？”

“我真的快要饿死了。如果今天不喝个够的话，下次再来品尝，还不知要到何年何月呢。”

“我就猜到你是饿得受不了了。那好吧。我们就再来一盘杂鱼汤，另外再来一盘烤得绝嫩的里脊牛排。这该够了，今儿个索性成全你这个饿鬼吧。”

“喂，下一步你打算如何？”

“该回答的人应该是你吧，你到底爱不爱她？”

“不爱。”

“不谈感情一切就会好办得多。你最好还是赶快一走了之。我看你一走就什么也不会发生了。”

“可是我已经约好了要跟他们一块儿去钓鱼。”

“打猎还有点儿意思，怎么不去打猎呢？”男爵说，“钓鱼怪没趣的，一点也不热闹，再说她这样欺骗自己的丈夫也是不对的。”

“我看他一定都知道了。”

“他哪里知道这些。他只知道她爱上了你。而你又是个有身份的人，所以你干点儿啥还有个限制，人家也不好立马就说你怎样怎样。可是她就另当别论了，

---

[1]又叫普罗旺斯鱼汤，用好几种鱼、蛤和蔬菜烹调而成。

欺骗丈夫这一条本身就不应该。再说，你想跟她结婚吗？”

“不想。”

“那不就结了，反正她也是不可能跟你结婚的，所以既然你并不爱她，又何必把她的丈夫牵扯进来，弄得他也不愉快呢？”

“现在很明确，我不爱她。”

“那我觉得你应该离开。”

“没问题，其实我也觉得自己应该走了。”

“好了，你同意就好。不过走之前我倒是想问你一件事，老实告诉我，你觉得她到底怎么样？”

“挺不错的一个人。”

“还说傻话。我认识她妈妈，要是你也认识她妈妈就好了。”

“很遗憾，我并不认识。”

“你应该认识的。我就始终也想不明白，你为什么会跟这种无聊透顶的女人好上了。总不至于是出于画画的需要才搭上这样的女人吧？”

“这是哪里的话啊。才不是你想的那么一回事呢。说实话我非常喜欢她，到现在还很喜欢。不过也就是喜欢而已，我并没有爱上她，这事情怎么这么复杂。”

“反正我的意见你赞成就好。那你现在打算去哪里？”

“我们刚从非洲出来呢。”

“是啊。你怎么不去古巴住一阵呢？或者去巴哈马？假如我能从国内弄到一笔钱的话，我倒是非常乐意奉陪的。”

“你估计还能从国内弄到点钱吗？”

“确实不大可能。”

“那我就还是在巴黎住一阵再说吧。我都已经有好久没有住大城市了。”

“巴黎可算不得真正的大城市啊。有资格叫大城市的是伦敦。”

“关键是我很想去看看巴黎，也许那里有什么新的花样。”

“这个嘛我倒是可以先给你讲讲。”

“不是那些新花样，我是想去看看画展、会会老朋友什么的，再到‘六日赛车馆’[1]、奥特伊、昂

[1]“六日赛车馆”是一个比赛骑自行车耐力的体育馆。因为要连续比赛六天，所以叫做“六日赛车馆”。

冉[1]、勒特朗布莱[2]这样的地方去逛逛。你也跟我去吧，这样岂不是挺好？”

“我可不喜欢赛马，那是要拿许多钱去赌博的，我也没有那么多钱。”

唉，干吗还要想这些呢？他想着想着又把心思收了回来。男爵已经死了，巴黎也早就落在了德国人的手里，公主也没能生下个一男半女。他不由得心想：这辈子他是没有骨血可当皇族了，倘若非得要自己的血跟皇家有点关系的话，除非是在将来参观白金汉宫的时候，正好碰上出鼻血，可以弄几滴鼻血洒在宫里，不过这种可能性也几乎没有。他当下打定了主意，要是再过二十分钟，那班仆人还一个都不见的话，他就自己到村子里去买些鸡蛋、面包回来吃了。真是的，在自己的家里居然也会挨饿，这真是活见鬼了，他心里埋怨着。可是自己又实在是太累了，到村子里走一趟都有点犯难。

就在他心里这么思量的时候，他隐约听见厨房里

[1] 昂冉，位于巴黎北边的昂冉湖畔，以矿泉浴场闻名于世，当地也有一个赛马场。

[2] 勒特朗布莱是位于马恩河畔的一个游乐胜地，那里的赛马场历史悠久。

有人声，于是就使劲摁了摁装在大桌子下面的电铃，紧接着就听见厨房里“嗡嗡”响了两下。

很快，他屋里的二听差进来了，这位照例还是那副诡秘、机灵、熬惯了日子的模样，稍微带着一些娘娘腔，又有几分有圣塞巴斯蒂安[1]的风格。二听差进来问道：“先生按铃了吗？”

“那你说是干什么？马里奥呢，去哪儿啦？”

“他取邮件去了。”

“猫怎么样？”

“都很好。一切正常。‘大山羊’跟埃尔高多[2]打了一架，受了点儿伤，不过我们也都处理好了。”

“我看宝伊西瘦了。”

“它一到晚上总是往外跑。”

“‘公主’呢，怎么样了？”

“前些日子情绪不大好。不过这两天胃口见好，吃得挺不错的。”

“能弄到肉吗？”

“没问题，我们从科托罗那里领来好多。”

“狗呢，都还好吗？”

---

[1] 早期的基督徒、殉道者。

[2] 西班牙语：胖子。

“都不错。‘小黑妞’又怀上崽子了。”

“难道没有将它关在屋里，还让它到处乱跑吗？”

“关了，可它还是逃了出去。”

“还有其他事儿吗？”

“没了。这次先生出海还顺利吗？”

“是的，没出什么事儿。”

说到这里，这个听差的话让他有些来气，有些不耐烦。有两次都打发他走了，可两次都因为听差的父亲赶来一再求情，他脸上挂不住又留下了。他们正说着话，大听差马里奥回来了，带着报纸和信件，一进来就满脸堆笑。他那张黑黑的脸庞看起来是那么快活，那么和善。

“先生出海顺利吗？”

“最后有点风浪。”

“*Figúrate.*[1]您想呀，这北风刮得那么猛，让人有些怕。对了，您吃早餐了吗？”

“我想吃也得有吃的才行啊。”

“好，好，鸡蛋、牛奶、面包，我都带来了。Tú.[2]”马里奥吩咐二听差说，“你快去给先生做早饭。

---

[1] 西班牙语，“你想呀”之意。

[2] 西班牙语：招呼“喂，你”的意思。

先生，鸡蛋想怎么个吃法？”

“老样子。”

“那照老样子，*Los huevos como siempre.*[1]”马里奥又说，“宝伊西去接您了吗？”

“接了。”

“您可不知道，这回您一走啊，它呀天天精神头像是被掐了一样，真是伤心透了。而且我看这次比以前哪回都要伤心呢。”

“别的猫呢？”

“都还好，‘大山羊’和‘胖子’还是处不来，狠命打过一架。”他都用英语说猫的名字，感觉非常得意，“‘公主’的情绪也不大好。不过并没什么要紧的。”

“*¿Y tú?*[2]”

“我吗？”他腼腆一笑，“我好得很，多谢您关心。”

“家里人也都好么？”

“也都很好，谢谢您。我爸爸也去工作了。”

“那就好，真为他高兴。”

“他自个儿也挺高兴的。昨天晚上没有客人留宿

[1] 西班牙语：鸡蛋还照老样子吃法。

[2] 西班牙语：那你呢？

在这里吗？”

“没有。他们都进城玩了。”

“肯定都给累坏了。”

“是的。”

“对了，您有好几个朋友来过电话。我都记下了他们的名字，不过英语里的姓名我不太会拼，但愿您还能都认出来吧。”

“没事儿，只要照着读音记下来就行。”

“可您念起来跟我念起来也不一样啊。”

“上校来过电话吗？”

“没有，先生。”

“好的，先给我来一杯威士忌加矿泉水吧。”托马斯·赫德森说，“给我的猫送一杯牛奶来。”

“是端到饭厅还是送到这儿来？”

“哦，威士忌送到这儿来，我想现在喝。猫喝的牛奶放在饭厅就好。”

“马上就来。”马里奥说。很快，他到厨房里调了一杯威士忌加矿泉水拿来，“我看这酒是够浓的啦，调进去很多水。”他说。

托马斯·赫德森这会儿却在想：我是现在就刮脸呢，还是等吃过早饭再刮？按理说应该先刮的，再说威士忌不就是为了一边喝酒一边刮脸要的吗？思来想去，就决定了，到浴室里去刮吧。可是心里又一百个不乐意：多讨厌啊！不，必须得到浴室里去刮。好好刮，刮完就神清气爽了，这样吃过早饭到城里去才不显得邋遢。

他就这么说服了自己，一边刮脸一边喝酒，肥皂涂到一半的时候呷一口，涂完了肥皂再呷一口，接着涂第二轮肥皂的时候又呷一口。这样他就不大讨厌刮胡子了。腮帮子上、下巴上、脖子上，都是积了两个星期的硬胡子，想要刮干净还真得费点儿工夫，他一连换了三次刀片。这当儿宝伊西在他脚边儿走来走去，它时而看他刮脸，时而又在他腿上蹭来蹭去。冷不丁地它一个猛窜，直接冲出房间。瞧它这架势，托马斯·赫德森就知道它那灵敏的耳力在起作用了，准是听见牛奶碗放在饭厅花砖地上的声音。尽管他是一点也没有听见这声响，也没有听见听差的呼唤猫，可宝伊西一定听见了。

托马斯·赫德森刮完胡子，往右手的掌心里满满地倒上一捧酒，接着往脸上一抹。啊啊，刚刮完胡子的脸皮一接触到酒，顿时感到一阵凉意，刀片刮过后的那种刺痛感瞬间就消失了。这种九十度以上的上等纯酒精在古巴很便宜，就像美国最低级的外用酒精一样。

他心想，糖我是不吃的，烟我也不抽，这个国家还是好，酿制出了这样的好酒，倒真是带给我无穷的乐趣。

房子四周的庭院铺的都是石头，浴室的玻璃窗下半部都涂了漆，窗子的上半部没涂，还是明净的玻璃。他从浴室望出去，看见棕榈树的树叶在大风中猛烈摇晃。他心想这风真是比自己的预估的还猛。按说都已经刮这么久了，也差不多到了该减弱的时候了吧。可是这事也很难说，有时就算是风向转成了东北，这风刮得猛不猛还得另说呢。不过，真正令他开心的是，他竟然已经好几个钟头没有去想什么大海了。他想：这样就好。压根儿就别再想大海，管它海上怎么了海下又怎么了呢，只要是跟大海沾边儿的，我就什么都不去想。甚至，哪些该想哪些不该想都别去想，统统都别去想才好呢。大海，就由它去吧。别的事情也一样，都一样——他心想。这些那些的，都丢远点儿吧。

“先生打算在哪儿用早餐？”马里奥问。

“哪儿都行，只要跟那*puta*[1]大海离远点儿就行。”

“那是在起居室好呢，还是在先生的卧室？”

“卧室吧。早饭就摆在柳条椅旁边的桌子上吧。”

[1] 西班牙语：臭婊子。

他喝了几口热茶，吃了一个煎鸡蛋，还吃了几片涂着橘子酱的烤面包片。

“今天怎么没有水果？”

“有香蕉。”

“那给我拿几根香蕉过来。”

“可是喝了酒吃香蕉，这恐怕不行吧？”

“没什么不行的，那是迷信。”

“就在你出海的那段时间，咱们村里有个人又吃香蕉又喝朗姆酒，结果就死了。”

“你怎么知道这个酒鬼不是因喝多了朗姆酒死的呢，或许刚好吃了香蕉？”

“不会的，先生。据说这人吃了很多很多香蕉，朗姆酒却只喝了一丁点儿，就突然死了。香蕉还都是他从自己园子里摘下来的呢。瞧，村后的那个小山冈上就是他住的地方，这人在七路公共汽车上班。”

“唉，愿他安息吧。”托马斯·赫德森说，“还是稍微给我来几只香蕉吧。”

马里奥也只好把香蕉拿来了，这都是在自己园子里现采的，个儿虽小，却一个个都黄澄澄的，熟透了。剥完皮，就只有人的手指头那么点儿大。托马斯·赫德森一连吃了五个，味道真是没得说。

“等着看我会不会发病。”他说，“去把‘公主’

领来吧，还要给它吃个鸡蛋呢。”

“是啊，为了庆祝你平安归来，我给它吃了一个蛋了。”听差说，“还有宝伊西和威利，我也各给了一个。”

“很好，那‘大山羊’呢？”

“‘大山羊’看来伤得挺重的，园丁说目前它的伤还没有好完，不宜多吃。”

“它们这场架打得到底有多狠，你跟我说说。”

“哎哟，那是打得真狠啊。它俩从家一直打到花园后面的荆棘丛中，最后打得不见踪影，这怎么也得打了一里多地吧。它们现在打架也挺有意思，听不见一点声响，打完了也不知道到底是谁赢了。反正是‘大山羊’先回来的，它一回来就躺在庭院的水缸边儿上，看那样是没力气跳到顶上去了，我们就替它治了伤。过了一个钟头，‘胖子’才回来，我们又替它拾掇拾掇伤口。”

“您还记得不，当初这一对小哥们儿可是无比相亲相爱啊。”

“哪能不记得！可谁知道如今却变成仇人，看来‘胖子’不把‘大山羊’咬死是绝不罢休的。它可比‘大山羊’重呢。”

“不过‘大山羊’打架的本事也是一点儿不含糊。”

“话是不错，先生。可您想想，整整一磅差距很大。”

“哎呀，你看你，什么都爱拿斗鸡的眼光去硬套，猫打架跟斗鸡可是两码事儿，我看身体重一磅关系也不大。拳击比赛你看过吧，除非因为超过了等级标准，才必须减体重，否则在同一级别里重一磅轻一磅也没什么大不了。当年登普西[1]夺得世界冠军的时候才185磅。而威拉德[2]足足有230磅重呢。我看‘大山羊’和‘胖子’都该算是大号的猫了。”

“可是照‘大山羊’和‘胖子’的那种打法，谁多一磅都会占大便宜。”马里奥接着说，“如果它们打架也有人押输赢的话，保管都会押重的。你看着吧，都要认真考虑考虑多几两少几两呢。”

“好吧，再给我拿几根香蕉来。”

“还吃香蕉，先生？”

“你真的相信那胡说八道的一套？”

“那可不是胡说八道啊，先生。”

“那就麻烦你再给我来一杯加矿泉水的威士忌。”

“如果您一定要这样命令我，我也只能服从。”

---

[1] 杰克·登普西（1895—1983）美国职业拳击运动员，1919至1926年的最重量级世界冠军。

[2] 杰斯·威拉德（1881—1968）美国拳击运动员，1919至1925年的世界重量级锦标赛冠军。

“我这是请求你。”

“您的请求就是命令。”

“那就只管拿来吧。”

听差实在说不过他，只好端来一杯加冰水的威士忌，还加了点儿冰块。托马斯·赫德森接过酒说：“看看我发不发病啊。”可是一看到听差黑黑的脸上那担心的神情，他连打趣的兴致都没了，于是又补了一句：“放心吧，准出不了毛病。”

“先生自己心里有数那是先生的事儿，不过我总归有劝劝先生的责任。”

“我知道，你劝过我了，也尽责任了。佩德罗来了吗？”

“还没有，先生。”

“等他一来，让他赶快备好我的凯迪拉克，我要进城。”

趁佩德罗还没来，你不妨洗个澡，托马斯·赫德森对自己说。就要去哈瓦那，洗完澡当然得收拾一下，怎么也得穿戴整齐了再进城去见上校。你这是怎么啦，到底哪儿不对劲啊？我浑身都不对劲呢，他心里这样想着。是啊，浑身都不对劲。在陆地上浑身不对劲，在海上还是一样的浑身不对劲，连这空气都让他浑身不对劲。

托马斯·赫德森坐在柳条椅里，顺手从椅子底下拉出一个搁脚架，把脚放在上面，欣赏起这卧室墙上挂着的画。首先映入眼帘的却是那个蹩脚的床，就连床垫也不是上等货色，不过他也是基本不到这床上睡觉的，除非是跟谁吵了架，所以当时买的时候图的就是便宜。床头挂着一幅胡安·格里斯[1]的《弹吉他的人》。看着这画，他脑子里不由得蹦出了一句西班牙俗语：常思往事则成人。他叹道：哎，你倒是想了，可人家怎么知道，你已经想得连命都快没了呢。房间的另一头，在书橱上方挂着保罗·克利[2]的《创作的丰碑》。他并不像喜欢《弹吉他的人》那样喜欢这幅画，不过他还是会很欣赏地看上两眼。他还记得当时在柏林刚买回这幅画的情景，印象中只觉得这画好邪门。那样刺眼的色彩，就像他父亲医学书插图里画的下疳啊、杨梅疮啊什么的。他妻子乍一见这幅画的时候，也差点儿把魂都吓掉了，不过后来慢慢习惯了，也学会就画论画地看待这股邪门劲儿了。其实要说他自己现在

---

[1] 胡安·格里斯（Juan Gris，1887—1927）：西班牙画家，1906年移居巴黎后，成为第一次世界大战后法国先锋派的主要成员，后又开创了综合立体派。

[2] 保罗·克利（Paul Klee，1879—1940）：瑞士表现派画家，1933年被纳粹赶出德国。

对这画的理解，并不见得比当初深多少。不过论画这始终是一幅好画，所以他喜欢时不时地看上两眼。他还清楚地记得第一次见到这画是在那个清寒的金秋，在柏林沿河一幢大楼的弗莱希海姆画廊里，当时他们夫妻俩还是那么幸福。

马松画的一幅森林远景挂在另一个书橱上方，画的是达弗雷镇，他像喜欢《弹吉他的人》一样喜欢这幅画。其实，真正的好画都有这么个了不起的地方：虽然你爱煞了它，心里却没有不可企及的那种无奈。你在喜爱之余一丝惆怅也没有，相反，一幅好画倒是能让你感到一种不可言说的愉悦，因为这幅画体现了你所追求的东西。也就是说，尽管你没有达到这样的境界，但是只要你看到有人达到了，你心里照样也会很愉悦。

这时宝伊西进来了，它一纵身跳上他的膝头。它可是很有一手的，无论在哪儿跳上跳下，从来都心里有数，也没失败过。在这宽敞的卧室里有个斗柜，非常高，它只要一纵身，就可以轻松地跃上柜顶，一点儿也不吃力。现在它就是轻轻一蹦，就利索地蹦上了托马斯·赫德森的膝头，舒舒服服地躺在他身上，想向他表示亲热，用前爪又抓又挠的。

“我在赏画呢，宝宝，你要是也能欣赏这些画就好啦。”

托马斯·赫德森心想：我津津有味地欣赏好画，它却对蹦高捕耗子其乐无穷。它看不懂画，终究是个遗憾。不过倒也说不定，没准儿它对画还有很大的兴趣呢。

“宝宝，我不知道你是否懂画，要是懂的话，哪些画家的画会对你的胃口呢？估计你会喜欢荷兰黄金时代的画作吧，那个时期的画大多以静物画为主，画的什么鱼啦、牡蛎啦、各种野兽啦，栩栩如生，画得相当的好。嗨，淘气包，你别对我又挠又抓的啊。现在可没到晚上呢，大白天可不能来这一套。”

托马斯·赫德森把宝伊西翻过身来，让它肚皮朝上，这样它就能老实点儿，可它还是只管亲热。

“你也该好好学学规矩，宝宝。”他说，“一进门到现在，我还没有去看过别的猫呢，我这可是对你情有独钟啊。”

宝伊西开心极了，托马斯·赫德森把手伸到它下巴下为它轻轻抓痒痒，感觉到它喉咙一阵一阵的呼噜。

“宝宝，我得去洗澡了。谁像你啊，你倒是一天有半天在洗澡。不过你是用舌头舔的。你一洗澡呀，简直就像个有身价的人老板在办公，根本不搭理我。你那是例行公事，不允许任何人打搅。可我呢，本来应该去洗澡的，还赖在这里喝早酒，真像个烂酒鬼。估计这就是你我之间的一个不同吧。另外还有，如果要你在驾驶台上站十八个钟头，估计你是肯定不行的，但是我行。连续站十二个钟头那简直是家常便饭。必要的时候十八个钟头也不成问题。比如昨天吧，我就一直站到今天快天亮，算了一下，足足一连站了十九个钟头。不过我不能像你那样不老实，总是跳啊蹦的，更不能像你那样夜晚去捕耗子。我倒是也打过几次夜猎，那真是好玩极了。但是你就不一样了，你的胡子那么灵敏，我猜一定装有雷达。鸽子的喙上都有一层硬壳，估计在那上面有个高频无线电测向仪吧。别的鸽子我不了解，但至少信鸽都有这么一层硬壳。可你的神秘装备又是什么样子的呢，宝宝？”

宝伊西挪开爪子，躺在那儿，喉咙里呼噜呼噜的，开心极了。

“你的搜索接收机上有没有信号啊，宝宝？我用现代磁控设备可以测你的脉冲宽度和脉冲重复频率，我在船上安了一个磁控管。这可是咱俩的秘密，你可千万别对人说啊。原理跟你说你也不懂，超高频得出的分辨率高，所以老远就能发现敌人的潜艇。这叫微波，宝宝懂了吗？你打的呼噜也是微波。”

他的思绪又展开了，你明明说好了不到出海时就坚决不去想，但怎么就这样经不起考验呢。你心里也明白，你要忘记的并不是大海。大海是你的爱，其他地方可以不去，大海是非去不可的。快到阳台上再仔细感受一下大海吧。其实大海并不残忍，也不冷酷，更没有传说中那么邪恶。大海就是大海，不管你在不在，它就在那儿，风可以推波，潮可以助澜，在海面上风和潮水可以尽情厮杀与搏斗。可是海面下却一点也不受影响，深海静若处子。自己是应该庆幸的，今后出海的机会还多得很，人是要学会感恩的，感恩大海博大的胸怀，容许你把它当成自己的家。大海就是你永远的家，所以别对大海的高深妄加评测。让你苦恼的并不是大海。想到这儿，他竟然有些沾沾自喜：无论如何这也算是开了点窍。尽管你回到陆地上就总要犯迷糊。于是他拿定了主意：那好吧，我在海上就应该多思考开开窍，这样即使回陆地迷糊点儿也不算什么事。

陆地上可是有很多趣事的呢——他心想。我们就先去领教一下陆地上有趣的事吧。当然还是要先去见一下那个烦人的上校——他想。其实我倒不反感跟他见面，见面这种事我一向是很乐意的，因为见了他后，你会感觉精神振奋。还是别胡思乱想了。就不要再去多想上校了——他又想。今天什么事情也不要去想了，要愉快地过好这一天，不想上校就是其中一条。当然见还是要见他的，心里不要去想他就好了。关于他，想得够多了会有些事在心里挥之不去，但也有好些随着时间的流逝已经淡忘，想再记起都难。所以我看你还是不要去想他了吧。好，说到做到，我现在就不想。待会儿去见他向他汇报就是。

他喝完了杯中的酒，将膝头上的猫抱开，慢慢地站起身来，又仔细欣赏了一阵墙上挂的三幅画，就进浴室了。仆人们是早上上班后才点火烧炉子，水还不是很热。他还是给全身抹满了肥皂，把头发也揉了个遍，用冷水一冲，就算洗完澡了。他从衣柜中挑了一件白色的法兰绒衬衫，系上深色的领带，套上法兰绒便裤、羊毛袜子，穿了十年的英国拷花皮鞋，再套一件开司米套衫，外加一件旧的粗花呢上装。穿戴整齐后，他按铃呼叫仆人马里奥。

“佩德罗来了吗？”

“来了，先生。您的车已经在外边停好了。”

“给我来杯‘汤姆·柯林斯’，记得用椰子汁加苦味汁，我要带走的。外边要个软木杯套。”

“遵命，先生。您不穿大衣吗？”

“那就带一件吧，要是天冷了，回来好穿。”

“先生，您赶回来用午餐吗？”

“不。晚饭也不回来吃了。”

“先生，猫都放出来了，正在避风的地方晒太阳呢，您要不要去看看猫再走？”

“不了，我着急走，晚上回来再看它们吧。我要给它们带点礼物。”

“好的，那我现在就调酒去了。不过椰子汁要花点工夫。”

你到底怎么啦，怎么连猫也不想去看看啊？他问自己。不知道，他心里回答。他自己也弄不明白自己了。看来这倒真是个新问题。

宝伊西紧紧盯着他，看到主人又要走，不过没带大包小包，估计不会出远门，所以并不恐慌，只是略微有点不安。“你知道吗，我那也许都是为了你呢，宝宝。”托马斯·赫德森说，“你就放心吧。晚上我就回来，最晚也就是过了午夜吧。估计回来也是筋疲力尽，累得跟条死狗似的。那时就让我们在这儿清醒清醒头脑吧。*Vámonos a limpiar la escopeta.*[1]”

他从明亮的起居室里走了出来，到陆地这么久了，到现在还是觉得这个长长的房间大得有点没边儿。终于来到户外的石头台阶上，古巴冬日的早晨令人神清

[1] 西班牙语：不妨让我们来擦擦猎枪。

气爽，户外更是一片明亮。好几条狗围到他的脚边玩耍，那条一脸苦相的耷拉着脑袋晃个不停的猎狗也过来趴在他的跟前。

“你这畜生愁眉苦脸的，看来真是又可怜又苦恼啊。”他说着拍了拍那条猎狗，那猎狗也讨好他，对他直摇尾巴。天冷风大，其他那些杂种狗都精神头十足，欢蹦乱跳，没个老实劲儿。庭院里的木棉树在风中摇曳，几根被风吹折了的枯枝落在台阶上，仆人还没来打扫。汽车司机夸张地缩着脖子，哆哆嗦嗦的，从车后走了出来，说：“您早，赫德森先生。出海一切顺利吧？”

“平安无事。车子都检查了吧，没什么问题吧？”

“有我在全都照看得好好的。”

“我相信也错不了。”托马斯·赫德森用英语说。这时候马里奥从屋里出来，下了台阶，毕恭毕敬地来到汽车前。显然他是来送酒的：大号的酒杯里盛着深色的酒，颜色和铁锈有点相似，一个软木杯套裹在杯子外面，有些大，跟杯口相距不到半英寸。托马斯·赫德森见他来了，就对他说：“到汤姆先生的衣服里找找，把那件前面有纽扣的毛衣让可怜的佩德罗穿上。这台阶也该打扫了，一会得找人把断树枝打扫一下。”

司机帮他拿着酒，托马斯·赫德森不由得俯下身去跟狗亲热。宝伊西则是一副不屑的样子，坐在台阶上看着。那条叫“小黑妞”的可爱的小母狗，原先一身油亮的黑毛，年纪大了，毛色变得灰白，尾巴倒卷在背上。玩得开心的时候那细弱的腿脚简直都会闪闪发亮，尖尖的嘴巴像猎狐犬一样，一双眼睛透着灵性，总喜欢含情脉脉地盯着主人。

这条狗的来历有些特殊。那是一个晚上，他在一个酒吧发现它老是跟着人家出去又独自回来，就问掌柜的这狗是什么种。

“当然是古巴种。”掌柜的说，“这小东西已经在这儿四天啦，怪可怜的。谁出去它都要跟着出去，可是没有一个肯要它的，都把车门一关，把它关在外面。”

结果他就把它带回了自己的庄园，可是到了庄园它两年都没有发情，托马斯·赫德森还当这条狗老得不能再生育了。谁也没有想到的是，有一天它遇上了一条警犬，这下可不得了，两条狗打得火热，再不把它救出来就危险了。后来它就生下了一窝警犬崽子，再后来又生下斗牛犬崽子、猎狗崽子，还有一只不知跟哪只公狗生的崽子，简直好看得不得了，遍体通红，估计其老子是爱尔兰种的塞特狗，可是胸部和肩部却又是斗牛犬的模样，而尾巴跟“小黑妞”一样倒卷在背上。

此刻它又怀上崽子了，它的其他儿女依然围在它的身边，倒也其乐融融。

“又多一窝崽子，这回又是谁家狗的种？”托马斯·赫德森问司机。

“这回倒不知道。”

这时马里奥拿来毛衣递给了司机，司机把散了线的衣服脱下穿上毛衣。要说了解情况还要属马里奥：“是村里那条爱打架的狗啦。”

“好吧，再见了，狗儿们。”托马斯·赫德森说，“再见，宝宝。”宝伊西听到主人唤它名字，就穿过狗群，蹦蹦跳跳地下了台阶，跑到车子跟前。托马斯·赫德森一只手拿着酒杯，坐在车里，身子探到窗外，轻轻地抚摸宝伊西。宝伊西的前腿支着车门，竖直后腿，伸过头来眯着眼睛，蹭蹭他的手，享受着主人的爱抚。“放心吧，宝宝。我会尽快回来的。”

“宝伊西，我的小可怜。”马里奥说完爱怜地抱起猫搂在怀里。猫目不转睛地目送着汽车拐弯，绕过花坛。汽车顺着坑坑洼洼的车道渐渐驶去，很快就下了坡，高高的芒果树在前面挡住了视线，不见了。于是马里奥只好把猫抱到屋里放下来。猫却着了急，一纵身就蹦上窗台，直盯着那车道的下坡处——再往前看，车的影子早已看不到了。

马里奥过来拍拍它毛茸茸的脑袋，可是那猫还是一副心神不宁的样子。

“可怜的宝伊西啊。”那个高个儿黑人听差说，“宝伊西真够可怜的。”

托马斯·赫德森的车子顺着坑坑洼洼的车道来到大门口，司机跳下车，把门上的铁链麻利地解开推开门，又迅速回到车上，把车子开出了大门。这时一个黑人小男孩正好从街上走来，司机就招呼他请他帮忙把大门关上。那小男孩咧嘴一笑，点了点头。

“他是马里奥的弟弟。”

“没错。”托马斯·赫德森说。

车子终于穿过村里那些坑坑洼洼的乡间小路，转到了中央公路上。路况好多了，车子一路驶去，经过了住在公路两旁的人家，还经过了两家杂货店。杂货店在街边摆了卖酒的柜台，摆放了一排排的瓶装酒，两侧的货架上摆满了各种罐头食品。过了最后一家卖酒的店家，眼前便出现一棵奇大的西班牙月桂树，树枝撑得很开，罩住了整个路面。老的石子路就在前面不远处，过了此处就是下坡路。下坡路足足有三英里长，两旁都是参天的古树。路边有杂货店，有幼儿园，有小农庄，也有大农庄。大农庄里西班牙殖民时期的宅邸现在已经破旧，做了他用，就连那高低起伏的旧日的牧场中间也修了街道，一直延伸到野草茂盛的山坡下。这个季节那里的草地也是一片枯黄。这个国家原本是一片郁郁葱葱的，如今只有河道一带才有绿意。河边两岸高高地耸立着灰色的树干，风把树顶上的绿叶吹歪在一边。这场凛冽的北风寒冷干燥。佛罗里达海峡早就被前几场北风吹得寒气袭人，没带来一滴雨也没有一丝雾，天气变得越来越干燥。

托马斯·赫德森呷了一口冰凉的酒，用舌尖细辨那味道：有一丝新鲜的青酸橙汁的酸甜味，还有淡淡的椰子汁的椰香味，不过比起汽水还是要浓多了。加的金酒酒味醇厚，是地道的戈登金酒，所以一沾舌头让人精神一振，咽下去更是回味无穷。更何况酒里还加了苦味汁，整杯酒被染得艳丽无比。呷上一口这样的美酒，感觉真像是站在甲板上吹着温暖潮湿的海风，张着满帆顺风而行——他心里美美地想。真是美酒！

酒杯外垫着的软木起了很好的隔热作用，酒里的冰块不会很快融化，酒也能更好地保持口味。他拿着酒杯，看着车外的景色，这时车离城里已经不远了。

“这是下坡路，你怎么不‘膛’车呢，‘膛’车不是可以省些汽油吗？”

“既然您吩咐我‘膛’车，我‘膛’就是。”司机说，

“不过这汽油都是公家开销的，您可不用花一分钱啊。”

“其实你自己在平日里多练练也好。”托马斯·赫德森说，“到用我们自己的油时，你就用上这‘膛’车的本事了。”

这时车子已经开到平地上了，左边一大片是花农的园圃，右边一带则住着编篮子的工匠。他对司机说：“对了，起居室里那条大席子破了好几处，我得请个编篮子的工匠来补一补。”。

“是的，先生。”

“你有熟悉的工匠吗？”

“有的，先生。”

瞧瞧，就因为不“膛”车说了他两句，现在连回话也变得这么简短而生硬了。说心里话，托马斯·赫德森对这个司机本来就不是很喜欢，他这人往往报事不实，脑子明明不开窍吧，却还愣是一副自以为是的样子，对汽车里的机件他也一窍不通，也不懂得如何保养，而且人又很懒，一点儿也不勤快。不过尽管他有这么多缺点，开起车来他还是很有两下子的。所谓有两下子，也就是说他能应付古巴这样毫无章法的交通环境，反应很灵敏。而且他对这里面的规矩熟悉，所以还真是少不了他呢。

“加上毛衣暖和些了吧？”

“是的，先生。”

你这个浑蛋，托马斯·赫德森在心里直骂。再不改改你这副臭腔调，我真想狠狠地揍你一顿！

“昨晚家里很冷吧？”

“那是冷得够呛。简直*horroroso*[1]。您是无法想象的，赫德森先生。”

话说到这儿双方总算是和解了，这时候车子也过了桥。当初也就是在这桥上发现了一个姑娘的尸体。这个可怜的姑娘被她那当警察的情人肢解成了六块，分别用牛皮纸包好沿路扔在中央公路上。桥下的河道现在看着是干的，可是那天晚上河里是有水的，天还下着雨。这个出了惊天动地大事的现场吸引了所有驾车人的目光，堵在这段路的车辆排起了足足有半英里的长龙。

第二天一早，各大报纸争相在头版刊出了死者躯干的照片，有一家报纸还在报道里说，根据躯干判断这个姑娘肯定是个来自北美的游客，因为生活在热带的人们到了这个年龄是不可能还像这样发育不全的。托马斯·赫德森觉得这种论断很奇怪，始终也不理解他们是怎么推断出死者确切年龄的，因为当时还没有

[1] 西班牙语：吓死人的意思。

找到死者的头部。到在一个叫巴塔瓦诺的渔港发现死者头部的时候，已经过了好长一段时间。不过结合报纸头版刊出的躯干照片来看，那模样儿跟眼下残存的一些一流的希腊雕塑比起来，确实还差得有点儿远。但是她可不是什么北美来的游客，后来事实也证明，热带妇女发育成熟后的各种各样的魅力她一样也不少。不过事后好一阵子，托马斯·赫德森都尽量躲在庄园里，不敢再到这一带来。其实不光是他害怕，因为只要看见有人在路上跑，或者哪怕人家走路时加快了一点脚步，都很可能引来一批老百姓冲着你边嚷边追："他往那边跑啦！快逮住他！碎尸案的凶手就是他！"

过了桥，车子开始上坡，开进了卢耶诺。这时望向左边，便可瞥见一座小山冈。它是那么的独特，以至于托马斯·赫德森每次见到这小山冈，就总会想起托莱多[1]。他想起的可不是埃尔·格列柯[2]画笔下的托莱多，而是站在城外山坡上见到的托莱多真实的一角。车子爬上最后一道坡之后，那个小山冈赫然出现在你眼前。看吧，这下可一清二楚了，这不是托莱多

[1] 位于西班牙中部的一个城市。

[2] 埃尔·格列柯（El Greco，1541—1614）：西班牙画家，画风颇受风格主义影响，色彩明亮、偏冷。

又是什么呢？可惜一转眼就又该走下坡路了，车窗外古巴特色的景色迎面而来。

进城的路上，他最不喜欢的就是这一段路。他上车时带着酒，真正的目的无非也是对付这一段。他心想：实在不想看这一派贫困、一派污秽，我就闭着眼睛喝我的酒。不管是厚积了四百年的尘土，还是流着鼻涕的娃娃、支离破碎的棕榈叶、洋铁罐头皮做的简陋的屋顶，还有害梅毒得不到及时有效治疗而落下的走路拖拖沓沓的病人，以及那些年代久远、污水没有得到治理的小河，脖子脱毛、长满虱子的鸡鸭，脖颈上长鳞癣的老爷爷，身上永远带着一股臭气的老奶奶，对了，还有那不管什么时候都开得震天响的收音机……只要闭上眼睛，就可以把这些扔得远远的了。可是，转念一想这似乎又很不应该。自己不是个绝情的人啊，按说我应该好好看看，再想想能不能帮上点忙，能不能为他们做点儿什么。可是你一门心思只管喝你的酒，这不就像以前因为害怕晕船带上嗅盐的人吗？不，恐怕还不止这些吧——他心想。他寻思着，好像除了这一条，还有点儿贺加斯[1]名画《酒巷》里

[1] 威廉·贺加斯（William Hogarth，1697—1764）：英国画家、版画家。作品多揭露贵族阶层的丑恶面目，对下层民众的苦难多表示同情。

人物喝酒的那种味道。也就是说，自己之所以喝酒，是因为骨子里其实是不想去见上校的。他心里进一步排除、琢磨着，你现在喝酒总是有缘故的，要么是有什么事不乐意了，不然呢，就是心里欢喜着什么。你这个家伙现在不就是这样嘛！常常一天到晚只知道喝酒啥事也不干。今天八成又要去喝上一大通。

他一边想着，一边喝了一大口，顿时满嘴清凉，人也精神了不少。眼前的这段路有电车轨道，路况极为恶劣，此刻显然铁路道口的栅门关闭了，来往车辆就一辆接一辆排起来。被堵的汽车、货车排成了一条弯曲的长龙，托马斯·赫德森朝车龙前头望去，一眼就看到了耸立在对面山坡上的阿塔雷斯堡。这里还有一段流血的战争历史。在他出生前四十年，一支由克里滕登上校率领的远征军兵败巴伊阿·翁达，他们最后被押到这个堡垒来执行枪决，当时总共有一百二十二名美国志愿兵在这座山前被枪毙。再往远处看，哈瓦那电力公司高高的烟囱正冒出一道道浓烟，直上天空，一条历史久远的石子铺成的公路从高架桥下穿过，与港湾的上游平行。港湾上游污黑油腻，跟油轮油舱里泵出的舱底油差不多。这会儿道口栅门开了，车流开始慢慢移动。行驶到这里，北风再大也吹不到了。在木板码头上，一条条木船停泊在那涂了木焦油的木桩旁，谁能想象这些可怜兮兮的破旧船只就是所谓的战时商船队？只见海湾里的垢腻浮沫随着浪花拍打着船身，那颜色比木桩上面涂的木焦油还要黑，那气味更是比阴沟里堆积了很久的污水还要臭。

他一眼就认出来这里边有好几条他熟悉的船。有一条三桅老帆船，当时可能由于船身很大被敌人潜艇给瞄上了，二话没说给了它一发炮弹。其实船上装的只是木材，回头还要装食用糖运出去。如今虽然那挨过炮弹的地方已经修补好了，托马斯·赫德森还是一眼就认出了它。那是因为他当时也在海上，他冒险开船靠过去看，只见甲板上被打死打伤的都是华人。咦，不是说好今天不去想海上的事吗，怎么又想了呢？

可是这条船我还是得看看——他在心里对自己说。毕竟船上的人比起我们刚才路过的那些地方的居民要强得多。再说了，这个港湾也毕竟藏污纳垢了三四百年，而且不管怎么说，这个港湾靠近出口的那一段还是不坏的。还有卡萨布兰卡[1]那一段其实也不算太差。你难道忘了自己在这个港湾里还度过了几个月白风清之夜呢，怎么能不想？

[1] 在西班牙语中，卡萨布兰卡是“白房子”的意思。以此命名的地方有很多。这里指的是哈瓦那附近的一个地区。

“你瞧瞧。”他说。司机见他探头在看，正准备把车停下。他却让司机只管往前开：“直接开到大使馆就好了。”

他刚才在看一对熟悉的老夫妇。这对老夫妇住在一间用木板和棕榈叶搭成的屋子里，这间简陋的披屋是借着一堵墙搭起来的。墙的一边是火车轨道，另一边则是电力公司放置燃煤的堆煤场，所有从港口卸下的煤都要堆在那里。由于卸载机卸煤都得从墙头上过，整个墙上落满了煤屑，黑乎乎的，距铁路路基很近，估计还不足四英尺。木屋的坡顶很陡，就这么点儿地方要睡两个人实在是很勉强。当他的车经过时他们看见那对老夫妇正坐在门口，用一个铁皮罐头盒煮咖啡。他们是黑人，全身脏兮兮的。因为年纪大了，再加上污垢重，身上长满了鳞皮屑。再看他们身上穿的所谓的衣服，也不过是用装食糖的旧麻袋做的。可是，他却始终没看到那条狗。

“*¿Y el perro?*”[1]他随口问司机。

“是啊，我也有好久没看到了呢。”

这些年，他们常常从这对老夫妇的家门前过。那个姑娘有一次（昨晚看的来信就是她写的）忽然变得

[1] 西班牙语：狗呢？

激动起来，说是每次从这间破屋前过，都觉得自己问心有愧，受不了。

“那你为什么不替他们做点什么？”他当时就问她，“你老说这不像话那不像话的，笔下写起这些个‘不像话’来更是警句连篇，可你为什么只说不做呢？”

姑娘一听就生气了，她马上将车停下，跳下车跑到屋子前面，拿出二十块钱给了那老婆子，让她去找一间好一点儿的房子住，去买一点东西来吃。

“是，谢谢小姐。”老婆子说，“可真是好心人啊。”

过些时候他们再次经过那儿，看见老夫妇还是住在老地方，见了他们快乐得直挥手。不过老夫妇买了一条个头很小的白色卷毛狗。托马斯·赫德森不由得心想：这样的狗，怕是不该养来跟煤屑打交道的吧。

“你看他们的那条白毛狗会去哪儿了呢？”托马斯·赫德森问司机。

“多半是死了吧。他们自己都没啥东西吃呢。”

“那我们抽空给他们弄一条狗来。”托马斯·赫德森说。

他俩说话的这工夫，汽车已甩披屋很远了。车子继续往前开，左边是一道刷成泥土色的墙，这是古巴军队的参谋总部。在门口站岗的是有一点白人血统的古巴士兵，尽管姿势有些懒散却带着几分得意，一身卡其军装早被洗得褪了色，头上的作战帽戴得可是比史迪威将军[1]还端正三分，肩上斜挎着一支“斯普林菲尔德造”[2]步枪，军装威武却掩饰不住他肩上那瘦削的骨头。汽车经过时他漫不经心地瞅了过来。像他这样站在北风里不冷才怪，他要是能在管区里巡逻的话，就不会那么冷了——托马斯·赫德森心想。不过再过一会儿，太阳应该就能照到他身上，到时候他就算保持这样的姿势，只要能晒到太阳也就暖和了。万物都离不开太阳啊。看这小伙子还这么瘦这么单薄，当兵估计还没多久吧——他想。等到了来年春天，我们再打这里经过时，即使站岗的还是他恐怕我也认不出了。哎，瞧瞧那“斯普林菲尔德造”一定很重，也真难为他扛在肩上。可惜他们站岗得用真枪，也不能用一支轻一点的塑料枪。哪里像眼下的斗牛士，用摩莱塔[3]逗牛的时候手里拿的只是一把木剑，这样一来手腕子就灵活多了。

“不是说贝尼特斯将军要率领一个师去欧洲参战吗？有消息吗？现在是什么情况？”他问司机，“那

---

[1] 史迪威（Joseph Stilwell，1883—1946）：第二次世界大战时期美国著名的陆军将领。

[2] 由美国斯普林菲尔德兵工厂制造。

[3] 挂在木杆上的红布，斗牛用的。

个师到底开拔了没有？”

“*Todavia no.*”[1]司机说，“还没有呢。不过听说将军现在正在苦练摩托车，练得可勤了。每天一大清早就上马里孔路[2]开练。”

“如此说来那肯定是个摩托化师喽。”托马斯·赫德森说，“你瞧，怎么从参谋部出来的人，不管是士兵还是军官，人人都提着个袋子，那袋子里装的是什么？”

“大米呀。”司机说，“你还不知道么，部队刚到了一批大米。”

“怎么，大米现在不容易弄到吗？”

“可不是，这上哪儿弄去啊？”

“那你呢，现在的伙食怎么样，很差吗？”

“差劲极了。”

“怎么会？你可是在我家里吃饭的呀。这些东西的价钱不管涨得有多高，我也是照买不误。”

“我是说在我自己家里吃饭差劲极了。”

“你什么时候在自己家吃饭？”

“星期天。”

---

[1] 西班牙语：还没有。

[2] 一条位于哈瓦那的沿海公路。

“是吗，看来我也得给你买一条狗了。”托马斯·赫德森说。

“狗我们家倒是有一条。”司机说，“我们那条狗是又漂亮又机灵啊。它可是最爱我了，在它眼里这天底下什么也不如我。我到哪儿它都黏着我非得跟着不可。可赫德森先生，您是要什么有什么的，可您不知道这场战争给古巴人民带来了多大的苦难。您是无法理解，也体会不到的。”

“是啊，一定有很多人在挨饿。”

“这个情况您是无论如何也理解不了的。”

是的，我实在是无法理解，托马斯·赫德森心想，这个国家怎么还会有人挨饿我理解不理解无关紧要，可你呢，你这个王八蛋，我还管你饭呢，你却从来不知道好好保养汽车里的机件。要我看，你也只有吃枪子儿的份儿。真要依了我，恨不能把你一枪给崩了。尽管心里这么想的，但他嘴里说出来的却是：“好吧，我去想想办法，也给你家弄点大米来。”

“那真是太感谢您了。哎……我们古巴人眼下生活的那个困难劲儿，像您这样身份的人是怎么也想象不出的。”

“是啊，这样的生活一定够呛。”托马斯·赫德森说，“可惜不能带你出海，不然我也给你放几天假，让你好好休息休息。”

“海上也挺艰苦的吧？”

“那倒是。”托马斯·赫德森说，“有时候还不是一般的艰苦，即使在今天这样好的天气里你也感觉不到惬意。”

“我们大家都有自己的十字架要背。”

“该我背的十字架我自己背就好了，可我看有些人那都是活该背十字架，我才懒得管他们。”

“可是，我们看待问题还是需要冷静些、耐心些，赫德森先生。”

“*Muchas gracias.*”[1]托马斯·赫德森说。

这时车子已经转到圣伊西德罗街上了，驶过了火车总站，对面就是“铁行轮船公司”[2]码头的大门。这里以前很热闹，停靠在这儿的有从迈阿密和基韦斯特来的船只，还有泛美航空公司使用的老式“飞剪型”水上飞机[3]。现在因为美国海军征用了“铁行轮船公司”的船只，泛美公司改飞DC-2和DC-3后，就都在“放牛人牧场”机场起降了，所以这里的码头也只能关闭了。“飞剪型”水上飞机当初的停泊处现在停泊着海

[1] 西班牙语：多谢（你的好意劝导）。

[2] 一家英国的轮船公司。

[3] 一种巨型船身式水上飞机。

岸警卫队和古巴海军的猎潜艇。

托马斯·赫德森对圣伊西德罗街这一带印象很深，很早便熟悉这一带的情况。现在他说喜欢的一些地方，当年只不过就是一条去往马坦萨斯[1]的路。还记得过了一片灰蒙蒙的镇市之后，便来到阿塔雷斯堡，再经过一个他连名字也说不上的郊区，就上了一条砖路，沿路有好些小镇。汽车从这些小镇中穿过，这个镇那个镇的名字他根本记不清。可是哈瓦那一带的酒吧，没有一个他不熟悉，包括那些下等酒吧，再说这圣伊西德罗街本来就是码头区繁华一时的窑子街。只是如今在这条街上再也找不到一家妓院了，整条街冷冷清清的。自从当局取缔了妓院，所有妓女都被遣返回欧洲以后，这条街就一直这样冷清。至今他还能记起那个大遣返的盛况，跟维尔弗朗施[2]那边的情景正好相反。在那个地中海港口，每当美国船离港时，在港口挥别的是清一色的女性。而这边呢，当满载“姑娘们”的法国轮船驶离哈瓦那时，好家伙，港里港外人山人海，甭管是岸上、码头上还是防波堤上，一群一群的男人在那里挥手告别。当然也不光男人相送，还有女

[1] 位于哈瓦那以东的一个城市。

[2] 一个位于法国东南部的地中海港口，在尼斯以东。

人租了游艇，或是借了卖杂货的小艇，围着轮船，护送满载“姑娘们”的轮船出港。至今回想起那个场面，也是挺伤感的。不过当时也有很多人认为此事可笑至极，可是为什么送妓女就可笑了？托马斯·赫德森是怎么也想不通，不过遣送妓女这件事引来这样的情景，总归说来还是挺滑稽和愚蠢的。总之，满载“姑娘们”的轮船开走以后，伤心的人实在不少，从此圣伊西德罗街再也没有恢复过生机。尽管这条街现在是如此萧条，甚至看不到一个白人（男的女的都看不到了），就是偶尔看见一两个也无非是开卡车的、推送货车的路过这里。但是他自己心里清楚：只要一提起这条街，至今他还会怦然心动。其实，要说风流街巷哈瓦那还有的是，而且传言有些街巷、地区还闹得蛮凶的。比如离这儿不远就有条叫耶稣和马利亚街热闹得很，不过那种地方住的是清一色的黑人。总之，圣伊西德罗街附近，自从没有妓女之后就一直是一派萧条、冷落的景象了。

车子继续往前开，就进入了真正的所谓码头区，这儿停泊着要去雷格拉[1]的渡轮，还有一些在沿海一带航行的帆船。港湾里充斥着褐色的海水，还翻腾起

[1] 地处哈瓦那郊区的一个市镇。那一带有很多储存食糖和烟草的仓库。

不小的浪头，但是浪尖上却并没泛起一点白沫。在看过了刚才港湾深处那发黑的脏水之后，觉得这里褐色的海水也还算清澈。再朝对面望去，卡萨布兰卡这一带海湾因有山峦挡住了风，所以没浪花。除了古巴海军的灰色炮艇，还有好些小渔船也停在那儿，他知道那儿还停靠着自己的船，不过现在还看不见。隔着海湾，有座黄色的古老的教堂伫立在对面，那些粉红的、绿的、黄的都是雷格拉的一带的房屋。再远一点，还可以望见贝洛特那边炼油厂的储油罐和炼油大烟囱和背后朝科希马方向逶迤的一溜灰色的山峦。

“先生您看见您的船泊在哪儿了吗？”司机问。

“从这儿还看不见。”

尽管电力公司的烟囱还直冒浓烟，但因为他们已经到了上风头，所以空气没怎么被污染，只觉得这里的阳光是那么灿烂明净，空气也是那么清新如洗，跟他高地上的庄园相比也并不逊色。只是眼前码头上来来往往的人们个个都瑟瑟缩缩的，显然今天北风呼啸，气温较低。

“我们先到佛罗里迪塔去吧。”托马斯·赫德森对司机说。

“可是只要再过四条马路就可以到大使馆了啊。”

“我知道。可我说了还是想先到佛罗里迪塔。”

“好的，遵命。”

于是车子就直入市区，到了市区，风小了些。当他们的汽车经过货栈和商店时，托马斯·赫德森立刻感受到那扑面而来的各种各样的气味：有堆着的一袋袋面粉的气息，也有散落的面粉的味道，有新开的木板货箱的味道，还有闻着比早上喝杯酒还刺激的现炒咖啡豆的浓郁香味。车子刚要向右拐弯朝佛罗里迪塔开去时，又飘来一股好闻的比刚才的种种味道还浓的烟叶子香味。无疑这条街也是他心头所爱，不过他从不在这条街上散步。不是不喜欢，而是白天根本不可能散步，因为人行道太窄，车辆行人又太多。晚上也不行，虽然车辆行人是没了，可是咖啡豆也不炒了，店都打烊了，也闻不到烟叶子的香味了。

“还没开门呢。”司机说。只见那酒吧两边的铁拉门还关得严严实实的。

“果然不出我所料。好吧，那我们现在走奥维斯波街去大使馆吧。”

这条街他倒是步行过千百回了，不光在白天，晚上也走过。在这条街上他是不大情愿坐汽车的，因为坐汽车的话一晃就过去了，所以他倒是喜欢在这条街上漫步，可现在没时间了，他得赶时间去汇报。他一口喝干了杯里的酒，不时看看前方的车辆，瞄瞄人行道上的行人，或是瞅瞅南北向街道上的过路车辆，就是不看这条街，准备待以后步行的时候再细细打量。车子停在大使馆兼领事馆的大楼前，他下车走了进去。

按惯例，访客进入大使馆都得在一张桌子上填写姓名、住址和来访事由。那办事员脸色阴沉，两道眉毛显然是修过的，两撇小胡子盖过了上嘴唇那下撇的两角。他抬头看了看访客，面无表情地推过一张登记表。哪知道托马斯·赫德森瞧都没瞧一眼，就自顾自地跨进了电梯。那办事员见他这样，耸耸肩膀，再用手理了理自己的眉毛。虽然这个举动有些做作，不过他应该是知道自己眉毛理一理总比那毛茸茸、蓬松松的样子整洁些、好看些吧，再说也跟他的小胡子更相配。他相信他那样细细的两撇小胡子绝对是小胡子里最细的了，因为再细就不能称其为小胡子了。他认定埃罗尔·弗林[1]的小胡子都没那么细，什么平乔·古蒂埃雷斯、霍尔赫·内格雷特的也都不在话下。不过就算小胡子细了点儿，赫德森这王八蛋也不能就这样大大咧咧地直闯进去，根本不理他，这实在是不敬到极点了。

[1] 埃罗尔·弗林（Errol Flynn，1909—1959）：好莱坞电影演员，所扮演的角色大都是惊险片和军事片中浪漫而勇敢的人物。

“你们这里的看门人现在都是怎么弄进来的，怎么随便弄个乱七八槽的‘相公’就来看门啦？”他问那个开电梯的。

“哎哟，你还叫他‘相公’，我看这是抬举了他呢。简直就是草包一个。”

“这里一切都好吗？”

“很平静，跟往常一样，挺好的。”

到了四楼，走出电梯，沿着过道走了过去。这一排有三扇门，他进到中间一扇门，值班的是海军陆战队准尉，于是他上前询问上校在不在。

“上校今天早上乘飞机说是到关塔那摩[1]。”

“那他什么时候回来？”

“他说可能还要去一趟海地。”

“他留下什么东西给我吗？”

“没向我交代过。”

“那给我留了什么口信吗？”

“他就说让你稍等。”

“上校情绪可好？”

“糟透了。”

[1] 关塔那摩是位于古巴岛东南的一个港湾。这里指的是该处的美国海军基地。

“脸色呢？”

“难看。”

“生我的气？”

“不会的。他只说让你稍等。”

“有什么我应该知道的？”

“不清楚。你估计会有什么？”

“得了，不说了吧。”

“好吧。瞧你这话说的，听得我也是云里雾里的。反正你也不是部队里面的人，不用替他当差。你还是出你的海吧。我其实也犯不着管你的事……”

“何必生气呢。”

“你现在还在乡下住吗？”

“是的。不过我今天都在城里，白天晚上都在。”

“他今天白天、晚上都回不来。他来了我会打电话到乡下通知你的。”

“依你看，他真的没生我的气？”

“的的确确没生你的气啊。我说你这是怎么啦？难道你做了什么心里有鬼？”

“没有的事。有其他人生我气吗？”

“据我所知，就连海军上将也没生你的气。行啦，快去吧，帮我痛痛快快喝两杯。”

“我先为自己痛痛快快喝两杯吧。”

“别忘了也代我喝呀。”

“为何还要我代劳？你不是每晚都喝得烂醉的吗？”

“那又怎样，还嫌不过瘾呗。那个亨德森干得还可以吗？”

“还可以。你怎么问起他来了？”

“没什么。”

“到底为什么？”

“能为什么呀，就是随便问问。有意见吗？”

“没意见，我们是不会到处发表看法的。”

“果真有器量，不愧是个当头儿的。”

“我们要提意见的话，就正儿八经去告你的状。”

“你告不了的，就你个小老百姓。”

“见鬼去吧。”

“还用去哪儿见啊？在这儿我不是就见到了么？”

“行啦，等他一到，你就打电话通知我。最关键的是不要忘记代我向上校致意，一定跟他报告说我来过了。”

“是的，长官。”

“行啦，无缘无故加个‘长官’干什么？”

“礼貌。”

“再见，霍林斯先生。”

“再见，赫德森先生。不过我最后还有句话要提醒你：别让你手下的人走得太散了，需要的时候得紧急招集。”

“多谢你的提醒，霍林斯先生。”

这时，从过道那头的译电室走出一个他正好认识的海军少校。这人脸晒得黑黑的，这也难怪，他平时就爱打高尔夫，还常去海曼尼塔斯海滩。这家伙看上去非常健壮，心里想什么也从不表现出来。他年纪轻轻，但对远东方面的事务可以说是十分在行。当初他在马尼拉开了一家汽车经销行，后来还在香港设了个分行，那会儿托马斯·赫德森就认识他了。他精通好几种语言，会讲他加禄语[1]，还会说一口流利的广东话，西班牙语自然也不在话下。他就顺理成章地被派到哈瓦那来了。

“嗨，汤米。”他说，“你什么时候回来的？”

“昨天夜里。”

“怎样，路好走吗？”

“相当难走。”

“我看你那辆车迟早有一天会翻车要你命的。”

“我开车很小心。”

[1] 菲律宾的一个语种，为菲律宾国语之一菲律宾语的基础。

“那倒是，你开车向来非常小心。”海军少校弗雷德·阿彻一边说着，一边搂住托马斯·赫德森的肩膀，“让我碰碰你。”

“这是干什么？”

“就让我高兴高兴呗。碰碰你我就很高兴了。”

“你最近去和平饭馆吃过饭吗？”

“还真是好几个星期没去了呢。我们一块儿去好吗？”

“行啊，你说个时间。”

“今天午饭我是没空了，我看那就晚上我们一起去吧。你今天晚上有饭局吗？”

“饭局是没有。不过吃完晚饭后还有点事。”

“我也一样，晚饭后还要办点儿事。那我们在哪儿碰头好呢？要不就在佛罗里迪塔吧。”

“也行，你就在他们快打烊的时候过来好了。”

“好。我晚饭后还要回这儿来，所以晚饭也不好喝太多。”

“怎么，你们这班家伙总不至于还要加夜班吧？”

“我可不就得加夜班嘛。”阿彻说，“不过这种做法真是不得人心。”

“今儿碰到你我可真是挺高兴的，弗雷迪先生。”托马斯·赫德森说，“见了你我就开心起来了。”

“那不见得吧，”弗雷德·阿彻说，“我看你本来就没少开心。”

“你的意思是说我一直都很开心？”

“你难道不是吗，你本来一直就这么开心。这次开心完了下次又开心了，下次开心过了还有再下次的开心，总之就是开心个没完。”

“可还是没有开心到怎么样啊。”

“干吗一定要开心到怎么样才算数呢，老兄。反正你很开心就对了。”

“改天请你一定把这个意思写成文字送给我，弗雷迪。我得把它当作座右铭，每天清早起床就这么念一遍。”

“话说你那条船到底碰到过什么头痛的事没有？”

“还真没有。最头痛的不过也就是三万五千来块钱的一艘破船彻底报销了，这个数字还是我签了字才上报的。”

“这件事儿我知道。在保险箱里我见到过你签了字的那份东西。”

“是嘛，原来他们办事竟然这样马虎啊。”

“可不是嘛。”

“那这里的人都这么马虎吗？”

“那倒也不是。而且跟之前相比，现在已经好多了。

我这话一点儿不骗你，汤米。”

“那好。”托马斯·赫德森说，“但愿今后都不会再碰到这样的事了。”

“对了，你要不要进来待会儿？我们这儿又新来了几个同事，我管保你见了一定会喜欢他们的。两位都是挺不错的家伙，有一位那真是没说的。”

“不了。他们知道我的事不？”

“不，他们不知道。他们只知道你是出海的商人，所以很想跟你见见面。我看你也会喜欢他们的。其实都是挺不错的人。”

“改天再跟他们见面吧。”托马斯·赫德森说。

“那好，听你的，老大。”阿彻说，“等到餐馆快打烊那会儿我就过去找你啊。”

“什么餐馆，是佛罗里迪塔。”

“哎呀，我指的就是这小酒馆儿。”

“得，看我这脑筋，真是越来越不开窍了。”

“你这不过是聪明人一下子没转过弯来。”阿彻说，“要不我带一个去，就是刚才说起的那两位中的其中一位，你看好不？”

“还是算了吧。你看可以免的话就免了吧。说不定那个地方还有我那一伙人呢。”

“我以为你们这帮家伙一上了岸就各顾各，互不照面。”

“可有些时候也难免寂寞难熬啊。”

“我看就应该把他们统统集中关在一起才是办法。”

“你就是关了他们，他们也照样会逃走的。”

“好吧，你快去吧。”阿彻说，“这会儿恐怕快迟到了。”

弗雷德·阿彻推门进了译电室对面那间办公室，托马斯·赫德森就顺着那条过道下了楼梯，这回他没乘电梯。出了大楼，强烈的阳光刺得他睁不开眼。那来自西北的大风依然强劲，一点儿不见小。

上了车，他就吩咐司机走奥赖利街直接去佛罗里迪塔。车子沿着使馆大楼和市政府大楼前的广场绕圈，正要拐上奥赖利街时，他一眼看到了港湾出口处的海浪：天，浪头竟有这么大，连航道浮标也跟着大起大落。再仔细一看，港湾出口处海面上波涛汹涌，清澈透绿的海水一波接一波地击打着莫洛堡脚下的岩石，波峰浪尖在阳光下飞出朵朵白色的浪花。

他心里暗自称奇：好壮观的大海！不只景象壮观，大海本身也很伟大。真值得干一杯。他不由得又想了起来：原来我在弗雷迪·阿彻心目中还是个心智坚定的人呢。我要真有那么坚定就好了。嗨，我这是说的什么话呢！我又有哪点够不上“坚定”二字？“坚定”二字简直就是我的座右铭。出海我没有少过一次，每次都是那么积极主动。我怎么样才能让他们满意呢？总不至于要我把强力水下炸药当早餐吃吧？总不至于要我把随身带的烟草换成强力水下炸药吧？要是真那样的话，别人不把我当成怪物才怪呢——他心里嘀咕着。这么说你莫非有点疑神疑鬼了，要不怎么会想到这上头去呢，赫德森？他告诉自己：那完全是扯淡。心里为何会有这些想法，毕竟这也是人之常情嘛。脑袋里的想法太多一时半会儿也很难理出个头绪。尤其在我，真觉得有种难以言表的苦衷。我只是觉得，我宁可要自己变成弗雷迪心目中的那种坚定的人，也不想做一个自怨自艾的人。依我看做一个有七情六欲的人比较有趣，但是这样一来痛苦也会多得多。我眼下就痛苦得要命。看来我还是做他们心目中的那种人比较适合。算啦算啦，我干脆不要再去自寻烦恼了。很多事情只要你去想，更多的事情就会接踵而至。见鬼，你想得倒美，可我还是奉行这样的原则——他想。

佛罗里迪塔开门营业的时间比较早，这时《警报》和《磨炼报》也买得到了。他就一起买两份报纸，来到吧台前。他在左边吧台尽头处找了一只高脚凳坐了下来，背靠着向街的墙，他的左边正好被柜台内的后墙挡住。他照例向佩德里科要了一杯不加糖的双料冰镇代基里酒，佩德里科也照例一笑，不过人们觉得他哭比笑好看，那笑脸其实倒有些像一个不小心摔断了脊梁骨而当场身亡的人，龇牙咧嘴的，但你又不能否认那确实是张笑脸。先来看看《磨炼报》吧。战事现在已经发展到意大利境内。他对五兵团作战的那一带不是很熟悉，对另一翼八兵团作战的地方倒是很熟悉的。他正想在那一带的地势，伊格纳西奥·纳特拉·雷维约进来站到他的身旁。

佩德里科在伊格纳西奥·纳特拉·雷维约的面前摆上了一瓶维多利亚原封酒、一只放好了大冰块的酒杯，旁边还放了一瓶加拿大无甜味苏打水。急忙调好满满一大杯，又斟酒又兑水的，忙活得差不多了，才慢慢向托马斯·赫德森转过身来，透过那副角质架、绿镜片的眼镜直瞅他，装出好像才刚刚看见他的样子。

伊格纳西奥·纳特拉·雷维约瘦瘦高高的，上身穿着一件乡下人才穿的白布衬衫，裤子也是白的，脚上穿着一双擦得锃亮锃亮的棕色的传统英式拷花皮鞋，露出里面的黑袜。他脸庞红红的，两撇黄色的小胡子硬得跟牙刷似的，一双充血的近视眼藏在绿镜片背后。他那一头沙色的头发有些卷，看来是好不容易才梳整齐的。你再看他调酒的那副猴急样儿，准会以为他今天还没有开过号呢，其实这早已不是他今天的第一杯了。

“你还不知道吧，你们的大使闹笑话啦。”他对托马斯·赫德森说。

“鬼才信。”托马斯·赫德森回了一句。

“不不，我可没有跟你开玩笑。你听我说。不过这话你可千万不能透露出去啊。”

“得了，喝你的酒吧。我才不想听呢。”

“哎呀，你当然应该听听。你不仅要听，你不应该想个办法来补救补救吗？”

“我说，你不冷吗？”托马斯·赫德森问他，“这么冷的天儿，只穿一件衬衫、一条薄裤？”

“我从来就不知道冷。”

我看你也从来不知道该清醒清醒——托马斯·赫德森心想。你大清早就来到自己家附近的那个小酒吧，喝酒喝到摇摇晃晃到这儿来开号的时候，已喝得稀里糊涂的了。也难怪在这风大天冷的天，穿什么衣服也都浑然不觉。对了，准是这么回事——他想。可他转念又联想到自己，那你怎么不问问自己又如何呢？你今天早上是什么时候喝的第一杯酒？到这儿来开号以前不也几杯下肚了？哎呀，酒鬼对酒鬼就不要多加指责了。其实问题还不在于他是不是酒鬼——他想。他是酒鬼关我啥事儿？其实是他这个人简直讨厌透顶。对于这样招人厌的家伙是用不着怜悯、用不着慈悲的。于是他就对自己说：来吧来吧，你今天不就是为了要开心一下吗？那就别想什么了，好好乐一乐。

“来吧，我跟你掷骰子玩儿，咱可说好了，这杯酒谁输谁请客。”他说。

“行啊，没问题。”伊格纳西奥说，“你先掷吧。”

没想到他一下就掷出了三个K，这一局果然赢了。

这感觉可真好。当然这杯酒的滋味也是美得不能再美了。凭谁掷出三个K来这种感觉本身都是够棒的，更何况赢了伊格纳西奥·纳特拉·雷维约，这就更令他开心了。因为这个家伙总是自命不凡、惹人讨厌，赢了他觉得特别开心。

“再来，再掷一次看看。”伊格纳西奥·纳特拉·雷维约说。托马斯·赫德森不由得有点儿走神：说也奇怪，怎么只要一想起这个自命不凡又惹人讨厌的家伙，他的名字就总会连名带姓地一齐蹦出来，就好比你一想起他“自命不凡”“惹人讨厌”这两个词儿也都会自动跟他都连在一起一样。这恐怕有点像那些姓名后面还带着“第三”之类的人名，比如“托马斯·赫德森第二”。那个讨厌劲儿就别提了。

“我说，你的全名该不会叫‘伊格纳西奥·纳特拉·雷维约第三’吧？”

“哪儿的话。我父亲叫什么名字你不是知道吗？”

“是啊。我很清楚。”

“再说我两个哥哥叫什么名字你也知道，就连我爷爷叫什么名字你也清楚。不要想入非非啦。”

“是的，我不应该想入非非。”托马斯·赫德森说，“我一定注意不要想入非非。”

“这才对嘛。”伊格纳西奥·纳特拉·雷维约说，“记住，想入非非是没有好处的。”

只见他铆足了劲儿在那儿捧着骰子皮筒摇，还从没见过他这样卖力、这样认真，尽管他打足了精神，把自己调整到最佳的竞技状态，可是摇了半天，也没掷出一个大点子来。

“我可怜的亲爱的朋友。”托马斯·赫德森说。他拿起沉甸甸的骰子皮筒开始摇，觉得那声音还真是好听，“我的好骰子呀，你对我真友好。胖乎乎可爱的骰子啊，我真得表扬表扬你。”他说。

“行啦，别傻里傻气的，赶紧掷吧。”

这一把，托马斯·赫德森在湿漉漉的吧台上掷出了三个K，外加一对十。

“我们是不是也该赌点什么？”

“之前不是说好的吗？”伊格纳西奥·纳特拉·雷

维约说，“这赌的是第二杯酒。”

托马斯·赫德森点点头表示同意，又做出一副跟骰子筒无比亲切的样子，摇了两摇，掷出来一个Q和一个J。

“你看，要不要赌点什么？”

“看样子我恐怕是赢不了你喽。”

“那好吧。我赢了就还是喝酒，总可以了吧。”

接着，他又掷出来一个K，一个A，感觉那两颗骰子从筒里出来的时候简直就是气派十足、不可一世。

“看吧，就你这小子能有这么好的手气。”

“再给我来一杯双料冰镇代基里，不加糖。伊格纳西奥要什么请他自己点吧。”托马斯·赫德森说。这会儿他倒是渐渐喜欢起伊格纳西奥了。

“我说，伊格纳西奥。”他说，“我见过戴淡红色镜片的，可还从来没有听过和见过有谁戴绿眼镜看世界的。像你这样戴着绿眼镜看东西，不是什么都长得跟青草一样吗？你不觉得自己随时随地都像在绿草地上吗？你难道从来都不觉得自己像只吃草的牛羊吗？”

“你懂什么，绿色有助于眼睛休息，这都得到了最有研究的验光师的证实。”

“原来你跟最有研究的验光师也有来往啊？我看

他们一定都是些异想天开的家伙。”

“虽然我跟别的验光师没有什么私交，不过我的那位验光师可是对他们的研究成果了如指掌。纽约的验光师里，就数他本事最高。”

“是吗？在伦敦数谁最高呢，我倒很想认识认识。”

“我不知道伦敦哪位验光师最高明，不过你要知道世界上最高明的验光师可是在纽约。你如果想去见见他，我很乐意给你一张他的名片，替你介绍介绍。”

“来吧，我们再来掷一次，看看这杯酒谁请客。”

“好啊。你先我后。”

托马斯·赫德森拿起骰子皮筒，感觉拿在手里沉甸甸的，这是因为佛罗里迪塔酒吧的骰子大，这倒是让他信心十足。承蒙这副骰子的关照，他的手气一直不错，他可不想把赐给他的这份好运给冲没了，所以也没有多摇就掷出来三个K、一个十、一个Q。

“三个K。真是妙不可言。”

“嘿，还真有你的，这家伙！”伊格纳西奥·纳特拉·雷维约说完，掷出来一个A、两个Q、两个J。

“好吧，那就再来一杯双料冰镇代基里，千万别加糖啊，伊格纳西奥先生要喝什么请他自己点吧。”托马斯·赫德森对佩德里科说。

佩德里科照例一笑，很快就送上了酒，顺便把调酒器也放在托马斯·赫德森跟前，调酒器里还留了一份代基里，至少可以斟上满满的一大杯。

“就凭我今天这手气，你信不信，我可以一直赢你到天黑？”托马斯·赫德森不无得意地对伊格纳西奥说。

“糟糕，看你这架势，怕真有这种可能呢。”

“看得出这副骰子可喜欢我了。”

“是啊，有什么鬼东西喜欢你也好。”

托马斯·赫德森突然感觉头皮上隐隐一阵针刺般的疼痛，细想一下这种感觉近一个月来已经有过多次了。

“咦，你这话是啥意思啊。伊格纳西奥？”他问得可是非常客气。

“我的意思是，我反正是怎么样也不会喜欢你的，我的钱不是都叫你赢去了吗？”

“哦，你是这个意思啊。”托马斯·赫德森说，“那我们就再来一杯，祝你健康。”

“我还祝你去见阎王呢。”伊格纳西奥·纳特拉·雷维约闷着声说。

忽然托马斯·赫德森感觉到头皮像被针扎了一下。他赶紧把左手伸到吧台上伊格纳西奥·纳特拉·雷维约看不见的地方，轻轻地用指头叩了三下[1]。

“那可真是多谢你啦。”他说，“要不要再来掷一次，还是赌杯酒？”

“不来了。”对方说，“你今天赢了我这么多钱，我输得可不少啊，你可真狠心。”

“瞧你这话说的，你哪儿输什么钱啦？不过几杯酒罢了，图个高兴嘛。”

“酒不也是钱嘛，酒钱总得我来付吧。”

“我说，伊格纳西奥。”托马斯·赫德森说，“你今天这话听起来可是在刺人呀，我记得你说第三遍了。”

“对，我还就是说话刺人怎么了？要是一些无礼透顶、态度粗暴的家伙也这样对你，就像你们大使对我那样，我肯定你说话比我还刺人。”

“你看你怎么这样，我不想听你说了。”

“瞧你这副德行，还说我说话刺人呢。算了，托马斯。我们是好朋友对不对？你的公子汤姆好些年没见了，对了，小汤姆近况如何？”

“他死了。”

---

[1] 此处为西方迷信，指的是听到晦气话后，只要用手在木头上敲三下，就可以消灾避邪，逢凶化吉。

“啊，这……真是太对不起了，我都不知道。”

“没什么。”托马斯·赫德森说，“来吧，我也请你喝一杯。”

“这消息让我好难过。真的，我这心里堵得慌。他到底怎么死的？”

“我目前也不太了解具体的情况，我会弄清楚的，等我清楚了再告诉你吧。”托马斯·赫德森说。

“地点呢？”

“我不知道。我只知道他当时在执行飞行任务，至于其他的就什么也不知道了。”

“他不是去过伦敦吗，那段时间他在哪儿，是和我们的朋友怀特一起吗？”

“是的。他去过几次伦敦，每次都去怀特家，正好怀特家办聚会，凡是去参加的朋友也都见过他。”

“也好，这总算是个安慰。”

“是个什么？”

“我是说，知道他和我们的朋友聚过会，我的心里感到一点安慰。”

“是啊。我想他在伦敦应该玩得很尽兴。他一向都是要玩就一定玩得很尽兴，什么都不管。”

“我们是不是该为他干一杯？”

“干个屁。”托马斯·赫德森说。这时他两眼紧闭，心乱如麻，用“心如刀割”来形容再合适不过了，他刻意不去想的那些事又涌上心头。过往种种的伤心事，他一直尽力躲避。出海在外的时候他把这些都扔出脑海，从来不去想，今天一早上也都不曾想过，可如今却又都一股脑儿冒了出来。“唉，不想这些。”

“我想他值得这一杯，我们为他干了。”伊格纳西奥·纳特拉·雷维约还在说，“在我看来，这是极正当的为礼之道，我们应该为他干一杯的。你别管，我来付这杯酒的账。”

“好吧。那我们就为他干一杯吧。”托马斯·赫德森喃喃道。

“对了，他是什么军衔？”

“空军上尉[1]。”

“要是小汤姆能一直干到今天，空军中校也能当上，至少空军少校是没问题。”

“我看军衔就免谈了吧。”

“得，你说免谈就免谈了吧。”伊格纳西奥·纳特拉·雷维约说，“你的公子，汤姆·赫德森，也是我们的朋友，他值得我们为他干了这一杯。*Dulce es*

---

[1] 原文为“Flight Lieutenant”，这是英国空军的军衔。下文提到的空军中校（wing commander）、空军少校（squadron leader）也都是空军军衔。

morire pro patria.[1]”

“放屁。”托马斯·赫德森小声骂了一句。

“怎么啦，我念的拉丁文有错？”

“错不错我不知道，伊格纳西奥。”

“可我听你当年的老同学说你的拉丁文是顶呱呱的。”

“还顶呱呱呢，我的拉丁文早就忘得一干二净了。”托马斯·赫德森说，“还有我的希腊文、英文、我的脑袋、我的心，哪一样不是忘得一干二净？我现在就还会说一句话，那就是来一杯冰镇代基里。*¿Tú hablas*[2]？”

“别这样，我想我们对汤姆应该尊敬点儿才是。”

“你不了解汤姆，他才是开玩笑的行家呢。”

“确实是那样。他是个懂幽默的人，还精于幽默，有时真称得上是绝了，一表人才，风度翩翩。对了，他还是个挺出色的运动员。在运动员里也算得上是头挑儿的。”

“是啊。拿掷铁饼来说，他可以掷到一百四十二英尺。打起橄榄球来可真是全能，轮到进攻的时候就

[1] 拉丁文：为国捐躯是幸福的。

[2] 西班牙语：你可会说？

当助攻后卫，轮到防守就当左拦截手。他还打得一手好网球，什么打飞鸟啦、钓鱼啦，这些他样样精通。”

“那可不，他不仅是一个优秀的运动员，还特别有风度。像汤姆这样的运动员也是数得着的。”

“可就是有一件事儿太不好。”

“哪一件？”

“他死了。”

“好了好了，你也不要灰溜溜的了，汤米。与其这样，你还不如多想想小汤姆在世时的模样儿。想想他总是那么的喜气洋洋、容光焕发，想想他是多么的有出息。不要像这样垂头丧气、灰溜溜的，对你可没有好处。”

“是没好处。”托马斯·赫德森说，“行吧，那就不要再灰溜溜的了。”

“你就听我的吧。我们在这儿谈谈他也是挺有意思的。任谁听到这个消息都是够难受的，但是我相信你会像我一样挺住的，当然我跟你不能比，你是他的父亲，你肯定要比我难受一千倍啦。不过他驾驶的是什么飞机，你知道吗？”

“喷气式战斗机。”

“原来是喷气式啊。好吧，那就让他驾驶一架喷气式，永远留在我的记忆里。”

“那倒也不是很容易想象的呢。”

“没问题。我在电影里看到过这种飞机。我也有好几本讲英国空军的书，英国新闻署通常会寄一些出版物给我们。你也知道吧，这种飞机的装备非常先进。小汤姆坐在飞机里雄姿勃发，我完全能想象出来。他穿着海上救生背心，当然飞行衣、降落伞、大皮靴这些也是少不了的。这么一说我完全就想象出来了嘛。好啦，我得回家吃午饭去了。你也跟我一起上我们家吃饭吧，好不好？卢特西亚一定非常欢迎你去的。”

“多谢了。我还约了个人在这儿碰头。真是谢谢你了。”

“那就再见了，老兄。”伊格纳西奥·纳特拉·雷维约说，“你会挺过这一关的，我相信你。”

“多谢你的指点。”

“有什么好谢的？我很爱汤姆，跟你一样。我们大家都爱他。”

“那就谢谢你今天请我喝了这么多酒。”

“你就等着吧，改天我要翻了本，还不都得从你手里赢回来？”

伊格纳西奥说完就出去了。他前脚刚走，有个人就从吧台那头不远处向托马斯·赫德森这边挪了过来，没错，这就是他船上的人。一个皮肤黑黑的小伙子，头发又黑又短，还带卷儿，左眼皮有点耷拉：仔细一瞅才发现原来这只眼珠是假的。不过不细看是看不出来的，他有四只不同的假眼珠：有充血的，也有略有点充血的，还有近乎清澈的和完全清澈的，当然，这些可都是政府特地为他做的。正好他这会儿也已经喝得三分醉了，和他现在戴的略有点充血的那一只很配。

“嗨，汤姆，你什么时候进的城？”

“昨天。”接下来的话汤姆说得很慢，几乎看不到他的嘴唇在动，“放自然点儿。别搞得跟演滑稽戏似的。”

“我可不是故意的。我可能喝多了，有点醉了。我跟你说，我已经被他们开膛破肚地全身检验过了，我的肝都已经打了包票啦。现在的我算是个无愁天子了。你不是知道这些的吗？对了，汤姆，刚才你跟那个冒牌英国绅士说的话，我就站在他旁边也不免听到了几句。怎么，你的公子汤姆牺牲啦？”

“是的。”

“唉，真是的。”那小伙子连声感叹，“唉，真是的。”

“这些我们就别再提了吧。”

“是啊，不提了。可是你是什么时候听说的？”

“在上次出海之前。”

“唉，真是的。”

“今天你准备干些什么？”

“都计划好了，先跟几个哥儿们去巴斯克酒吧吃饭，吃完饭再一起去找女人睡觉。”

“那你明天会在哪儿吃午饭？”

“还在巴斯克酒吧。”

“那行吧，就这样，你们明天吃午饭的时候让帕科给我挂个电话，好不好？”

“行啊。挂到你家里吗？”

“对，就挂到我家里。”

“我看你也跟我们一块儿去，找个女人玩玩？我们要去亨利的‘逍遥楼’呢。”

“看情况再说吧。”

“这会儿亨利就在到处找姑娘呢。他可是一吃完早饭就出去找了。这家伙，自打尝过几回甜头之后越发来劲了。也是因为他对我们现有的两个妞儿不满意，一心还想找更好的。那两个妞儿大白天看着确实挺让人泄气的，不过想想在游乐场里也就只能搞到这样的了，像模像样的实在是找不到。我看这个城市也真是越来越差劲了。现在亨利把这两个妞儿留在‘逍遥楼’里备用，他自己和‘老实头’莉儿开着一辆汽车出去找别的姑娘去了。”

“你看他们能有什么收获？”

“我看够呛。亨利心里有个小丫头，就是在回力球场常见的那个小丫头，他对这个丫头早就流口水了。可是因为亨利块头那么大，‘老实头’莉儿也没有办法帮他弄到手，那丫头一看到他就怕。不过‘老实头’莉儿说，我要是对那妞有意的话倒可以把她给我弄来。可是毕竟亨利想要，她想帮忙也使不上劲，因为亨利实在是高大威猛，再加上小丫头也许是听到了什么传言，所以一见到他就怕得不行。还好现在亨利身边有那两个妞儿垫底，别的姑娘找不到也无所谓了，至少还有玩的。但是瞧瞧他，整个心思都在这个小丫头身上了，连魂儿都让她带走了。不过他到底怎么想的谁也说不好，也许这会儿他早就跟那两个妞儿干上了呢，把其他事情都抛在脑后。可这家伙光干也不顶饿吧，他好歹也得吃饭啊，我们约好在巴斯克酒吧碰头的。”

“一会让他多吃点儿。”托马斯·赫德森说。

“谁能说得动这个人呢？我想恐怕除了你没有别人了。我是没有那个能耐了。不过我可以请客让他多吃点儿东西，再不就求他多吃点儿。要不就自己多吃点儿也行，做个榜样让他瞧瞧。”

“也许帕科可以让他多吃点儿。”

“你这个主意倒是不错。也许帕科有办法让他多吃点儿。”

“再说他刚刚大干了一场，也许这会儿肚子早就咕咕叫了呢，要是你难道不会吗？”

“你说呢？”

就在这时候一个大个子进来了。他的个头是那样大，肩膀是那样宽，神情是那样乐呵呵，风度也是那样美妙。托马斯·赫德森真还没有见到过第二个这样的大块头。天气寒冷，那张微笑的脸上居然还挂着汗珠。一进门来他就热情地扬扬手向酒吧里的每个人打招呼。他这么大的个头实在是太显眼了，他一进来，似乎满酒吧的人立刻都矮了三分，可是他的笑容却实在是有亲和力，看上去很阳光。他穿着一条旧蓝裤子，衬衫也是古巴乡下人穿的那种，鞋底是用绳子编的。“汤姆，你这个淘气小子。”他热情地招呼说，“我们在找俏娘们儿呢。”

到了这种室内没有风的地方，那英俊的脸上的汗水就更显眼了。

“亲爱的佩德里科，你点的这个酒也给我来一份，对了，记得给我双料的。如果你要是现调酒的话，即使再加大点分量我也不介意。我说汤姆，这会儿见到你，真是有点出乎我的意料啊。哎哟，瞧我这眼睛怎么长的！这不是‘老实头’莉儿吗。我的美人儿，快坐到这边来。”

另一扇门里走进来的是“老实头”莉儿。这个女人远远坐在吧台那头，还好看，常常让人有种冲动。因为那个时候她身上的臃肿被那张擦得亮亮的木头吧台给遮挡住了，就只能看到她浅黑色的可爱的脸庞。可是现在她从门口径直向吧台走来，视线没有任何遮挡，她臃肿的身子便展露无遗。也正因为她面前没有遮挡，她才能开足马力，却又不露一点匆忙之态。她摆动着身子，像团蠕动的肉，直赶到吧台跟前，有些费力地爬上托马斯·赫德森原来坐的高凳，把肥大的屁股一下子放在凳子上。托马斯·赫德森只好把左边有遮有挡的位置让给她，身子向右边挪过去一个位置。

“哈罗，汤姆。”她说着，亲了一下托马斯·赫德森的脸，“亨利那家伙真是坏透了。”

“我的美人儿，你倒说说我哪里坏了？”亨利对她说。

“你还说自己不坏？”她对他说，“我见你一次就觉得你比上一次坏。托马斯，你可千万要护着人家，要不又得被他欺负。”

“你说他坏，他坏在哪儿啦？”

“最近他迷上了一个小不点丫头，可他跟小丫头根本就不匹配呀。再说那小丫头见了他就害怕，也死活不愿意，要怪就只能怪他自己，谁叫他长那么大的块头呢，两百三十磅都是少说的啦。”

亨利·伍德脸上的汗水冒得更厉害了，脸也红了起来。他喝了一大口酒。

“不是两百三十磅，是两百二十五磅。”他说。

“你看看，我跟你说的一点都没错吧？”那黑皮肤的小伙子说，“我告诉你的没半点儿假。”

“你这大嘴巴，怎么哪儿都有你？”亨利责问他。

“你弄来的那两个妞儿，绝对是两个骚货。两个贱娘们一看就是做烂水手生意的。而且那是两个臭婊子，心目中除了钱什么都没有。我们竟然还跟她们睡觉呢。一边数落她们是下贱的婊子，一边又跟她们上床睡觉。完全就是在给人家暖被窝。咱们既然是老朋友，那我就说句掏心窝的话：跟她们睡让我觉得自己更下贱。”

“听你这么一说她们可真是地道的烂货呢，没错吧？”亨利嘴上逞强这么说，脸涨得更红了。

“绝对的烂货！应该往她们身上浇一桶汽油，放把火把她们点了天灯才好呢。”

“好可怕。”“老实头”莉儿说。

“实话告诉你吧，女士。”那黑皮肤小伙子说，“我就是个手段狠辣的人。”

“威利，”亨利说，“我看你还是去拿‘逍遥楼’

的钥匙吧，快去看看那边，可千万别闹出什么事来！”

“我不去。”黑皮肤小伙子说，“估计你是忘了，‘逍遥楼’的钥匙我有，再说我也不想去看，不管那边出多大的事。你要是担心，想确保那边不出什么事的话，唯一的办法就是——赶快把这两个臭婊子撵走，我看到她们就气不顺，你要不去我去也可以。”

“可要是别的娘们找不到，我们又只有这两个娘们呢？”

“那我们总得想法去找吧。我说莉莲[1]，你的屁股怎么像黏在那高凳上不动了呀，别赖在这儿啦，你就不能去打打电话联系一下吗？至于那个小丫头就算了。我说亨利，你也别尽想着那个小妖精啦。要是你再这样下去，不变成神经病也离神经病不远了。听我的准没错。我以前就发过神经。”

“我看你现在就在发神经。”托马斯·赫德森对他说。

“这倒是完全有可能的，汤姆。你说的我绝对相信！不过这种小妖精不合我的胃口，我是从来不‘吃’的。（他把‘小妖精’故意说成了‘小要紧’。）要是亨利到现在还不肯死心，一门心思非要‘小要紧’

[1] 莉莲：莉儿的正名。

不可，那也是他自己的事，谁也管不了。不过我还真就不信了，他少了‘小要紧’就活不了了？我就不明白了，‘小要紧’这种女人到底好在哪儿呢？叫他还是把那个该死的‘小要紧’忘了吧，赶快让莉莲去打电话联系。”

“只要能弄到好姑娘，我绝对不挑剔的，啥样儿的都要。”亨利认真地说，“你的脑子不会进水了吧，威利？”

“我们可不能再要好姑娘了。”威利说，“你要真想去找好姑娘的话，保证你马上就又会发另一种神经。你看我说得没错吧，汤米？姑娘越好就越危险。而且，要真是让你得了手，一旦真的搞上了，她们告你调戏那是轻的，重则会告你一个强奸或强奸未遂都有可能。所以这个想法你还是放弃吧，你千万别再去打听什么好姑娘了。我们还是去找窑姐儿来得爽快。要找干净些的、好一些的，人也要长得俊俏些的，当然情趣是不能少的，还有最重要的是——花钱也不能太多。能让我们搂着睡觉就行。我说莉莲，你怎么还不去打电话啊？”

“一、电话现在有人占着呢；二、还有个人正等着接他的班呢，就是卖雪茄的柜台上的那个。”莉儿说，“我说，你小子可真够坏的啊，威利。”

“我这个人特点就是出手迅猛。”威利说，“老实说我都觉得自己够坏的，估计像我这样的坏小子，世上怕是很难找到第二个。不过呢，我还是希望我们能够团结点，劲往一处使，不要再像现在这样各顾各的。”

“我说咱们就喝上一两杯吧。”亨利说，“我相信莉莲的能力，只需要一两杯酒的工夫，莉莲一定就能找到一个熟悉的姑娘。我说的对吧，我的美人儿？”

“当然了，这还用你说。”“老实头”莉儿用西班牙语说，“对我来说找到个把姑娘不算难事！不过我要到电话间去打电话。在这儿打不够专业。在这儿打电话有失体面，再说也不合适。”

“你看看，这下时间又被耽误了。”威利说，“好吧，就听专业人士的。就再等一会儿吧。那我们就喝酒消磨时间吧。”

“你今天都干什么去了啊？”托马斯·赫德森问。

“我说你可真有意思，汤米。”威利说，“还问我干了些什么，你自己呢，又干了些什么来着？”

“我跟伊格纳西奥·纳特拉·雷维约在一起喝了几杯。”

“这名字听起来怎么那么像一艘意大利的巡洋舰啊。”威利说，“你们说呢，意大利不是有艘巡洋舰就叫这个吗？”

“好像没有吧。”

“就算没有，听起来像有。”

“给我看看你的酒账。”亨利说，“看看你到现在一共喝了几杯啊，汤姆？”

“今儿是伊格纳西奥付的账。我掷骰子赢了他，算他请客。”

“那到底你一共喝了几杯？”亨利又问。

“四杯吧。”

“在这之前还喝过些什么？”

“来这儿的路上嘛，喝了一杯‘汤姆·柯林斯’。”

“在家里呢？”

“那可就喝得多了。”

“你瞧瞧，还说冤枉你是个酒鬼？我看半点儿都不带冤枉的。”威利说，“佩德里科，给我们再来三客双料冰镇代基里，女士要什么请她自己点吧。”

“*Un highbalito con agua mineral.*”[1]“老实头”莉儿说，“汤米，我们到吧台那头去坐坐吧。省得我坐在这里招人家讨厌。”

威利说，“我们哥儿几个好长时间没见了，还不

[1] 西班牙语：来一杯威士忌加矿泉水。

让我们在吧台这头跟你一块儿喝一杯？真是扯淡！”

“是啊，对我来说你坐在这儿也没有什么不好的，美人儿。”亨利说。话还没说完，他一眼看见吧台那边有他的两个庄园主朋友，酒还未到，他就急忙过去找他们聊天。

“看吧，这下他的心思也岔到别处去了。”威利说，“我看他这会儿也不再惦记着那个‘小要紧’了。”

“可不是嘛，他这个人就是很容易分心。”“老实头”莉儿说，“他呀，最容易分心了。”

“那一点办法也没有，谁叫我们过的就是这样烂的生活呢？”威利说，“谁像我们这样一个劲儿地为寻欢作乐而寻欢作乐？不过说真格的，就是寻欢作乐也该有个正经的态度才行。”

“我看汤姆就不会分心。”“老实头”莉儿说，“他吧，就是有些忧伤。”

“你这是在胡说八道。”威利对她说，“你这样唠唠叨叨的，算怎么回事儿呀？一会儿说人家分心，一会儿又说人家忧伤，对了，先还说我可怕呢。我可怕又怎么啦？还轮不到像你这样的娘们在这儿品头论足的，你知不知道点规矩？别忘了你也就是个卖笑的女人，你知道不知道？”

被威利这么一说，“老实头”莉儿哭了起来，那泪珠儿可不是装的，比电影里见到的还要大，还要水灵。不过她一向都是只要想哭，随时都能哭得稀里哗啦的，甭管是出于需要，还是说真的伤心。

“哎哟，这娘们，哭起来泪珠子这么大。”威利说。

“威利，你可不应该拿这样的话骂我啊。”

“是啊，别说了，威利。”托马斯·赫德森也说。

“威利，我真是恨死你这个缺德的狠心家伙。”“老实头”莉儿说，“我也真是搞不懂，像托马斯·赫德森和亨利这样的男子汉怎么就跟你混在一起。像你这样缺德的家伙，嘴里吐出来的尽是垃圾。”

“我说这位女士，”威利说，“你真的不应该这样说话。‘垃圾’两字有多难听呢。嘴里吐出来的尽是垃圾，不就像咬下了雪茄头乱吐一气么？”

这时托马新·赫德森把手搭在小伙子的肩头上。

“来吧，喝酒吧，威利。看来大家伙儿的心情都不是太好。”

“没有的事儿，亨利的心情可好着呢。只要我把你刚才告诉我的消息跟他一说，保证他也不得好过啦。”

“那可不是我告诉你的，是你问的。”

“你知道我不是这个意思。我只是在想，你为什么不让大家替你分担分担悲伤呢？你偏要把它憋在心里，还憋了整整两个星期。”

“这心里的悲伤别人是分担不了的。”

“这么说你认为大家都要把悲伤藏在心里喽。”威利说，“我真的没有想到，你居然会主张悲伤是要藏在心里的。”

“威利，不用你来跟我讲这些大道理。”托马斯·赫德森对他说，“但是你的好意我明白，也心领了。至于你想做我的工作，那就算了吧，真的用不着。”

“好吧。那你就把你的悲伤藏在心里吧。不过我可告诉你，这样对你一点好处也没有。因为我就是个例子，从小就是喝着这样的苦水长大的。”

“其实我也一样，”托马斯·赫德森说，“不骗你。”

“是吗？既然如此，那或许还是你自己的那一套管用。不过你的脸色有点差，我始终觉得你有点儿不大对劲。”

“我喝了点酒，脸色不太好，再加上劳累，还没有好好休息过呢。”

“对了，你那个女人有音信吗？”

“有。来了三封信了。”

“怎么样，顺利吗？”

“不能再糟了。”

“这个嘛，”威利说，“我有办法。你不是会把事藏在心里吗？那你就把这些藏在心里吧，这样一想起来倒也不至于感到空虚。”

“我心里并不空虚。”

“是不空虚。我知道，你那只猫儿宝伊西可是爱你呢。我还亲眼见过它，那只疯魔的老畜生，现如今还好吗？”

“还是老样子，疯疯癫癫的。”

“哎哟，它一疯起来那真是有的闹，我看我是受不了。”威利说，“它的疯劲不是一般的厉害。”

“疯是疯了点儿，也真是挺难为它的，多难熬的日子啊都跟着我熬过来了。”

“是吗？这猫儿还真是能熬，要让我吃这些苦啊，我早发神经病了。你来点什么酒，托马斯？”

“老样子。”

威利一把搂住“老实头”莉儿那丰满的腰。“听我跟你说，莉莲。”他说，“我知道你是个好姑娘。我也不是故意要惹你生气的。我一时情绪上来了，都怪我不好。”

“那你保证今后再也不说这样的话了。”

“绝对不说了，除非又出现一时情绪激动的状况。”

“给，你的酒。”托马斯·赫德森对他说，“来吧，敬你这个王八蛋一杯。”

“看看，这才说得像句人话。”威利说，“眼见你原先的那股劲头又来了，这样才好。只可惜你那只宝贝的宝伊西不在这儿。要不它见了你这模样儿，准会高兴得满地打滚。我不是说要大家分担分担吗，我的意思你明白了吗？”

“明白。”托马斯·赫德森说，“我明白。”

“好了，”威利说，“把这事儿扔了吧，垃圾桶拿出来，收垃圾的来了。你们看看亨利这家伙，瞧瞧他那样。你们倒是说说奇不奇怪，今天这么冷，他还出汗。”

“为了女人呗。”“老实头”莉儿说，“他是叫女人迷了心窍啦。”

“迷了心窍？”威利说，“你信不信拿一只半英寸的钻头，在他脑袋上钻个洞，保管会有一大堆女人从里面冒出来。所以啊，迷了心窍就算了，你应该换一个恰当的词儿。”

“其实迷了心窍在西班牙语里，分量可重了。”

“迷了心窍？再说迷了心窍又算得了什么？行吧，今天下午我有空的话可得好好想想用什么词儿恰当。”

“汤姆，走吧，我们到吧台的那头去，这样我坐得舒坦些，我们也好说说话。你可以帮我买块三明治吗？我今天一早就跟亨利出来跑，已经跑了一上午

了。”

“那我到巴斯克酒吧去。”威利说，“别忘了回头把他也一块儿带来啊，莉儿。”

“好的。”“老实头”莉儿说，“我就是自己不去也一定让他去。”

说完，她就一步步向吧台的那头走去，走路的仪态那叫一个端庄啊，她每走过一班酒客，都得跟这个说上两句，或是对那个微笑致意。看起来大家都对她很尊重。二十五年来这些跟她搭话的人里面十之八九都曾跟她相好过。“老实头”莉儿到吧台那边坐定以后，朝托马斯·赫德森微微一笑，托马斯·赫德森见状便带上账单，也挪到了吧台的那头。不得不承认，“老实头”莉儿笑起来可美了，深色的眼珠是那样的迷人，乌黑的头发尤其可爱。而且每当她发现自己脑门上和头发路子两侧的发根有露白的迹象，就会向托马斯·赫德森要钱去“打理打理”，等她“打理”好回来，那染过的头发看上去如同少女的头发一样光洁自然，可爱极了。她的皮肤光滑，就像橄榄色的象牙，如果象牙也能长成橄榄色的话，而且还隐隐约约地带点玫瑰色。说实在的，这种颜色总是让托马斯·赫德森想起一种叫“马阿瓜”的木材。当你用砂纸将新砍下来的“马阿瓜”略略打光之后，再稍稍上点蜡，风干以后的“马阿瓜”的颜色就很接近了。他在别处还从来没有见到过这种朦朦胧胧带点儿绿的颜色。不过“马阿瓜”却不带玫瑰色。所以那玫瑰色完全是她外加的，虽是外加，却颇为淡雅，一点也不突兀，好像还有中国仕女的那种风韵。此刻，这样一张可爱的脸蛋正在吧台的那头望着他，于是他一步步朝她走过去，越近越觉得这张脸蛋越可爱。可是一走到她跟前儿，“老实头”莉儿那肥大的身躯赫然在目，顿时也显出了刚才那诱人的玫瑰色是人为的，完全失去了那种朦胧神秘之感，尽管那张脸蛋看上去还是如此的可爱。

“看看，你是多么美啊，‘老实头’。”托马斯·赫德森对她说。

“算了吧，汤姆，我是越来越胖了，这一点连我自己也觉得怪不好的。”

他顺势把手往她肥大的屁股上一搭，说：“哪有的话，你胖得讨人喜欢。”

“真的，我刚才走过吧台时觉得特别别扭。”

“我看你走路的姿势可好了。稳稳的，就像一条船。”

“我们的那位朋友现在可好？”

“好着呢。”

“什么时候我能去看看他？”

“你想什么时候去都行。要不现在就去吧？”

“现在就算了吧。汤姆，刚才威利跟你说的都是些什么呀？怎么我有点听不懂啊？”

“别搭理他，他不过是发神经罢了。”

“不，我看不是这么回事。他说的是你，你是不是有什么伤心事啊。是不是你和你那位太太有什么事儿？”

“才不呢。她算哪门子太太啊，去她的！”

“可惜人都已经走啦。”

“是啊。这点我倒是早就明白了。”

“到底什么事儿让你伤心呢？”

“真的没有什么。只是有些伤心罢了。”

“你就告诉我吧，求你了。”

“没什么好说的。”

“你听我说，汤姆，你应该告诉我的。有时亨利伤心得半夜痛哭，后来他也跟我说了。威利也告诉我了那些吓人的事儿。可那些哪儿是什么伤心事，简直都是些丑事嘛。所以你也应该说给我听听。你看大家都把心里话告诉我了，就你不肯说。”

“那是因为根据我的经验，即便说了，我心里也不会感觉轻松。说反倒是比不说还要难受。”

“汤姆，你说说看，刚才威利说我的那些话有多难听。他难道就不知道我听了有多伤心吗？从我嘴里什么时候说过他这样的话？还别说我这辈子从来没干过昧良心的事，邪门歪道的事也没干过一件。”

“所以我们才都叫你‘老实头’莉儿嘛，你管他做什么。”

“你知道吗，如果摆在我面前两条路，走邪道可以发横财，做正经人一辈子受穷，那我就会毫不犹豫选择做正经人，哪怕穷一辈子都要有志气。”

“我知道。对了，刚才不是说想要三明治吗？”

“不要了，这会儿又不饿了。”

“那么就再来一杯？”

“好的。多谢了，汤姆。对了，有件事一直想问你。听威利说有只猫儿爱上你了，这都是瞎说的吧？”

“他没有瞎说。确实有那么一回事。”

“我说这也太不像话了吧。”

“没有什么不像话的呀。事实上我也爱上了这只猫。”

“哎哟，这种话你怎么说得出口啊。汤姆，求求你，别在这儿耍我了。你看威利耍了我，害得我都哭了呢。”

“我耍你干什么，我是真爱这只猫。”托马斯·赫德森说。

“我可不要听你说这种话。汤姆，什么时候你可以带我去那个疯子的酒吧看看？”

“没问题，改天带你去就是。”

“那些疯子真的会到那儿去碰碰头、喝喝酒，就像我们普通人来这个酒吧似的？”

“对啊。跟咱们唯一的不同就是他们穿用装食糖的麻袋做成的衣服裤子。”

“你还真的参加了疯子棒球队，跟麻风病人的球队打过比赛吗？”

“当然是真的。疯子队里也从来没有像我这样好的投球手，我投的那种不旋转球那叫一个棒啊。”

“你是怎么认识他们的呢？”

“有一次从‘放牛人牧场’回来，我路过那儿的时候偶然下车看看，就喜欢上那儿了。”

“你当真会带我去那个疯子的酒吧？”

“当真。只要你不害怕就行。”

“我肯定会害怕的。不过有你陪着我还是敢去的。其实我就是想去尝尝害怕的滋味。”

“那就去吧，那儿还真有几个怪有意思的疯子，没准你见了会喜欢他们的。”

“你是不知道，我头一个丈夫就是个疯子。他是暴烈型的。”

“你看威利会不会也是个疯子？”

“他怎么可能是疯子？他不过就是性子暴些罢了。”

“其实他吃过很多苦呢。”

“这话说的，谁没有吃过苦呀？威利吃了点苦，他自认为再也不会有人来惹自己了。”

“我看倒也不是这样。这事我还是了解的。真的。”

“那好，我们不谈这个，换一个话题吧。你看到吧台那边正在跟亨利说话的那个人没有？”

“嗯，看到了。”

“我跟你说，这个家伙一到了床上，就净喜欢干畜生的勾当。”

“可怜的家伙。”

“他才不穷[1]呢。他有的是钱。可他就喜欢干*porquerías*[2]。”

“你就从来都不喜欢*porquerías*？”

“从来都不喜欢，随便你去跟谁打听。我发誓，我这辈子从来没有和女人搞过些什么。”

“我们莉儿还真是‘老实头’。”托马斯·赫德森笑着说。

---

[1] 上文“可怜的”，原文为“poor”，因为又可作“穷”解，所以莉儿理解成了穷的意思。

[2] 西班牙语：下流的勾当。

“怎么，难不成你认为我这样不好？你肯定也不喜欢*porquerías*呀。你就喜欢在做爱之后快快活活地睡上一大觉，我了解你。”

“*Todo el mundo me conoce.*”[1]

“不，他们才不了解你呢。这些人对你有各种各样的看法。可我相信我是了解你的。”

这会儿又有满满的一杯不加糖的冰镇代基里摆在他面前。他举起酒杯，看着杯口结着的一圈霜花，酒面上浮着一层泡泡。他不经意地望着泡泡底下清澈的酒，情不自禁地想起了大海。酒面上的泡泡真像船后拖着的浪沫，而底下清澈的酒看上去好似船过泥底的浅海时船头破开的海水。可不是么，跟那海水的颜色简直一样。

“酒吧里要是能供应那样一种酒多好啊，酒色要像八百英寻[2]深海的海水，而且得有阳当直射那一平如镜的海水，一直照到水里，水里游着各种浮游生物。”他说。

“什么？”

“没什么。让我们干了这杯浅海酒吧。”

[1] 西班牙语：每个人都了解我。

[2] 英寻，测量水深的单位。1英寻合6英尺，约1.8米。

“汤姆，你今天到底是怎么啦？你心里有事儿？”

“没有。”

“你这神情看起来怪伤心的，真的，你今天看起来有点显老。”

“是让这猛烈的北风给吹的。”

“可你原来总说只要一吹强劲的北风，你就精神抖擞，连心情也跟着好了。有多少次我们突然一时兴起做爱是因为强劲的北风？”

“很多次。”

“你以前一向是喜欢北风的。看，我身上这件外套还是你买给我的，让我刮北风的时候穿呢。”

“现在看这件外套还是觉得挺漂亮的。”

“有好几次我都差点儿把它给卖了呢。”“老实头”莉儿说，“你不知道，这件外套让好多人爱得巴不得立刻就从我身上拿了去。”

“刮这么大的北风穿着它很合适。”

“你就开心些吧，汤姆。平日喝了酒你总是很开心的。快喝了这杯，我们再来一杯。”

“不行啊，喝太快的话，我的头就又该疼了。”

“那我们就慢慢儿喝。给我再来一杯威士忌。”

看到酒瓶就在她面前的吧台上，莉儿索性就自己调了一杯，原来是那个叫塞拉芬的掌柜特意把酒瓶留在那儿的。托马斯·赫德森看着她的酒，说："你正喝的酒像淡水涵。我们国内有条火穴河，它跟吉本河汇合而为麦迪逊河[1]，火穴河河水在合流前就是这种颜色。如果你再往里多加点儿威士忌的话，那酒的颜色可就变得像一条小溪了，我记得那是从一个雪松沼泽地流出来的小溪，它在一个叫瓦布米米的地方汇入了贝尔河[2]。"

"瓦布米米这名字听起来好奇怪。""老实头"莉儿说，"是什么意思？"

"我也说不上来。"他说，"只知道是印第安人的地名。按说我应该知道那意思的，可现在想不起来了，就还记得那里的印第安人是奥吉布瓦族。"

"那你可以给我说说印第安人的事吗？""老实头"莉儿说，"其实我一直都想听听印第安人的事，感觉那比疯子的事还带劲儿。"

"咱们这儿沿海一带就有不少印第安人。他们住在海边，靠捕鱼、晒鱼干为生，也有一些干烧炭这一行。"

"我想听的不是在古巴生活的印第安人，那都是

[1] 麦迪逊河位于美国西北部的蒙大拿州。

[2] 贝尔河位于美国北部，流经爱达荷、怀俄明、犹他三州，注入大盐湖。

些混血儿。”

“不，并不都是混血儿。也有一些地地道道的印第安人。一开始他们应该是在尤卡坦[1]一带生活，后来被人抓住带到这一里来。”

“反正我不喜欢这种尤卡坦人。”

“我喜欢，可喜欢了。”

“接着说瓦布米米吧。那个地方是在远西地区吗？”

“不是的，就在北边。加拿大附近一带的小村子。”

“别说，加拿大我还真熟。有一次我乘一艘叫什么公主号的大轮船，沿圣劳伦斯河而上，最后一直坐到了蒙特利尔。可惜那时正好下大雨，外面什么也没看见，当天夜里我们就改乘火车回纽约了。”

“难道你们在河上的时候，雨就从来没有停过？”

“当然没有停过。而且船快进河口的时候又在海湾遇上了大雾，并且还下过一阵雪。加拿大的事咱们以后再说吧。不如你就先给我讲讲瓦布米米吧。”

“瓦布米米只是个很小的村子，村子里有个锯木厂，靠着河，还有火车铁轨穿过整个村子。路轨边上

---

[1] 尤卡坦半岛位于中美洲北部，现在其中南部及东南部属危地马拉和伯利兹，其他大部分属墨西哥。

常年有大堆大堆的木屑。有许多流木顺河而下，为了能挡住这些意外之财，河上还拦腰筑起了栅栏，所以整条河道都几乎被一根根原木给填实了。从村边往上游望去，一大片河面上满是木头，有好长一段。记得有一次我在那儿钓鱼，突然有事情想要过河，于是便从木头上爬过去。却没想到有一根木头并不结实，一碰就打转，我就这么倒霉，被掀翻在河里了。我从水里浮起来，想要游到岸上去，可头上却被连成一片的木头给封住了，拼了命也钻不出去。木头底下一点光亮也没有，两眼一抹黑，我只能用手四处瞎摸，摸来摸去却到处都是树皮，还是没找到水面。我无论怎么使劲也扒不开这些紧紧挨在一起的木头，脑袋没法探到水面上来，根本没法呼吸。”

“那你后来怎么了？”

“当然是淹死了呗。”

“我呸，你少胡说。”她说，“快告诉我，后来你又怎么办的？”

“那时候我开动脑筋，终于灵光一闪，我想通了一个道理：要想钻出去，那么我的动作就一定要一气呵成。我找到一根不那么结实的木头，仔细摸，从这边摸到那边，不放过任何一个细节，最后我摸到两根木头的缝隙，双手合在一起，使出吃奶的力气拼命往上推，我竟然真的把木头扒开了一条缝。于是我从这个小缝入手，把手往里插，前臂很快也插进去了，随后胳膊肘也插进去了。这时我看到希望了，凭着两个胳膊肘做支撑，两根木头就这样被我一点一点地分开，脑袋终于也探了出来，于是我就一条胳膊抱住一根木头。真是救了命啊，这会儿哪一根木头我都舍不得放手。于是我就这样夹在两根木头之间，终于能喘口气了，好好地歇了大半天才恢复点体力。那河里漂满了木头，河水的颜色就成了褐色的。有另外一条小溪也流入这条河，那溪水的颜色跟你的酒的颜色一样。”

“我看如果换作是我，怎么也别想从两根木头当中爬上来，估计我早死定了。”

“其实我当时也差点放弃，我以为自己是永远也上不来了。”

“当时你在水下待了很久吧？”

“具体多长时间我也不知道。我就记得自己把两边的木头紧紧抱住，好久好久才缓过劲，身子半天也动弹不得。”

“我喜欢这个故事。可是听了估计晚上肯定要做梦呢，太紧张太刺激了，不如换个轻松的给我说说吧，汤姆。”

“那好吧。”他说，“让我仔细想想还有什么啊。”

“不用去想了，随便说一个，要不就说一个现成的吧。”

“那好吧。”托马斯·赫德森说，“当初小汤姆还很小的时候，就是他还是个小娃娃的时候……”

“*¡Qué muchacho más guapo!*”[1]“老实头”莉儿插话道，“*¿Qué noticias tienes de él?*”[2]

“*Muy buenas.*”[3]

“*Me alegro,*”[4]“老实头”莉儿却想起了已经是飞行员的小汤姆，想起那时小汤姆是多么英俊潇洒啊，一时竟泪流满面，“*Siempre tengo su fetografía en uniforme con el sagrado corazón de Jesús arriba de la fotografía y al lado la virgen del Cobre.*”[5]

“你信教？信科夫雷圣母吗？”

“我是百分之百的虔诚教徒。”

“那既然信了就还是应该信下去才好。”

---

[1] 西班牙语：小伙子可真帅啊！

[2] 西班牙语：还有他的信儿吗？

[3] 西班牙语：他还挺好的。

[4] 西班牙语：我真高兴。

[5] 西班牙语：他的一张穿军装的照片还一直被我带着，耶稣的圣心在照片的上边供着，旁边供着的是科夫雷圣母。

“她可日日夜夜保佑着汤姆呢。”

“很好。”托马斯·赫德森说，“请给我再来一大杯，塞拉芬。你想听轻松的故事吗？”

“想，请给我讲讲吧。”“老实头”莉儿说，“我这个人有时太感情用事了，这会儿我心里又闷起来了，讲个轻松点儿的吧。”

“好吧好吧，这轻松的故事说起来倒也*muy sencillo*[1]。”托马斯·赫德森说，“记得我们第二次带汤姆去欧洲玩的时候，他还在襁褓中，才三个月大。我们当时坐的是样式很老的轮船，那条轮船又小又慢，我们一路上又常常遇上大风大浪。轮船上也混合着各种各样的怪味。有舱底的污水散发的味儿，有石油污垢的味儿，有镶着黄铜窗框的舷窗上的密封脂味，还有一股厕所的骚臭味儿，粉红色的消毒剂放在小便池里结成一大块一大块的，那也有一股刺鼻的味儿……”

“*Pues*[2]，好像这故事也挺沉重的啊。”

“*Sí, mujer*[3]，女士。你这样乱说话就不对了。

[1] 西班牙语：省事得很。

[2] 西班牙语：听上去。

[3] 西班牙语：你说什么。

这故事蛮轻松的，*muy*[1]轻松。那么让我继续说下去吧。船上浴室的那股味儿也很重，因为大家都得按规定的时间去洗澡，否则你会被浴室恶毒的服务员看不起。热乎乎的海水从淋浴间铜喷嘴喷出，闻起来有股味儿，地板上湿乎乎的木格子也散发着一股味儿，就连浴室服务员那浆挺的制服也有股味儿。船上的英国饭菜那股味儿让人闻着就想吐，简直就是喂牲口的。地上满是扔下的烟头，什么忍冬牌的、选手牌的、金叶牌的，样样都有，这股子味儿不但吸烟室里有，而且无论到哪儿，只要地上有烟头就有这股味儿。总之哪怕有一种味道是能让人闻着舒服些的也好啊，奇怪的是英国人男男女女身上都有一股异味。你也知道，就连他们自己也都知道有这种味儿，就像黑人总觉得我们身上有股子异味一样，因此就有英国人老是洗澡这个标志了。实话说，母牛喷出来的气息都比英国人身上的那股子味儿要好闻些，这股味儿即使是抽烟斗的英国人都掩盖不住。抽烟斗的还多了点怪气味。他们身上的花呢料子本来倒也算闻得过去，皮靴子的味道也还不错，马鞍子什么的闻着也很舒服。可是这是在船上，马鞍子没法子在这儿安，那花呢料子味儿是不错，可

[1] 西班牙语：很是。

那也早就吸饱了烟斗里的烟灰味。在那条船上能闻到点好闻的气味的唯一办法，就是要上一大杯德文郡[1]苹果汁，要那种绝对纯的，上面泛着泡沫的，然后你就把鼻子尽量伸进杯子里去闻，越近越好。那个气味简直是绝了，我就常常要了苹果汁把鼻子伸到杯子里闻啊闻的，再久也不厌倦，即使快把自己憋死了也还不想移开。”

“我的天哪，你的故事讲到这儿听上去比较轻松点了。”

“精彩的还在后面呢。因为我们的舱房比吃水线只高出一点点，位置很低，所以舷窗几乎一天到晚也不会打开，窗外奔腾的大海就在你眼前，时不时你能清楚地看见海水从舷窗上扫过，那绿色的水纯净极了。汤姆睡觉不太老实，我们怕他不小心从铺位上滚下来，就准备做一个能挡在铺前的东西。我们把大大小小的箱子捆在一起放在他旁边，如果我和他妈妈想看他睡得老实不老实，就得翻身从箱子上爬过去。可是每次去看他的时候，只要他还醒着，就总能看见他在那儿嘿嘿笑个不停。”

“他才三个月大呢，你确定他真的就会笑了？”

[1] 英国英格兰的一个郡。

“他还是婴儿的时候我就没听他哭过，他总是笑。”

“*¡Qué muchacho más lindo y más guapo!*”[1]

“可不是嘛。”托马斯·赫德森说，“多棒的小伙子啊。我这儿轻松的故事多着呢，要不要再给你讲个他的故事？”

“他妈妈挺不错的一个人，为什么你要离开她？”

“原因就不说了，太复杂了，不是一时半会能说清的，有些阴差阳错吧。要不然我再讲个轻松的故事？”

“那好吧。不过我可再也不要听那么多气味了。”

“瞧瞧这冰镇代基里多带劲儿，调得实在是太高明了。如果轮船开到时速三十海里，船头纷飞的浪花的颜色跟这酒色也有一拼。我倒是有个不错的创意，要是冰镇代基里能发磷光，你说好看不好看？”

“想要那效果还不容易啊，你在酒里加点磷不就得了？不过我看这种酒可不健康。听说在古巴有人想自杀就吞火柴头上的磷。”

“还有喝*tinte rapido*[2]自杀的呢。这快干墨汁到底是什么东西？”

---

[1] 西班牙语：多漂亮多英俊的小伙子啊！

[2] 西班牙语：快干墨汁。

“就是染黑皮鞋用的染料。不过要说姑娘家自杀，最常见的还是自焚这一招。这些姑娘要么是因为在恋爱问题上遇到问题想不通，要么是因为那未婚夫负了心，骗得姑娘的身子之后一走了之，毁约不娶，于是绝望的姑娘就往自己身上浇些酒精，再点上一把火。这就是最传统的死法。”

“我知道你说的这种方法，”托马斯·赫德森说，“就好比当年的*auto da fé*[1]。”

“不过那些真心想自杀的还就得用这种方法。”“老实头”莉儿说，“只要是选择自焚的姑娘，十个有九个必死无疑。火从头上烧起，几秒钟全身就着了。至于喝快干墨汁，得了吧，我看那多半是做做样子给人家看的。还有喝碘酒的，基本也就是这么回事。”

“我说你们两位，说话怎么老是死啊死的，你们到底在谈些什么呀？”掌柜塞拉芬说。

“我们在说自杀的事。”

“*Hay mucho*，”[2]塞拉芬说，“穷人自杀的多。至于那些有钱人自杀的，我在古巴倒还从来没听说过。你可听说过？”

---

[1] 葡萄牙语：火刑。

[2] 西班牙语：那可多了去了。

“我听说过。”“老实头”莉儿说，“我知道有那么几个，还都是些上流人家的人呢。”

“你有什么不知道的？”塞拉芬说。

“托马斯先生，要不要给你来点什么东西下酒？*¿Un poco de pescado？ ¿Puerco frito？*[1]或者来点冷盘肉？”

“好的。”托马斯·赫德森说，“随便来点什么现成的就好了。”

不大工夫塞拉芬便端来一盘炸得焦黄松脆的小块猪肉，还有一盘油炸面拖红鳍笛鲷，黄灿灿的、绷得硬硬的面皮裹着淡红色的鱼皮，里面是雪白喷香的鱼肉馅儿。塞拉芬这个小伙子个儿挺高，说话粗鲁，走路样子奇奇怪怪的。吧台后面的地面湿漉漉的，他不得不穿一双木屐来应付。

“冷盘肉，要不要来一份？”

“不用了。这些已经蛮多的了。”

“我说你这人，给你你就要。”“老实头”莉儿说，“你还不了解这店里的规矩吗，汤姆？”

这家酒吧是从来不肯给人“白”酒喝，这点大家都心知肚明。不过话又说回来，这里每天还免费供应

[1] 西班牙语：来一点鱼？来点炸猪肉？

热腾腾的午饭，数量众多，不计其数。除了炸鱼炸肉，还有一盆盆热腾腾的油炸肉馅面团和一些法式油煎面包片，还有夹着烤干酪火腿的三明治，那是相当丰盛。而且掌柜的是用老大的调酒器来调代基里，给你斟完酒，管保那调酒器里还余下至少一杯半的量。

“现在好受些了？”“老实头”莉儿问。

“是的。”

“告诉我吧，汤姆，你到底为什么事伤心？”

“*El mundo entero.*”[1]

“这个世界的确是越来越不像话了。谁不伤心呢？可你总不能一直在伤心中过日子吧。”

“我伤心又不违法。”

“不违法那也不等于你就做得对呀。”

算了，我来这儿是消闲的，不是跟“老实头”莉儿讨论什么道德问题的，托马斯·赫德森心想。那你来这儿想要干什么呢，你这个浑蛋？你就是想把自己灌醉是吧。尽管你自己还不觉得，或者你是不敢承认，可实际上你现在就是在干这事儿。事到如今，你所要的已无法如愿，你所想的也不可复得。不过你要是想寻找减轻痛苦的办法，办法倒多的是。来吧，就用这

[1] 西班牙语：为这整个世界。

个办法试一试吧。

“*Voy a tomar otro de estos grandes sin azúcar.*”[1]他对塞拉芬说。

“*En seguida, Don Tomǎs.*”[2]塞拉芬说，“那就加把劲打破你的纪录，干不干？”

“不。我不过就想安安静静喝我的酒罢了。”

“上次你也是在这儿安安静静地喝酒啊，不过喝着喝着就创纪录了。”塞拉芬说，“你不但安安静静，而且后劲十足，我没记错的话，你是从早上一直喝到半夜，居然最后还能靠自己的两条腿走出去。”

“去他的纪录。”

“我看你今天很有希望破纪录呢。”塞拉芬对他说，“就这样一直喝下去，你再吃点菜，破纪录的希望就越来越大啦。”

“既然这样，你就加把劲再破一回纪录，汤姆。”“老实头”莉儿说，“我替你作证。”

“哪儿还用你来作证？”塞拉芬说，“我就是最好的见证。我这儿一下班，就去给康斯坦特报告数字。我看你这会儿的酒兴真是比创纪录的那一天还浓呢。”

---

[1] 西班牙语：照原样再给我来一大杯，不加糖。

[2] 西班牙语：这就来，托马斯先生。

“让纪录见鬼去吧。”

“可你今天喝酒看起来这么有滋有味，不紧不慢的，竞技状态还真是不错呢，现在从你脸上根本看不出一丝酒意。”

“去他娘的纪录！”

“好吧。*Como usted quiere.*[1]不过我这儿还是给你记着这个数儿呢，希望你能回心转意。”

“没错儿，他可记着数儿呢。”“老实头”莉儿说，“账单也都有存根的。”

“那你呢，女士，你要什么？你是要真纪录呢，还是想搞个假纪录？”

“什么真纪录假纪录的，我统统不要。听着，我只要再来上一大杯，加矿泉水的。”

“*Como siempre.*”[2]塞拉芬说。

“随便，你改成白兰地我也照喝不误。”

“你要喝白兰地我可就侍候不了啦。”

“汤姆，你知道吗？有一次我想搭上一辆电车，却不小心摔了下来，差点儿连命都没了。”

“可怜的‘老实头’莉儿。”塞拉芬说，“过着

[1] 西班牙语：那就随先生的便吧。

[2] 西班牙语：还照老样子。

这样东闯西荡的生活，多悬啊。”

“那也比你整天穿着木屐，站在吧台后面侍候酒鬼要强一些。”

“我就是干这个的。”塞拉芬说，“再说能侍候您这样高贵的酒鬼，也是我莫大的荣幸呢。”

这会儿亨利·伍德走了过来。那么高大的一个家伙站在那儿直冒汗，非常抢眼。一看他那兴奋样儿，准是又改变了主意。托马斯·赫德森不由得心想：这个家伙最喜欢临时变卦了。

“我们打算现在就去阿尔弗雷德的‘逍遥楼’。”他说，“你也一块儿去吗，汤姆？”

“你忘了威利还在巴斯克酒吧等你呢，你和人家约好的。”

“我觉得这回威利不去也就算了吧。”

“那你总得通知他一声才行呀。”

“我给他打电话。你也一块儿去吗？保管让你玩得痛快。”

“别尽想着玩儿，你也应该吃点东西。”

“我一定大吃一顿。怎么样，你还好吗？”

“好。”托马斯·赫德森说，“我好得很。”

“你想打破纪录吗？”

“不。”

“那今天晚上我们还要见面吗？”

“我看就算了吧。”

“你要是觉得可以的话，我就出城到你庄上过一夜。”

“别麻烦了。你就痛痛快快玩你的吧。可一定要记得吃点东西啊。”

“好，我一定美餐一顿。再次向你保证。”

“还有，一定要给威利打电话啊。”

“一定，我一定给威利打电话。请你只管放心。”

“对了，阿尔弗雷德的‘逍遥楼’在哪儿？”

“啊，我跟你说，那可是个绝美的所在。设备一流，居高临下，面向港湾，真是个令人心旷神怡的地方。”

“行啦，答非所问，我是问具体的地址。”

“其实这个我也说不清楚，不过我会告诉威利的。”

“你看威利会不会跟你生气？”

“我也没办法，他要生气就让他生吧，汤姆。这一回我实在不能请威利同去。你也知道我多么喜欢威利。可是有时候我也没法儿请他一起参加。这点你是清楚的。”

“好吧。你不请他可以，但电话一定要打给他啊。”

“两样我都保证，我保证一定给他打，还保证一定会大吃一顿。”

他笑了笑，轻轻拍了拍“老实头”莉儿的肩头就离开了。别看他这么大的个子，走起路来居然也能风度翩翩。

“他就这么走了，家里那两个姑娘怎么办？”托马斯·赫德森问“老实头”莉儿。

“别担心两个姑娘，这会儿也早走啦。”“老实头”莉儿说，“他那儿又没东西吃。我看有没有喝的都还是个问题。怎么，你打算去那儿转转吗？还是索性跟我回家呢？”

“那就上你家去吧，”托马斯·赫德森说，“不过得待会儿。”

“那就再给我讲一个故事吧，轻松点儿的。”

“好吧。你想听个什么样的？”

“塞拉芬。”莉儿说，“再给托马斯来一杯双料冰镇的，不加糖。*Tengo todavía mi highbalito.*[1]”她又转过来对托马斯·赫德森说：“就跟我说说你一生中最快活的时光吧，不能提气味哦。”

“那怎么行，不提气味成不了故事啊。”托马斯·赫德森说。这时他看见亨利·伍德穿过广场，上了一辆跑车。这辆车是那个叫阿尔弗雷德的甘蔗种植园主的，

---

[1] 西班牙语：我还是来我的威士忌。

此人可算是当地的一个巨富。不过亨利·伍德那么大的个子，上车都不容易。我看这家伙，干什么都因个子大显得不够灵活。托马斯·赫德森心想。不过有三四件事情个子大更有优势。刚想到这儿他又赶快制止自己：不要再想下去了。你今天是来休息的。那就好好休息吧，想那么多没用。

“你想要我说个什么样的故事给你听呢？”

“我刚才不是都跟你说了吗？”

塞拉芬正把调好的酒倒进高脚杯，他看见酒面上的泡沫一点点漫过杯口，流到了吧台上。塞拉芬取过一个硬纸杯垫，套在杯子上。托马斯·赫德森捏着那细细的杯脚，酒杯沉甸甸的，一阵凉意扑面而来。停顿了一下，他呷了一大口，含在嘴里，当舌头和牙齿着实领受了这一番凉意之后，他才咽下。

“好吧。”他说，“真要说我这一生中最快活的一天，那只能是在我小时候了。要是哪天一早醒来，不用去上学也不用做功课的话，那就是我最快活的一天。那时候我每天早上几乎都是饿醒的，醒来我就能闻到小草露水的气息，有风的日子我能听见铁杉树高高的枝头风声簌簌，没风的日子里就只感觉树林里一片寂静，连湖上也是静悄悄的。于是我就安静地等着听清早的第一段声响。我那会儿真安静，想不到吧？第一声往往是翠鸟发出的，它们飞过湖面，喳喳地叫个不停，还有一串回声。有时也来自屋外哪棵树上的松鼠，它们甩一下尾巴就吱吱吱地叫。有时也有可能是山坡上的鸽鸟传来的声音。反正只要我醒来，听到了清早的第一段声响，又感觉到肚子饿了，再一想当天既不用上学也不用做功课，那就是我最快活的时刻了。”

“跟女人在一起不比这更快活？”

“跟女人在一起当然也挺快活的，而且那种快活简直让人连性命都可以不要。那种快活，真叫人受不了，快活得连我自己都不敢相信，感觉那真是如醉如狂。不过那样的快活始终比不上我跟自己的孩子在一起的时候，当然，也比不上我小时候清早醒来的时候。”

“你跟家人在一起过得很快活这我不奇怪，可你独自一人的时候怎么也能这么快活呢？”

“你还当真不成，我不过胡说了一阵。不是你让我想到什么就给你说什么的吗？”

“我可没有这么说。我是让你给我讲个轻松的故事，就跟我说说你一生中最快活的时候。可看看你都说了些啥，说什么从前一清早醒来觉得很快活。你这根本就不是故事嘛。快点，给我讲一个像模像样的故事。”

“哪方面的？”

“带点爱情的。”

“什么样的爱情？神圣的，还是放荡的？”

“只要是有意思的、好的就行。”

“我倒有一个挺有意思的故事。”

“那就快给我说说吧。再给你来杯酒怎么样？”

“酒还是等我讲完了这个故事再喝吧。那好吧，我接下来要说的故事，是我在香港亲身经历的。要问世界上哪座城市让人感觉绝妙，那么非香港莫属。我当时在那儿的日子真可谓是无忧无虑、神仙般的日子，过得可舒心了。香港有个美丽的海湾，大陆上的九龙城就在海湾对面。其实整个香港城位于一个多山的岛屿上，岛上满眼郁郁葱葱，道路蜿蜒，通向山顶。不少住宅建在高高的山坡上，繁华的市区却在山脚下，同九龙遥遥相望。整日都能看见现代化渡轮在两岸间来回摆渡，来去极为方便。至于九龙这座城市也是漂亮得不得了，你要是见了，肯定会喜欢得不想去别的地方。城市布局合理，干干净净，成片成片的树林子向远处延伸，绿色一直蔓延到市区边上。那妇女监狱的院墙外就是打野鸽子的绝好所在。打野鸽子是我们的日常活动之一，那儿的野鸽子个头儿很大，长得也够帅。野鸽子的脖颈上披满了略带紫色的羽毛，可爱极了。飞起来迅猛有力劲头足。夕阳西下，女监白粉院墙外的一棵大月桂树就成了它们的栖息地。我最爱飞得高高的归巢鸽子，专找这种打。顺风飞的鸽子飞得好快，每当它正好飞到我头顶上的时候，我就果断开枪。打中的鸽子常常落在女监的院墙内，你能听见那班女犯高兴地大喊大叫，鸽子顿时成了大家抢夺的目标。不过很快，大喊大叫就被哇哇乱嚷声所取代，原来她们被监狱里跑来的锡克看守驱散了。锡克看守要回了鸽子，便从警卫的门房里出来，恭恭敬敬地把鸽子送还给我们。

“大陆那边九龙周围一带就是新界，那里山多林密，是野鸽子的栖息地。每当傍晚，野鸽子的叫声连成一片，彼此呼应。常常有妇女和孩子在路埂边上挖土，装进篓子里。如果你正提着猎枪，他们看到你就会惊慌地逃到树林子里躲起来。一开始我有些莫名其妙，后来才明白，这里的土里含有钨砂，当时贩卖钨砂是很赚钱的。”

“*Es un poco pesada esta historia.*”[1]

“当然有，‘老实头’莉儿。这个故事其实一点都不乏味。你肯定越听越爱听。钨砂这东西无论怎么

[1] 西班牙语：这个故事没有什么新意。

谈也*pesado*[1]，但够稀罕的是这采钨砂背后的故事。按理来说只要有钨砂在那儿，要采就去采，那还不容易？把含钨砂的土挖起来拉走就行。如果石头里有钨砂的话，就把石头大块大块地挖出来运走。但是在西班牙的埃斯特雷马杜拉那种地方，有些村子盖房子就用这种石头，这种石头里有钨，含量还极高，就连农民也用这种含钨的石头垒成田头的矮围墙。可是却没见那里的农民发财，照样很穷。但到了现在，钨可就值钱了。瞧瞧就连DC-2型运输机，也就是目前飞行于这里跟迈阿密之间的那种飞机，也被我们特地用上了。在中国大后方的南雄机场装上钨砂运到九龙的启德机场，再把钨砂在九龙装船运往美国。当时钨被认为是一种稀有物资，对于我们的战略储备具有极重要的意义，因为钨是能够提高钢的硬度的一种重要金属。在新界的山里，上山采钨的人多得不得了，能挖多少就挖多少，男女老少都有。他们把篓子装满，顶在头上，拿到一个大棚屋里去交易，自然有人在大棚屋里悄悄收购。这个情况是我在打野鸽子的时候发现的，因此诚实的我就把这一现象告诉了内地收购钨砂的人员，好心提请他们注意。但是他们听了却没有把这当回事

[1] 西班牙语：缺乏新意。

儿。我没有就此作罢，一级级反映上去，后来有一天我终于见到了一位地位很高的官员。可是当他听说新界有钨砂任人采掘时，竟然没有紧张的神情，也显得毫不在意，对我说了一句：‘我说老兄，我们南雄那边的机构干得不是还不错嘛。’每天傍晚时分我们都在女监的院墙外打鸽子，时常能看见一架老式的道格拉斯双引擎飞机从山那边飞向机场，缓缓下降。你也知道那些飞机可是设法越过了日军的防线飞过来的，飞机上装着一大袋一大袋的钨砂。可奇怪的事情就在这儿，那些女监里的女犯人，有许多人是因非法采掘钨砂才被关进去的。”

“*Sí，es raro*[1]，真的是很奇怪。”“老实头”莉儿说，“但是你这个爱情故事到底要到什么时候才开始啊？”

“随时都可以。”托马斯·赫德森说，“但是你要先了解一下故事发生的地点和相关背景，听起来才有滋味。”

“这个美丽的香港被众多的岛屿环绕着，海湾也相当多，海水清澈，简直美极了。实际上新界是从陆地延伸出的一个半岛，那里丘陵起伏，林木茂密。环

[1] 西班牙语：可不是嘛。

境也很不错。香港本岛就位于一个深水海湾，说起来我印象里那海湾面积可真够大的，一头连到广州，一头连着南海。那里冬天的气候跟今天我们这种刮北风的天气很像，只是那里不但狂风猛烈，而且也有瓢泼大雨，晚上睡觉的时候都觉得有股子寒意。

“在那里我每天起床总是很早，就算是下雨我也要到鱼市上去遛遛。香港那儿的鱼跟咱们这儿差不多，红石斑鱼是主要的食用鱼。他们那里打上来的鱼真肥，外表光鲜亮丽，明虾的个头也特大，这样大的明虾在其他地方我是从来没有看到过的。清早鱼市真是热闹，品种繁多，都是刚打上来的，鳞光闪闪。我也认不得所有鱼的品种，不过这样的鱼市几乎好长时间没有出现过。还有被网住的各种野鸭，绿翅鸭、赤颈鸭、针尾鸭，好多品种都有，无论雄的还是雌的，一身冬羽都是那么丰满。不得不说，有些野鸭我还从来没有见过，那羽毛之轻盈优美、色彩之斑斓绚丽，完全可以跟我们家乡的树林鸳鸯相比。每次我总是尽情看个够，那野鸭的羽毛漂亮得简直叫人不敢相信，眼睛也是那么美。至于鱼就更不用说了，都是刚打上来的，亮亮的鳞片，肥极了。蔬菜也很新鲜，品种丰富，琳琅满目。蔬菜可都是菜园子里种出来的，肥料是人粪，被当地人称之为‘粪肥’，用这种肥料种出来的蔬菜格外光鲜。

我认为每天早上逛一逛市场，看到这么多的好东西本身就是一种享受。因此我每天早上都要到市场上去走一趟。

“一般出殡送葬都在早上，送葬的人全都穿一身白，吹鼓手吹吹打打的，挺热闹。那年头出殡的队伍里吹打最流行的曲调肯定非《幸福的日子又来到》莫属。那时这个调子一天到晚都能听见，你要想求得片刻安宁都是不可能的事，因为当地几乎天天都有人死。虽然死人的事天天发生，可据说百万富翁在香港本岛就有四百个，另外还不知道有多少百万富翁在九龙呢。”

“ *¿Millonarios chinos?* ”[1]

“大多数百万富翁都是中国的。不过这些百万富翁里面也是形形色色的人都有。我的朋友中就有好多百万富翁，一起在豪华的中式餐馆里吃午饭已经成为我们的日常活动。好几家当地的餐馆可以跟世界一流的饭店媲美，那广东菜可真是绝了，色、香、味俱全。在当时有十个百万富翁是我最要好的朋友，其实我到现在也不知道他们到底姓什么，不过我倒是知道他们名字的两个起首字母，比如H.M.，M.Y.，T.V.，H.J.，

[1] 西班牙语：中国的百万富翁？

等等。在那里只要是有地位的中国人彼此相称都是这样的。还有三位中国的将军我也认识，不可思议的是其中有一位竟然是在伦敦的白教堂区[1]长大的，这人是警察部门的督察，我觉得他确实很了不起。还有中国航空公司的六个驾驶员我也认识，这班人的进账实在令人咋舌，简直像有一台印钞机，可即使这样赚足了后还不满足，还要捞点外快。在我认识的众多人里还有一个警察、一个澳大利亚人，不过他神经有些毛病，还有好些英国官员，还有……算了，简直是举不胜举，我也不再多举了，免得你又觉得烦。总之，我在香港交的朋友简直是太多了，而且都是极亲密的知己，我以前不曾有过这么多的朋友，后来也不曾有过。”

“ *¿Cuándo viene el amor ?* ”[2]

“马上就到了，我是在考虑先讲哪个爱情故事。你这么着急，那我就先说一个你听听吧。”

“那可要讲得好听点，你说来说去的就是那么一大堆中国的事，我听得都有些乏味了。”

“怎么会呢？你不应该听得腻味的，你也应该和我一样，听过后就深深地迷上这里。”

---

[1]位于在伦敦东部的犹太人聚居区，在伦敦比较有名。

[2]西班牙语：到底还有没有爱情故事登场？

“那你干吗不干脆留在那儿呢？”

“我想留也留不下，因为可恶的日本人随时都可能打过来，那儿随时都会被占领。”

“*Todo está jodido por la guerra.*”[1]

“可不是嘛，”托马斯·赫德森赞同地说，“这话说得太棒了。”他有些吃惊，因为他还是第一次听见“老实头”莉儿用了这么强烈的字眼。

“*Me cansan con la guerra.*”[2]

“我也是如此。”托马斯·赫德森点点头，“这场可恶的战争令我厌烦到极点，但是对香港，我还是魂牵梦萦的。”

“那就给我说说那里的故事吧。给我的感觉那里应该还是*bastante interesante*[3]的。我感兴趣的只是爱情故事，让我听听吧。”

“有趣的事情实在是太多了，我只能实话实说，所以那些什么爱情故事也顾不上说了。”

“说说在香港你找的头一个相好什么样？”

“我找了个貌若天仙的高个子中国姑娘，她的生

---

[1] 西班牙语：战争引发了各种各样的坏事情。（原文中的jodido是个粗字，原义为“操”。下文所说“强烈的字眼”即指此。）

[2] 西班牙语：这可恶的战争简直让我厌烦透了。

[3] 西班牙语：十分有趣。

活方式非常欧化，也非常‘解放’。但我很不理解为什么我邀她上旅馆跟我睡觉她就是不肯，说是怕传出去，闹得人人皆知。我想留在她家里过夜她也不肯，说是怕惊动仆人。其实别说是仆人了，就连她家里那条警犬都早就看出苗头了。这畜生就老是来坏我的好事。”

“那你们幽会在什么地方啊？”

“只要她愿意，任何地方都可以，车船之类的地方要多些。”

“那样也行啊，这样我们的这位朋友岂不非常委屈？”

“可不是嘛。”

“真是可怜啊，你们就这样幽会？就没有在一起睡过一夜？”

“没有。”

“汤姆，我的小可怜啊！她到底有什么好让你这么迁就她？”

“这个我也说不好。我觉得应该是很值吧。其实当时我为了约会应该租上一幢房子，再说住在旅馆里实在是不方便。”

“其实你在那里也应该租一个‘逍遥楼’，像这里的人不是都有个‘逍遥楼’吗。”

“可我觉得‘逍遥楼’不太妥当。”

“这我明白。不过你要真是想要那个姑娘，干一下也可以说得过去嘛。”

“反正后来有另外的事情发生了，问题也就随之解决了。我说这个故事你有没有听得腻味？”

“怎么会呢，我的好汤姆，你就接着说吧。现在倒是勾起了我想听下去的欲望。快说啊，到底最后问题是怎么解决的呢？”

“一天晚上，那个姑娘跟我吃过晚饭就决定一起去划船。荡了好久好久，荡得我浑身都是劲儿啊，可终究是隔靴搔痒，反而弄得心里像长了草，荒了一片。她肤如凝脂，真是妙不可言，两片嘴唇略薄，却更加情意绵绵。一番温存后，她也是被挑逗得受不了。后来我们终于下了船，决定到她家去办事。可是她家里那条警犬对我虎视眈眈，再说了，要是干起来又那么大的动静，想要不惊动人几乎办不到，最后，可怜的我只能独自一人回到了旅馆。那会儿我感觉自己真是窝囊透了，心里委屈极了，再跟她争论什么也于事无补。其实她的话是有道理的，这我知道。可是我心里难免会想，你思想那么‘解放’又有个屁用，竟然连床都不敢上？我心里琢磨着，你真要思想够‘解放’的话，就应该做到把被子抖开欢迎我。总之当时我是又懊丧，又*frustrado*[1]——”

“不会吧，你*frustrado*的样子我倒从来没有见过，你*frustrado*起来那模样儿一定挺好玩也蛮可爱的吧。”

“一点也不好玩。我那天晚上只觉得灰心丧气，厌烦透顶。”

“快继续说啊。”

“那好我继续。我当时从服务台上取了房间的钥匙，当时我那心里真是*frustrado*极了，看什么都不顺眼，见什么都厌烦得要死。那家旅馆可是够高档的，又大又阔气，让我感觉阴沉沉的。我麻木地乘电梯上去，心想只有一个又大又阔气的空房间等着我，空荡荡、阴沉沉、冷清清的，天仙般的高个子中国姑娘也不会出现在房间里。出了电梯我穿过过道，慢慢推开那扇阴沉沉的大房间的沉甸甸的大门，一看，我的天！里边还真有让我吃惊的，不是仙女也离仙女不远了。”

“房间里到底有什么让你吃惊的啊？”

“眼前是三个中国女子，千娇百媚，堪称绝色，我那个一直想要而到不了手的天仙般的中国姑娘跟她们一比，就显得实在是太平常了。任何男人看见了这

[1] 西班牙语：泄气的。

样的绝色女子，都会按捺不住的。只可惜她们谁也不会说英语。”

“她们都是打哪儿来的？”

“她们是一个跟我熟悉的百万富翁打发来的。其中一个女子递给我一个仿羊皮纸信封，我从里面抽出一张便条，那张纸还真厚。上面就只有一句话：‘聊表微忱，C.W.敬献’。”

“接下来呢？”

“我能怎么办，又不了解她们的风俗习惯，只好先一一跟她们握握手，然后又跟每个人都亲了亲，最后我想了想，对她们说，大家一起去冲个凉。这是我认为互相认识的好办法。”

“你又不会中文，怎么跟她们说的呀？”

“就说英语呗。”

“那她们听得懂吗？”

“反正我觉得她们是理解了我的意思的。”

“那后来呢，接下来你们又做什么了？”

“别提了，我还从来没有干过跟三个姑娘睡觉这样的事，我很窘迫。心想要是两个姑娘的话，尽管感觉也不大好吧，但至少还有那么点儿好玩。再说这种事儿可不是一个姑娘的乐儿加个倍那么简单，绝不是那么回事儿，不过反正在喝醉酒的情况下，觉得还挺好玩也就罢了。可是三个姑娘真是有点多了，所以我也不知道怎么办好。当时我也只能问她们要不要喝一杯，她们都不喝。于是我就给自己来了一杯，我们四个人坐在床上，她们一个个娇小玲珑，床也特大。喝完酒我顺手把灯关了。”

“怎么样，好玩吗？”

“那感觉太妙了。跟这样的姑娘同床，真是太妙了。论肌肤，她们跟我认识的那个姑娘一样光润，甚至还要好。论人嘛，那真是娇滴滴、羞答答的，反正一点也没有那种‘解放’味儿。何况又是三个姑娘让我在黑暗中一起消受。我以前可从来没有过两条胳膊抱过三个姑娘的，这么一试居然也抱得过来。她们可都是经过专门训练的，在床上这方面懂得许多路数，那可都是我见所未见、闻所未闻的。当然这一切都是在黑暗中进行的，我呢，压根儿也就不想睡了，不过到最后我还是睡着了。第二天早上醒来，她们还在熟睡，睡梦中的她们还像我跨进房门初打照面时那么美。那真是我这辈子见过的最美的姑娘。”

“难道比二十五年前我们初次见面时的我还美？”

“不，莉儿。*No puede ser.*[1]她们都是中国姑娘，

---

[1] 西班牙语：她们不可思议。

你知道中国姑娘的那个美啊。反正我是比较喜欢中国姑娘的。”

“*No es pervertido.*”[1]

“瞧你这话说的，绝对不是性变态。”

“可一下子上了三个呀。”

“三个的确是多了点。做爱，其实只能是有一无二的事。”

“好嘛，这样的大便宜算是让你给捡到了。不过我也不会傻呵呵地吃这份干醋，毕竟不是你自己去找的乐，那是人家送上门来的。倒是那个不肯跟你上床的养警犬的女人，让我十分讨厌。第二天早上是什么情况，汤姆，你醒来后是不是感到身体被掏空了？”

“是被掏空了！你简直想象不出！我觉得从头顶一直到脚趾，每一个地方都有做了这荒唐事情之后的报应，腰背僵直，每一根骨头都疼得不得了。”

“于是你就给自己来了一杯。”

“对，我就是喝了一杯之后才感觉舒服了一些，心里美美的了。”

“那你接下来又干吗呢？”

“看着她们一个个都还在熟睡，我真巴不得给她

[1] 西班牙语：不会是性变态吧?

们照个相。拍出来的照片想必一定是一幅绝妙的美人酣睡图，可这时我的肚子饿得要命，浑身酸软，我撩开窗帘看了看天，外边正在下雨。我心想这倒好了，我们也只好在床上赖一天了。不过我总得先填饱自己的肚子吧，再说不是还得张罗张罗她们的早饭呢。于是我洗了个淋浴，悄悄穿好衣服，轻轻把门带上，走得无声无息。我到楼下旅馆的早茶室里吃早饭，早饭丰盛极了：鱿鱼、面包卷、橘子酱，还有蘑菇烧咸肉，太好吃了。我还喝了一大壶茶，当然，也少不了一杯双料的威士忌苏打。可即使如此，吃完早饭还是觉得浑身发软。我看完香港的英文早报，心想也不知道她们要睡到几时才醒。想出去走走吧，到旅馆的大门口一张望，外面的雨很大。那就只能到酒吧间去坐坐了，可是酒吧还没开门呢。这才知道我在早饭时喝的酒是餐厅酒柜上的酒。我实在等不下去了，赶紧上楼吧。可是打开房门一看，三个人全都不见了。”

“天呢，这多可怕。”

“是啊，我当时想想也觉得挺可怕的。”

“那你怎么办才好呢？我猜你应该是又喝了一杯。”

“对。我又喝了一杯，然后又到卫生间去洗了个澡，这次全身上下抹了很多肥皂，反复用水冲，洗得彻彻底底的。想想这事还真是悔之又悔。”

“*¿Un doble remordimiento?*”[1]

“可不嘛，我真是悔不当初。一是后悔不应该做出跟三个姑娘睡觉的事情来，接着又后悔怎么能让她们就这样离我而去呢。”

“要这么说，你以前在我这里过夜之后也总会后悔的。不过我看你后悔一阵也就过去了。”

“我知道。我这人就这样，就是干了错事又后悔，后悔过一阵就好了。可这天早上我一个人在旅馆里真是一悔再悔，后悔得不得了。”

“嗯，于是你又喝了一杯。”

“你是怎么猜到的？后来我就给朋友打电话，就是那个送女人给我的百万富翁。可是他不在家，也不在办公室。”

“那一定是在他的‘逍遥楼’里。”

“肯定的。我想那几个姑娘也准是到‘逍遥楼’去找他，向他汇报昨夜的事了。”

“我是在想他们是从哪儿捞到三个这么标致的姑娘？你再看看眼下的哈瓦那，就是跑遍全城，也找不出三个有模有样的姑娘来。这点我可是深有体会啊，

---

[1] 西班牙语：你就后悔得那么厉害？

今天早上我还想替亨利和威利找上个把勉强能将就的，结果根本就是白费力气。当然这么早去找，时候也不太对。”

“哎呀你怎么能跟人家比呢，人家香港的那帮百万富翁，不光在当地到处都有眼线，就连全中国也都有他们的眼线。这跟我们布鲁克林的道杰斯棒球队到处物色队员一样。一旦发现在哪个城镇或是哪个村子里有个绝色女子，他们的心腹就会去买下这个姑娘，再把她送到香港，又是调教又是打扮的，给好好儿养起来以便日后派上用场。”

“可在我印象中，中国女子的发式*muy estilizado*[1]。她们梳着这样的发式，怎么会到了第二天早上你觉得她们还是那样美呢？要知道头发越是做得*estilizado*[2]，折腾了一夜过后，到第二天早上就越是看不得。”

“她们梳着的发式不是你说的那种。她们都留着披肩的长发，那年头美国姑娘也正流行披肩发，直到今天大街上这种发式也很流行。而且还是略带卷的那种。据说C.W.最喜欢看姑娘梳这种发式。他是到过美

[1] 西班牙语：非常优美。

[2] 西班牙语：具有风格。

国的，当然啦，那个头式在电影里也看得到。”

“后来呢，你就再没跟她们相会过啦？”

“也有，不过就只是一次一个了。为了‘聊表微忱’，C. W. 还不时打发她们来我这儿，不过都是一次一个，再没有三个一起来过了。再说她们可都是他的新宠，他自己也还要受用呢。而且，他的意思是他也不愿意坏了我的操行。”

“是嘛，听起来这个朋友还蛮不错的。他后来又怎么样了？”

“应该是给枪毙了吧。”

“真够可怜的。不过这个故事倒是很好听，能把这么个故事说得如此优美，也真是难为你了。现在你的情绪也好多了。”

恐怕还真是这样呢，托马斯·赫德森心想。是啊，我来这儿就是图开心的，不为别的。

“哎，莉儿。”他说，“今天这酒我看也喝得差不多了吧，你觉得呢？”

“先说说你现在感觉怎么样？”

“好多了，真的。”

“请再给托马斯来一杯双料冰镇代基里，不加糖的。我就不添酒了，已经有点醉了。”

我还真是感觉好多了，托马斯·赫德森心想。这也挺奇怪的，甭管多坏的心情，也总会好起来的，甭管有多后悔，也总会有把懊恼丢开的一天。只是这得需要多长的时间啊！不过这人世间只有一桩谁也拗不过它的事儿，那就是死。

“你死过没有？”他问莉儿。

“我怎么会死过呢？”

“*Yo tampoco.*”[1]

“为什么说这种话？这不是存心要吓唬我吗？”

“我怎么会存心吓唬你呢，亲爱的。我这个人从来也不想吓唬谁。”

“好吧，看在你叫我亲爱的份儿上，这话我爱听。”

这样耗下去又有什么意思呢，托马斯·赫德森心想。难道你就没有别的找乐子的办法了吗？何必非要泡在佛罗里迪塔酒吧，陪着这个年老色衰的“老实头”莉儿，挤在老妓女坐惯的吧台一头，只顾拿酒来灌自己？别忘了，你可是只有最后四天工夫了，你就不能把这四天工夫过得像样些？可是转念再一想：怎么才叫过得像样，除了这儿我又能去哪儿呢？难道去阿尔弗雷德的“逍遥楼”？算了吧，这儿和“逍遥楼”不是一回事吗？再说你在这儿待着不是挺好的吗？恐怕

[1] 西班牙语：我也没有。

世界上再也没有哪儿的酒能让你喝得更有滋有味了，甚至连这点味道都没有呢。再说你现在也只能喝喝酒罢了，所以你要是能多喝就多喝吧。想那么多干吗？唉，你现在也只剩喝酒的份儿，见了酒你就应该喜欢，甭管它是好是歹，统统都喜欢吧。要知道你以前不就一向喜欢喝酒吗？准确地说是一向极爱喝酒的，所以你现在也只有喝酒的份儿了，所以你应该爱喝酒。

“对，我爱喝。”他冷不丁大声说了出来。

“你说什么？”

“我说我爱喝酒。不过不是什么都爱。我就只爱这种双料冰镇的代基里，还不能加糖。加了糖，喝太多就会不舒服。”

“*Ya lo creo.*[1]不过这要是换了别人，喝那么多不加糖的准得送命。”

“是啊，没准儿我就会送命。”

“不，你不会的。你只会再次打破纪录，今儿个你打破纪录后就去我家吧，我觉得你该好好睡上一觉，不过我可怕你打鼾。”

“我上次打鼾了吗？”

[1] 西班牙语：那当然。

“*Horrores.*[1]还有，晚上有时你唤我的时候，叫出来的名字不下十来个，五花八门，什么都有。”

“对不起。”

“没什么。我只是觉得挺好玩的。你这么一叫啊，倒是让我知道了好几个我原来不知道的秘密呢。不过你跟别的姑娘在一起的时候，像这样把她们的名字乱叫一气，她们不生气吗？”

“我哪有什么别的姑娘，只有一个妻子。”

“我倒是很想喜欢、尊重你的夫人，虽然感觉这也许很难办到。当然，我也绝不会允许别人说她的坏话。”

“我就是要说她的坏话。”

“别，你可千万别这样。这种事可不是上等人干的。而且我最讨厌两件事：一是看见男人哭鼻子，虽然我也知道，他们一定是伤心极了才这样，可看着总觉得心里别扭得慌；二是听见男人说自己老婆的坏话，你们男人啊十之八九都有这个毛病。你可千万别犯这个毛病，我们这会儿待得好好的，可别干这扫兴的事儿。”

“好。别管她。我们不提她就是了。”

“这就对了，汤姆。其实她人长得真的挺美的。真

[1] 西班牙语：才叫厉害呢。

的，我觉得她挺美的，*Pero no es mujer para ti.*[1] 得了得了，不说了，我们不能在人家背后说坏话。”

“好。”

“要不你再给我说一个轻松的故事吧。只要讲起来有劲就行，跟爱情无关也没关系。”

“我可没有什么轻松的故事了。”

“你少骗我。我知道你肚子里面有的是故事。再喝一杯，喝完了就给我讲一个轻松一点儿的故事。”

“为什么一直都是我讲，你怎么就不发挥一点儿作用呢？”

“我能发挥什么作用呀？”

“起码帮大家把这要命的气鼓一鼓啊。”

“*Tú tienes la moral muy baja.*”[2]

“是啊，你说的我心里都明白。但你为什么就不能讲两个故事来给大家鼓鼓气呢？”

“算了，这件事情还必须由你自己来做。你知道的。其他的事儿上只要你有用得着我的地方，我无所不从。你是知道的。”

“那好吧。”托马斯·赫德森说，“你还想再听

---

[1] 西班牙语：但是她配不上你啊。

[2] 西班牙语：看你的情绪还真是不高。

我讲一个轻松的故事？”

“请讲。酒给你放在这儿了。只要你再说一个轻松的故事，然后再喝一杯酒，你的心情就会马上好起来。”

“你保证？”

“这我可不敢担保。”她说着不觉抬起眼来瞅了瞅汤姆，这一瞅可了不得，眼泪又啪嗒啪嗒地涌了出来。这一切来得是那么爽快那么自然，就好像咕咕直冒的泉水一样。“汤姆，你为什么就不跟我说呢？到底你是怎么了？我现在也不敢问你了。难道那事是真的？”

“是的。”托马斯·赫德森说。这下“老实头”莉儿是再也控制不住，大哭了起来。看着酒吧里那么多人，他只好赶紧拿胳膊搂住她，不停地安慰她。这么一个肆无忌惮地大哭、哭得大煞风景的人可不顾什么雅观不雅观的了。

“我那可怜的汤姆呀！”她在那儿边哭边号，“我那可怜的汤姆呀！”

“快冷静点儿，我的*mujer*[1]，来喝杯白兰地吧。好了好了，我们来高兴高兴吧。”

---

[1] 西班牙语：好姑娘。

“我高兴不起来，我再也高兴不起来了。”

“你瞧瞧你，”托马斯·赫德森说，“跟你说了实话我倒很后悔，看你都伤心成什么样子了。”

“那我就高兴起来。”她说，“你在这儿等一下我。我去趟洗手间，等我回来保证就好了。”

对啊，你还是给我安生点儿的好。托马斯·赫德森心想。我这心里难道不难受吗，要是你还在那儿哭个不停，还要跟我叨叨这事儿，那你还让我在这儿怎么待下去，我也只好走我的了。可真要走，我又能到哪儿去呢？可实在是无处可去啊，这是去谁家的“逍遥楼”都解决不了的问题，这点他比谁心里都清楚。

“给我再来一杯双料冰镇代基里，不要加糖。*No sé lo quepasacon esta mujer.*[1]”

“她一哭起来，那眼泪可就是个喷泉。”那掌柜的说，“还要兴师动众地铺设引水管道干什么，找她不就得了？”

“对了，铺设引水管道的事，现在进行得怎么样了？”托马斯·赫德森问。

吧台左边坐着一位个子矮矮的家伙，那断了鼻梁骨的脸总是乐呵呵的，托马斯·赫德森只觉得看着他

[1] 西班牙语：跟这个女人在一起，指不定还会闹出什么事来呢。

面熟，却怎么也想不起他姓什么叫什么，也不知道他的政治观点如何。他还在想呢，只听那人说：“那帮*cabrons*[1]！他们就是打着引水的幌子，捞发不完的财，因为老百姓生活里最缺不了的就是水。当然，我们生活里不可缺的东西还有很多，但是你们想想啊，唯有水是找不到代用品的。大家说说看，要是没有水，这日子怎么过？你看那帮王八蛋就借引水之名，给自己捞油水，不干实事。要我说啊，你这一辈子也别想有个管用的引水管道。”

“对不起，你的意思我还没有完全听懂。”

“*Sí, hombre.*[2]你知道吧，就是因为这引水管道是大家生活里必需的，所以那帮人才能借着铺设引水管道的名义发财。这样一来呢，他们就永远也不可能帮你把这引水管道给铺设好。说白了，这引水管道就好比是金鹅产金蛋，不过换了谁也不愿把这鹅给杀掉的。”

“他们为什么就不能规规矩矩地铺设引水管道，正正当当地赚两个钱呢？要发财也应该另想*truco*[3]，不是吗？”

---

[1] 西班牙语：王八蛋。

[2] 西班牙语：好吧，朋友。

[3] 西班牙语：门道，门路。

“可是比引水还要好的发财门道，你在哪儿还能找到呢？如今只需把这引水的愿一直许下去，那就有发不完的财。这点你放心，哪个吃政治饭的都不会当真把引水管道铺好，坏了这么个发财的好门路。虽然那些个巴望向上爬的政客有时也不免会要些最低级的政治手腕相互揭丑，但是谁也不会去攻击引水管道这个事儿，政界人士都知道这是他们真正的经济基础。好，现在我提议大家来干一杯，为海关，为卖彩票的，也为押数字赌博的，为食糖的限价，还为那永远不见影子的引水管道，干一杯。”

“*Prosit.*”[1]托马斯·赫德森说。

“老兄你不是德国人吧？”

“我是美国人。”

“好，让我们为罗斯福，为丘吉尔，为巴蒂斯塔[2]，还有那些不见影子的引水管道，干杯。”

“也为斯大林干一杯。”托马斯·赫德森说。

“是的。还有斯大林，更为赫尔希的巧克力中

[1]拉丁文：为你的健康干杯。（因为德国人在祝酒时常用此词，所以下文要这样问他。）

[2]巴蒂斯塔（1901—1973）：当时的古巴总统。

心[1]，为大麻烟，为那不见影子的引水管道，干杯。”

“为阿道夫·卢克[2]干杯。”托马斯·赫德森说。

“为阿道夫·卢克，为阿道夫·希特勒，为费拉德尔菲亚，为吉恩·滕尼[3]，为基韦斯特，为那不见影子的引水管道，干杯。”

就在他们不停说话干杯的时候，“老实头”莉儿也从卫生间里出来坐到了吧台前。虽然她现在不哭了，也重新补过了脂粉，但是脸上还明显留有刚才伤心落泪的痕迹。

“你认识这位先生吗，莉儿？”托马斯·赫德森问她，也确实是在向她介绍这位新朋友，或者说故交新知吧。

“在床上会过。”那位先生抢先说了。

“*Cállate.*”[4]“老实头”莉儿说，“我只知道他是政界的人。”她扭头对托马斯·赫德森说：“*Muy*

---

[1] 赫尔希（1857—1945）：美国的巧克力大王，好时巧克力公司创始人。他在宾夕法尼亚的巧克力厂周围建起了公园、博物馆、学校、运动场等，在当地形成了一个“巧克力中心”。

[2] 阿道夫·卢克（1890—1957）：古巴著名棒球运动员，有“哈瓦那之光”之称。

[3] 吉恩·滕尼（1898—1978）：美国职业拳击运动员，是1926至1928年世界重量级拳击冠军得主。

[4] 西班牙语：你住口。

hambriento en este momento.”[1]

“不，是渴得慌才对。”那政客立马接过她的话头说。“你先点吧。”他对托马斯·赫德森说，“再来一杯什么？”

“那就来一杯双料冰镇代基里，不加糖。要不我们来掷骰子看看该谁付账，怎样？”

“不用了。我来付吧。让我用一下无限次赊账的机会吧。”

“他是个好人。”趁那人在招呼掌柜的，“老实头”莉儿凑到托马斯·赫德森耳边悄声说，“虽说也是个吃政治饭的，不过这人挺正直，脾气还挺好。”

这时那人回过身来搂了搂“老实头”莉儿。“你怎么一天比一天瘦了呀，*mi vida*[2]。”他说，“我想我们应该是同一个政党的吧。”

“来吧，为引水管道，干杯。”托马斯·赫德森说。

“我的天，这哪儿行啊。你这是要干什么？你的水要是来了，可千万别砸了我们的饭碗行么？”

“来吧，让我们为早日结束这场*puta guerra*[3]干杯吧。”“老实头”莉儿说。

---

[1] 西班牙语：我这会儿可是饿得慌呢。

[2] 西班牙语：我的宝贝儿呀。

[3] 西班牙语：丑恶的战争。

“干。”

“来，为黑市干杯。”那人说，“为水泥短缺干杯。也为那些操纵黑豆供应的先生们干杯。”

“干。”托马斯·赫德森说，继而又补上一句，“我们还要为大米干杯。”

“对，还要为大米干杯。”那政客说，“干。”

“你好点了吗？”“老实头”莉儿说。

“好多了。”

说这话的时候他瞅着莉儿，眼看她又要哭出来了。

“听着，你要再哭，我就打掉你的下巴。”他说。

托马斯·赫德森这才注意到，吧台后面的墙上贴着一张招贴画，面画上是一个身穿白色西装的政客，还打着一行标语“*Un Alcalde Mejor*”，意思是“一位更合适的市长”。也许是这张招贴画太大，他觉得那位“更合适的市长”睁着圆圆的大眼直盯着每个酒客的眼睛。

“来吧，咱们为*Un Alcalde Peor*[1]干杯。”那政客说，“为一个更差劲的市长干杯。”

“你会参加竞选吗？”托马斯·赫德森问他。

“当然。”

[1] 西班牙语：一个更差劲的市长。

“那真是好极了。”“老实头”莉儿说，“我们现在可以来拟订一个施政纲领吗？”

“这还不容易。”那位市长候选人说，“‘*Un Alcalde Peor*’你听听我们这个口号，已经足够能赢得选票了。施政纲领那么虚，要它干什么？”

“可是施政纲领总得有一个吧。”莉儿说，“你说呢，托马斯？”

“我觉得也是。‘关闭农村学校’怎么样？”

“对，我同意关闭。”那位市长候选人说。

“*Menos guaguas y peores.*”[1]“老实头”莉儿又提了一条。

“好，公共汽车也要再少些、再差些。”

“我们何不把公共交通索性统统取消了，大家觉得怎么样？”

那位市长候选人接着提出他的建议，“*Es más sencillo.*”[2]

“好啊，我看行。”托马斯·赫德森说，“*Cero transporte.*”[3]

“瞧瞧，真是言简意赅、铿锵有力啊。”那位市

---

[1] 西班牙语：公共汽车要再少一些、再差一些。

[2] 西班牙语：那样就简单多了。

[3] 西班牙语：取消全部公共交通。

长候选人说，“这充分说明了我们是不带偏见的。或许我们还可以再发挥一下。改成*Cero transportes aéreo, terrestre, y marítimo*[1]的话，你们觉得怎么样？”

“真是妙极了。这样的施政纲领才像样。那么在麻风病问题上，我们该表示怎样的立场？”

“*Por una lepra más grande para Cuba.*”[2]那位市长候选人说。

“*Por el cáncer cubano.*”[3]托马斯·赫德森说。

“*Por una tuberculosis ampliada, adecuada, y permanente para Cuba y los cubanos.*”[4]那位市长候选人又说，“这句口号虽然长了点儿，但是如果在广播里念，听起来就十分够味了。我们在梅毒问题上的立场又该如何呢，我亲爱的同志们？”

“*Por una sifilis criolla cien por cien.*”[5]

“好的，就是这个。”那位市长候选人说，“打

[1] 西班牙语：海陆空公共交通全部取消。

[2] 西班牙语：为争取古巴有更多的麻风病人而奋斗。

[3] 西班牙语：为争取古巴人民得癌症而奋斗。

[4] 西班牙语：为争取在古巴和古巴人中间广泛、深入、持久地流行结核病而奋斗。

[5] 西班牙语：为争取梅毒百分之百本地化而奋斗。

倒*Penicilina*[1]和*Yanqui*[2]帝国主义的其他花招。”

“对，坚决打倒。”托马斯·赫德森说。

“我们是不是又该喝点儿什么？”“老实头”莉儿说，“你们觉得呢，*correligionarios*[3]？”

“好主意。”那位市长候选人说，“也真是，除了你还有谁想得出这样的好主意？”

“就是你呀。”“老实头”莉儿说。

“喝，喝，反正我可以赊账，你们只管冲着我来，其余的别管了。”那位市长候选人说，“你们就瞧着吧，这账我是能赊的，你们多猛烈的火力我也顶得住。喂，掌柜的，酒博士，小二哥，听我说，照老样给每人再来一杯酒。不过我这位政治上的同道，记清楚了，他的酒是不能加糖的。”

“我这会儿又想到了一个口号。”“老实头”莉儿说，“把古巴的糖还给古巴人。”

“来吧，打倒北方的巨人。”托马斯·赫德森说。

“坚决打倒。”另外两位应声说道。

“其实，我们还是应该多提一些有关本市内政方面的口号。国际上的事务我们不应涉及过多，我们还

---

[1] 西班牙语：盘尼西林（也称青霉素）。

[2] 西班牙语：美国。

[3] 西班牙语：同志们。

在打仗，彼此还是盟友嘛，你们说是这个理不？”

“不过打倒北方的巨人这个口号，我还是觉得应该提。”托马斯·赫德森说，“眼下那北方的巨人正在打全球战争，现在正是打倒他的良机。我看我们就应该把他打倒。”

“那就等我选上以后再打倒他吧。”

“为*Un Alcalde Peor*干杯。”托马斯·赫德森又说。

“来吧，为我们大家干杯。为我们的党干杯。”那位“更差劲”的市长一边说，一边举起酒杯。

“我们必须牢记，我们的党是在什么样的条件下建立起来的，我们应该把建党宣言写出来才是。对了，今天是几号来着？”

“应该是二十号吧。最多也就差个一两天。”

“几月的二十号？”

“二月二十号，写吧，撑死就差那么一两天。题目为*El grito de La Floridita.*[1]”

“现在可是个庄严的时刻。”托马斯·赫德森说，“你记得下来吗，‘老实头’莉儿？能不能把刚才这些话都写出来，永垂后世？”

[1] 西班牙语：发自佛罗里迪塔的呼声。

“我啊，写倒是能写。就是当场现写我可能干不了。”

“我觉得还有一些问题，我们也必须表明一下立场。”那位更差劲的市长又说了，“我说，那个北方的巨人，这一次聚会就由你来做东如何？你们也都看到了，我在这儿的赊账能力称得上是很强的，你们的轮番进攻我也顶住了。可是小鸟总有撑不住的时候，为什么非要穷追猛打，将其置之死地而后快呢？所以这一次就由你来付账吧，巨人。”

“不要叫我什么巨人。我们都是同一个立场，那就是反对那个早该死的北方巨人。”

“好吧，那请问先生，你到底是干什么的呢？”

“我是科学家。”

“*Sobre todo en la cama.*”[1]“老实头”莉儿说，“我听说他在中国曾经做过大量的研究。”

“好吧，我也不管你是干什么的，反正这一次你来做东就对了。”那位更差劲的市长说，“接着我们就来继续拟订党的施政纲要吧。”

“对待家庭问题呢，我们应该怎么说？”

“这可是个神圣得不能再神圣的课题。家庭的尊

[1] 西班牙语：专门研究床上问题的。

严不亚于宗教。在这个问题上我们一定要小心谨慎。你看提*Abajo los padres de familias*[1]如何？”

“有气魄。可我们为什么不干脆提打倒家庭呢？”

“*Abajo el Home.*[2]这种想法的确值得钦佩，不过那可是会让人家误会是*béisbol*[3]的事。”

“还有儿童问题，我们怎么说好呢？”

“这个嘛，就只能让他们先委屈一下了，等他们到了法定的选举年龄再来找我吧。”那位更差劲的市长说。

“离婚问题呢，这个我们总得有个什么说法吧？”

“哎呀，这可又是一个敏感的问题。”那位更差劲的市长说。“*Bastante espinoso.*[4]你说呢，可以谈谈你对离婚的看法吗？”

“离婚问题我们最好不要涉及。因为我们的竞选口号既然不提打倒家庭，那再提赞成离婚的话就自相矛盾了。”

“好吧，那咱们就撇开离婚不谈。行吧，让我再

---

[1] 西班牙语：打倒家长。

[2] 西班牙语：打倒家庭。

[3] 西班牙语：棒球比赛。（因为棒球比赛中也常用home一词，是“本垒”的意思。）

[4] 西班牙语：真够棘手的。

来看看——”

“得了吧你这双斗鸡眼！”“老实头”莉儿说。

“别尽挑我的刺啦，女人。”那位更差劲的市长对她说，“至少有一条我们是肯定要实行的。”

“你说，哪一条？”

“*Orinar.*”[1]

“我赞成。”托马斯·赫德森居然听见自己说，“这条是最基本的。”

“可不是，就像引水管道引而不发一样，都是基本要求。何况这个问题也的确是由水引起的。”

“这明明是酒精引起的。”

“你懂什么，酒精所占的比例跟水比水来那是可以不考虑的。所以主要的成分还是水。对了，咱们这儿不是有位科学家嘛，你跟我们说说人体里的水分占体重的百分之几？”

“八十七点三。”托马斯·赫德森脱口而出，信口说了个数字。

“一点不错。”那位更差劲的市长说，“我们是不是应该趁现在还迈得开腿走一趟啊？”

他们到了男卫生间，看见一个黑人正在那里看一

[1] 西班牙语：撒尿。

本玫瑰十字会[1]的小册子。他长得文文静静且有几分风度。看得出来他是在学那一套，而且正在做每周的例行功课。托马斯·赫德森还正儿八经地跟他打了个招呼，对方也正经八百地回了个礼。

“感觉今天还蛮冷的呢，先生。”那位正在研究玄学的卫生间服务员捧着本书跟他说。

“是啊，的确很冷。”托马斯·赫德森说，“你对这一套研究得怎么样啦？”

“还不错，先生。应该说有点小成绩。”

“那就好。”托马斯·赫德森说。他无意间看见那位更差劲的市长好像碰到了点儿什么困难，便转口对他说：“以前我在伦敦的时候参加过一个俱乐部，那个俱乐部里有一半的成员都有撒尿费劲儿的毛病，剩下的另一半也有别的毛病，撒尿可实在有太多的毛病了。”

“这有意思。”那位更差劲的市长好不容易完成了他的苦差事，说道，“这个俱乐部叫什么名字。*El Club Mundial*[2]？”

“不对。时间太长了我好像把那个名字给忘了。”

---

[1] 玫瑰十字会是一个古老的秘密会社，以宣扬宗教的神秘教义为主旨，并自称有占星、炼金等古传玄术。

[2] 西班牙语：世界俱乐部。

“不是吧，你怎么连自己俱乐部的名字都忘啦？”

“忘了就是忘了嘛。这有什么奇怪吗？”

“走吧，我们还是再去喝一杯吧。小便一次，该付你多少钱？”

“随便给吧，先生。”

“我来我来。”托马斯·赫德森说，“小便付钱，这钱我付得乐意，就好似买束鲜花。”

“先生刚才说的那个俱乐部是叫皇家汽车俱乐部吧？”那黑人送了一方毛巾过来，站在一边说。

“不是，绝对不是。”

“那真是对不起，先生，我随口问问。”那个研究玫瑰十字会玄术的服务员接着说，“只是我也是听说那是伦敦最大的俱乐部之一。”

“不错。”托马斯·赫德森说，“那的确是伦敦最大的俱乐部之一。给，拿去买一样自己喜欢的东西吧。”说着掏出一块钱递给他。

“为什么你要给他一块钱？”出了厕所，那位更差劲的市长问他。到了外边各种声音刺激着耳膜，酒吧的声音、旅馆里面的声音，还有大街上车辆行人来来往往的声音，全都混成了一片。

“给就给吧，其实我也没什么正经地方好用钱的。”

“*Hombre.*”[1]那位更差劲的市长说，“让我看看，你脑子没糊涂吧？身上呢？有没有什么不舒服的？”

“没有。”托马斯·赫德森说，“我好得很，多谢。”

“你俩出去遛了一趟，开心吗？”坐在吧台前高凳上的“老实头”莉儿看见他们回来了问道。托马斯·赫德森定睛瞅了瞅她，这才又重新看清她。看上去她比以前黑了许多，也宽了许多。

“出去遛一趟当然开心啦。”他说，“出去走走，总能碰到些有趣的人。”

这时“老实头”莉儿伸过手来，在他的大腿上使劲拧了一把。但他的目光却没停在“老实头”莉儿身上，而是朝店堂的那头望去。他的目光越过一顶顶巴拿马草帽、一张张古巴特色的脸庞，越过酒客们手里那一只只摇得起劲的骰子筒，径直到了敞开的店门，到了门外那洒满阳光的广场。这时，他看见一辆轿车停在店门前，门卫把帽子拿在手里，恭恭敬敬地拉开了轿车的后门，从车上下来一个女人：天呢，竟然是她！

没错，果然是她！看这下车时的姿势绝不可能是别的女人：那样老练，那样自然，最要命的是那样的优美。她的脚踩到街面上，那神气的样子就像是给了

[1] 西班牙语：老兄。

这条街一个极大的面子一样。许多年来有不少人都想学她这份风度，有些人居然也真是学得像模像样的。可是当你见到她本人，你就会立马感到那些学她的人不管学得多么像，也只是仿冒罢了。此刻她身穿军装，对门卫笑笑，也不知道问了他一句什么，只看见那门卫兴冲冲地回了话，点头不已。于是她迈步穿过人行道，往酒吧这边走来，身后还跟着一个军装的女兵。

托马斯·赫德森腾地一下站起来，他只觉得胸口一阵阵抽紧快要透不过气了。这会儿对方也看见他了，吧台前坐满了人，一排排餐桌旁也都是人，她只好穿过空隙向他走来。当然那个女兵也紧随其后。

“对不起。”他急忙对“老实头”莉儿和那位更加差劲的市长说，“我必须去见一个朋友。”

两人在吧台和餐桌之间的那个狭窄的通道中途相会了，他用力把她搂在怀里，彼此紧紧相拥，紧到不能再紧。他拼命地吻她，尽情吻她，她也以吻相答，双手还一个劲儿地在他的两条胳膊上抚摸。

“哦，真是你呀，真是你么，真是你呀！”她说。

“你这个魔鬼。”他说，“你怎么跑这儿来了呢？”

“从卡马圭[1]来，还用说吗？”

[1]位于古巴中东部的一个城市。

店里客人的目光都被他们吸引过来了。他不管不顾一把将她抱了起来，紧紧贴在胸前，再一次吻了个够，这才把她放下，牵着她柔软的手，径直走向角落里的一张桌子。

“我们可不能在这儿，”他说，“小心给抓起来。”

“要抓就抓吧。”她说，“给你介绍一下，这是金妮，我的秘书。”

“你好，金妮。”托马斯·赫德森说，“来吧，我们快把这个疯女人藏到桌子后边去吧。”

虽然金妮长得不是很好看，却是个讨人喜欢的姑娘。她俩穿着一样的军服，只不过军官上装没有肩章，衬衫、领带、裙子、长袜、翻皮靴都是一样的。头上戴的是帆船帽，但是她们左肩下那种臂章却是他以前没有见过的。

“把帽子摘下来，魔鬼。”

“照规矩，不能摘。”

“摘下来。”

“好吧。”

她把帽子摘下来，仰起脸，秀发一下子散开，她回头望着他。托马斯·赫德森也深情地望着她。她前额高高的，一头卷发是那么迷人，头发的颜色还是和以前一样，像是成熟了的麦子的颜色，却又闪着银色的光泽。她那两个酒窝总能把人迷得神魂颠倒，鼻子有一点点不那么翘但也恰到好处，嘴唇被他吻得一片狼藉，从下巴到脖颈的曲线极为优美。

“我好看吗？”

“这还用问吗，你会不知道？”

“穿军装的女人你以前吻过吗？可有军装上的纽扣在你身上这样蹭来蹭去的？”

“没有。”

“那你爱我吗？”

“我向来都是爱你的。”

“不，我问的是你这会儿就是此时此刻爱不爱我？”

“爱。”他说，只觉得嗓子眼里一阵苦涩。

“爱就好。”她说，“你要是敢不爱我的话，小心你没法下台。”

“你在这儿待几天？”

“只有今天。”

“让我再吻吻你。”

“你刚才不是说会给抓起来吗？”

“是啊，那就再等会儿吧。你喝点什么？”

“有上等的香槟吗？”

“当然有。不过这儿还有一种怪不错的当地酒。”

“没有才怪呢。你喝了多少杯？”

“记不清了。十几杯吧。”

“那还好，也就是眼睛周围能看出一丝丝醉意。快告诉我，你是不是跟别的什么人好上了？”

“没。你呢？”

“我先不告诉你。我想知道你那泼妇老婆现在在哪儿？”

“在太平洋。”

“沉到海里去才好呢。最好是沉到万丈深的海底。哦，汤米，汤米，汤米，汤米，汤米。”

“说吧，你是不是跟什么人好上了？”

“好吧，让你说着了。”

“你这个坏女人。”

“你说这糟不糟，自打我出走以后，这还是我们第一次相见呀，你没有跟谁好上，反倒是我跟别人好上了。”

“你这也叫出走？”

“在我看来，就是这么一回事。”

“他人好吗？”

“我的那一位呀，他人很好，就跟小孩子一样，根本就离不开我。”

“他在哪儿？”

“这可是军事秘密。”

“你就是要去他那儿？”

“是的。”

“你现在到底干什么工作？”

“我们是USO[1]的。”

“就像OSS[2]那样的机构？”

“少跟我胡扯！你不用在我面前装什么糊涂，更不要因为我爱了谁，你心中就来气。你爱上别人时，可从来没征求过我的意见。”

“那你爱他到什么程度？”

“我可没说我爱他。我只是说跟他好上了。现在只要你开口，我连这点跟他‘好上’的关系都可以抛到一边儿。反正我就只在这儿待一天。我才不想跟你那么客套。”

“见鬼。”他说。

“要不我先开车去旅馆，好不好？”金妮问。

“你去旅馆干什么，还是先来一点儿香槟吧，金妮。你有车吗？”她问。

“就停在外边的广场上。”

---

[1]美国劳军联合组织的缩写。

[2]美国战略情报局的缩写。

“一会儿我们可以一块儿去你家吗？”

“当然。不过我们最好还是吃了饭再去吧，要不就去买一点儿东西，然后带到家里去吃。”

“你看我们运气多好呀，到这儿来一找就找到你了。”

“那是，你们的运气真好。”托马斯·赫德森说，“不过，你怎么知道上这儿来找我呢？”

“是卡马圭机场的一个小伙子告诉我的，我向他打听，他说你可能在这儿。我们想要是找不到你，就在哈瓦那逛逛。”

“那我就带你们去哈瓦那逛逛吧。”

“不。”她说，“让金妮去逛逛就好了。或许你也可以找一个熟悉的人陪金妮？”

“没问题。”

“可是我们今晚就必须回卡马圭。”

“几点的飞机？”

“应该是六点钟吧。”

“好的，包在我身上。”托马斯·赫德森说。

这时候一个男人来到他们桌子跟前，这是个本地人。

“抱歉。”他说，“能请您给我签个名吗？”

“好的。”

他随即递给她一张明信片，上面印着这家酒吧的照片，照片里面康斯坦特正站在吧台后面调制鸡尾酒。她在明信片上写下了自己的名字，她胡乱签的那些个卖弄的特大的字体，托马斯·赫德森真是再熟悉不过了。

“你知道么，这既不是给我小女儿的，也不是给我那个正在上学的儿子的。”那人说，“我其实是想自己留个纪念。”

“那真是太好了。”她说着还对他微微一笑，“你真好。”

“你演的每一部电影我都看了。”那人说，“在我眼里，你就是这世界上最美丽的女人。”

“哦，你说得可真是太好了。”她说，“真心希望我能在你心中永远保持这个美好的印象。”

“既然遇见了，有没有荣幸请你喝一杯？”

“我正和朋友在这里喝呢。”

“我知道他的。”那位电台报告员说，“我和他认识好多年了。我可不可以坐在这儿，汤姆？我看这儿还有一位女士呢。”

“请坐，这位是罗德里格斯先生。”托马斯·赫德森说，“金妮，请问你贵姓？”

“沃森。”

“嗯，这位是沃森小姐。”

“很高兴认识你，沃森小姐。”那位电台报告员说。这小伙子真帅气，皮肤晒得黝黑，眼神十分友善，笑容也讨人喜欢，一双大大的手掌显现出他原本的职业：一位棒球手。曾经的他不仅是一个棒球运动员，还是个赌徒。到现在他的眉宇间还保留着几分摩登赌徒的风度。

“我有这个荣幸邀请三位一起去吃午饭吗？”他问道，“现在已经是午餐时间了。”

“谢谢，赫德森先生和我还有一点事情需要处理，我们现在得赶去乡下一趟。”她说。

“我倒是挺想和你一起去吃午饭。”金妮说，“我觉得你挺不错的。”

“他应该是一个靠得住的人吧？”另一位女士问托马斯·赫德森。

“是的，他是个好人。在这个城里算得上真正的好人。”

“谢谢你的夸奖，汤姆。”那人说，“你们真的不和我一起吃午饭了？”

“我们是真的有事需要去乡下走一趟。”她说，“我们现在快要迟到了。金妮，我看回头我们还是在旅馆碰面吧。谢谢你啦，罗德里格斯先生。”

“你真是世界上最美丽的女人，我说的可都是实话。”罗德里格斯先生说，“假如以前的我还没有这么深的体会的话，那我今天可算得上是深有感触了。”

“希望你将这份美好的印象永远保留下来。”说完，他们两人就出了店门，来到街上。

“好啊。”她说，“这还真不错。金妮也看上他了，这人是挺讨人喜欢的。”

“他的确很讨人喜欢。”托马斯·赫德森说。这时候司机帮他们打开了车门。

“你也一样讨人喜欢。”她说，“但是你喝太多了。我最后就连香槟都没有要。我想知道那个坐在吧台头上的你的黑人朋友，她是谁啊？”

“就是坐在吧台头上的一个黑人朋友呗。”

“那你是不是还想喝上一杯？假如你还想喝的话，不如我们找个地方休息一下，再去喝上一杯。”

“不了，我不想喝了。你呢？”

“你知道我从来都不喜欢喝酒。不过，要是有葡萄酒的话我倒是想来一杯。”

“我家就有葡萄酒。”

“那真是太好了。现在你可以安安心心地吻我啦，这一回就不用再担心他们会把我们抓起来了。”

“*¿Adondé vamos*？”[1]司机问，目视前方。

“*A la finca.*”[2]托马斯·赫德森说。

“噢，汤米，汤米，汤米。”她说，“你尽管来就行了。让他看见又有什么嘛，这有什么呢？”

“是啊，是没什么关系的。假如你不放心的话，将他的舌头割下来不就行了？”

“你说的什么呀，我才不会那么做呢。对别人下毒手的事情我从来都没做也不会去做的。谢谢你给我出了这样一个主意。”

“我认为这个主意其实是很不错的。你最近过得怎么样，你这风流种？”

“跟以前一样啊。”

“真的跟以前一样？”

“人人都说本性难移，我也一样。只要我们还待在这个城市，我可就是属于你的。”

“一直到飞机起飞。”

“是的，说得一点儿也不错。”她一边说，一边把身子挪动了几下，让自己坐得舒服一些。“你瞧，”她说，“气派十足的路段走完了，这一带就全是灰蒙蒙、

[1] 西班牙语：请问去哪里？

[2] 西班牙语：去庄上。

乱糟糟的地方了。我们有多久没干那活儿了？”

“有一段了。”

“是啊，”她说，“的确是有一段了。”

他们一起看着车窗外那些灰蒙蒙、乱糟糟的地方。她耳聪目明，脑筋灵活。他花了多少年的时间才弄明白的现象，她一眼就全看明白了。

“到这里才算好一点。”她说。和他在一起，她可是从来没对他说过一句谎话，他也努力不对她说谎，但就是有些难以办到。

“你还爱着我吗？”她问，“对我说实话，不要用花言巧语来敷衍我。”

“当然。难道你不知道？”

“我当然知道。”她说，但为了证明他说的话，她还是搂了搂他，仿佛搂一搂就能证明一样。

“现在你的那一位是谁？”

“现在我们不要谈论他。你不会在乎他的。”

“或许吧。”他说着说着就将她紧紧搂进怀里。看他们的样子，如果两个人都硬着互相顶、毫不相让的话，那么其中一个人非得被另一个压垮不可。这是他俩一贯玩的把戏。结果她还是顶不过，输得很彻底。

“你们男人没有乳房，”她说，“总是你赢。”

“我可没有一张能够迷得你神魂颠倒的脸蛋儿，

也没有你们女人身上的那两个玩意儿，更没有一双修长迷人的玉腿。”

“但是你有别的呀。”

“那倒是。”他说，“你不知道昨天晚上我却只能跟一个枕头、一只猫亲热。”

“那今天就让我来代替那只猫吧。离你家还有多远？”

“再过十一分钟就到了。”

“照这个样子，十一分钟很难熬啊。”

“那换我去开车？那样的话，八分钟内我们就能到家。”

“还是算了吧，记住我曾经告诉过你的话：要有耐心！”

“你给我的教导非常无聊，但都是十分高明的东西。趁现在这会儿工夫你就再给我补习一下吧。”

“有这个必要吗？”

“不讲也没关系。反正这会儿也只需要八分钟就能到了。”

“你家里舒服吗？床大不大？”

“等下你看见就知道了。”托马斯·赫德森说，“你又犯那多疑的老毛病了？”

“我才没有疑心。”她说，“我只是想要一张很大很大的床而已。那样我就能彻底放松，忘掉有关军队的一切，最好忘得一干二净。”

“我的床倒是很大，”他说，“不过，恐怕也没有你那军队大。”

“何必跟我说这么难听的话呢？”她说，“再英俊的小伙子，只要将老婆的照片一拿出来，就没戏可唱了。这样的空降部队到底是什么情形，你难道不知道？”

“幸好我不知道。我们常年在水里泡着，但我们还不能叫作海上部队，也从来不会用海上部队自称。”

“那你可不可以跟我讲一讲？”她请求道，手也毫不客气地伸进了他的口袋。

“不行。”

“我就知道你是不肯说的，好吧，我就喜欢你这个严守秘密的样子。我也不过是好奇而已，人家都来问我啊，我可是有一些担心了。”

“好奇倒没什么，”他说，“担心就不行了。你不知道好奇心害死一只猫吗？我就养着一只好奇心特别强的猫。”他不自觉地想起了宝伊西。他停顿了一下，接着说：“但是担心的话就要严重得多了，那简直能让那些实力雄厚的大实业家把命送掉呢。你啊，是不是也要我为你担心呀？”

“我才不需要你担什么心，只要心里想着我是个演员，多关心我一下就好了，但不要过了头。好了，还有两分钟我们就能到了。这片田野看上去真美，太令人喜欢了。我们就在床上吃午饭，行吗？”

“需不需要吃完午饭再睡上一觉？”

“好啊。只要能按时上飞机，这也算不上什么大事。”

汽车驶上了那条老公路，还是条石子路，两边种着参天大树。这是一条比较陡的上坡路。

“你心上是不是有什么事放不开？”

“是的，就是你。”他说。

“我是说公事。”

“你看我像一个有公事在身的人？”

“谁说得准呢？我认为你是个很会表演的演员。能像你一样演得那么惟妙惟肖的，我还真没见过第二个呢。我真的很爱你啊，我亲爱的疯子先生。”她说，“你扮演的那许许多多的精彩角色我都看过。但是我最喜欢的就是你扮演的那个忠诚的丈夫的角色，你演得真是太棒了，露出裤子上湿漉漉的一大片。你每看我一眼，那湿漉漉的一片就要晕染得更大一些。我记得那一回好像是在丽兹酒店[1]吧。”

“是的，我在那里饰演忠诚丈夫这一角色演得最成功，”他说，“就像加里克[2]的得意杰作都诞生于老贝利街一样。”

“你恐怕记得不太仔细吧。”她说，“我觉得你演得最好的那次是在‘诺曼底’号轮船上面。”

“‘诺曼底’号被烧毁之后，我可是连续整整六天都是茶不思、饭不想的。”

“这还算不上你的最高纪录呢。”

“是啊。”他说。

这时候车子在大门口停了下来，司机下车打开大门。

“我们真的住这里？”

“是的。不过还得上一个坡，车道都被弄得坑坑洼洼的了。”

汽车驶上了斜坡，穿过一片芒果林和一片没有开花的凤凰木，绕过那些养着牲口的棚屋，顺着环形的车道来到了一座宅子前。他打开车门，她下车的气派表明她的脚踩在这块土地上就是这块土地的荣幸，这

[1] 著名的豪华饭店。巴黎、纽约、伦敦等各地都有分店。

[2] 戴维·加里克（1717—1779），英国著名演员、戏剧家。

一切都是为了彰显她的高贵端庄、和蔼友善。

她仔细观察这所房子，站在这里可以看见卧室敞开着的那扇窗户。窗户很大，也不知怎么回事，她一看见这窗户就想到了“诺曼底”号。

“要是误了飞机就让它误去吧。”她说，“为什么我就不可以说我生病了呢？别的女人不是也都生病了么？”

“有两个极好的医生跟我熟识，我可以请他们帮你证明。”

“太棒了。”她一边说着话，一边迈上了台阶，“需要请他们吃饭吗？”

“那倒不用。”他说着打开了房门，“我只需要给他们一通电话，派司机把证明拿回来就可以了。”

“我生病了。”她说，“就这么办吧。这次就让那班大兵自己慰劳自己好了。”

“你还是去吧。”

“不。我现在要来慰劳你。最近有没有人好好慰劳过你？”

“没有。”

“我也是。噢，应该说‘我也没有’这样比较规范吧。”

“我不清楚。”他随口答应了一句，接着就忍不住将她紧紧地抱在怀里，他深深地望着她的眸，然后就将目光移开了。他打开那间大卧室的门，像突然醒悟过来似的说道：“规范些的说法应该还是‘我也没有’。”

窗户敞开着，房间里通风良好，不过这会儿还有太阳，所以倒也清爽。

“这里简直就跟‘诺曼底’号一模一样。你是因为我要过来，所以特别这样布置的吗？”

“那是当然的了，亲爱的。”他并没有告诉她实话，“你觉得怎么样？”

“噢，你说谎的本事比我还不如。”

“嗨，我可比不上你。”

“我们两个都不要说假话了。就当作你是为我的到来特地布置的好了。”

“就是特地为你布置的。”他说，“只不过看上去似乎还有他人。”

“你搂着别的女人也这么用劲儿？”

“还没有到将她压垮的地步。”他顿了一下，又加上一句，“并且也没躺下。”

“谁在乎躺不躺下，你吗？”

“我不在乎。”说完，他一把将她抱了起来，一直抱到床上。

“我去把百叶窗放下。你在这里表演节目来慰劳我，我一点儿也不反对，但是我这里的仆人可以放厨房的收音机娱乐，他们就不需要我们表演节目了。”

“现在就开始？”她说。

“是的。”

“以前我教过你的你忘了没有？”

“我什么时候忘记过了？”

“你常常忘。”

“那好吧。”他说，“那你是在哪里见到他的？”

“我们见过他的。你不记得了？”

“行了行了，不要总说什么记不记得的，我们就不要再说话了吧，不要再说话了，不要说话了。”

过了一会她说：“哪怕是‘诺曼底’号上的乘客，肚子也会饿的呢。”

“那我打铃叫仆人过来。”

“但是他还不认识我。”

“他会认识的。”

“不用了，我们还是出去散散步吧，我还想参观参观你的房子。对了，这段时间你都画了些什么画？”

“什么也没画。”

“没时间？”

“你看呢？”

“你不出海的时候不就有时间作画了吗？”

“出不出海，什么意思？”

“你看你又来了，汤姆。”她说。这时他们来到了起居室，坐在老式的大椅子里。她脱掉鞋子，光脚放在地板垫子上。她将身子蜷在椅子里，为了讨他欢心她还特意将头发也刷了一遍。她知道，自己的头发对他有着致命的吸引力。现在她这样蜷坐在椅子上，只需要稍微动动头，秀发就会如瀑布般散开，如同一匹光洁绚丽的丝绸。

“你这个魔鬼。”他说，又立刻补了一句，“亲爱的。”

“我早就被你骂得够惨的了，也不在乎了。”她说。

“我们换个话题吧。”

“你当时为什么要娶她呢，汤姆？”

“因为那时候你已经有恋人了呀。”

“这可不是什么好理由。”

“谁都没说这是个好理由。我更不会这样说。但终归是我犯下了错误，我后悔不已，难道还要我像个老妇人一般喋喋不休吗？”

“我要你说的时候你就要说。”

这时候，那只黑白大花猫走了进来，跑到她的脚边，在她的腿上蹭来蹭去。

“他搞错对象了。”托马斯·赫德森说，“但也说不定它的感觉十分灵呢。”

“难道是——？”

“不用说，肯定是的。”他招呼了一声，“宝宝！”

那只猫一下跳上了他的膝头。看来，这只猫对他们两个倒是一视同仁的，并且十分依恋。

“我们一起来爱她吧。宝宝，你一定要好好看看她，这么漂亮的女人你是再也找不出第二个了。”

“就是这只猫晚上陪你睡觉吗？”

“是啊。不行吗？”

“你说哪里的话。现在跟我睡觉的那个男人还没它令我欢喜呢，但是它也有那个人一模一样的毛病：没精神。”

“我们一定要谈论他吗？”

“好，那我们就不说。但你又为何一定要装出一副没有出过海的样子呢？你看你的眼睛都熬红了，眼角那儿也有白色的裂痕，头发也被晒得花花的，就好像是抹了什么东西似的……”

“并且我走路不仅摇摇晃晃很不稳当，而且肩膀上还站着只鹦鹉，一只木头做的假腿时不时地就要踢人。我可以跟你说，亲爱的，我替自然历史博物馆画那些海洋生物，所以我偶尔也会跟着船队出海。哪怕是战争时期，我们的工作也不能因此而中断。”

“真是一份神圣的工作。”她说，“我记住了你这个谎话，我一定会照你这个说法说的。汤姆，你是真的一点儿都不喜欢她么？”

“是的，我一点儿也不喜欢她。”

“那你还爱我吗？”

“我不都向你表示很多次了？”

“说不定你那时候正在演戏呢。你整天都跟各种各样的臭女人混在一起，却还扮演着一个痴情者。辛娜拉，你没有以你的方式忠实于我啊。[1]”

“我之前不是跟你说过吗，你的文化修养太高，这反而对你自己没什么好处。我十九岁的时候就不再念这首诗了。”

“是啊，我也一直在提醒你，要你安分守己，下决心好好画画，不要总是异想天开，去爱上别人……”

“你指的是跟别人结婚吧。”

“不。结婚当然也是一件非常要不得的事情。但你要是爱上了别人，那我就再也不要敬重你了。”

“是的，我可忘不掉你这千篇一律的说辞，你说得如此好听：‘那我就再也不要敬重你了。’干脆你

[1] 英国抒情诗人欧内斯特·道森（1867—1900）写有一首著名的诗《辛娜拉》，其中有一名句常常被引用：“辛娜拉，我以自己的方式忠实于你。”

把这句话的版权卖给我得了，随你开什么价钱，我只求你，不要再四处说这句话了。”

“我敬重你，但你也不要再爱她了，好不好？”

“我爱你，我也敬重你，并且我不爱她。”

“太好了。你嘴巴甜得总会让我高兴，幸亏我生了这场大病，没能赶上飞机。”

“你也应该知道，我是真的非常敬重你。从前是，现在也是。即使你干了那么多愚蠢的事情，我依然还是那么尊重你、爱你。”

“并且又待我那么好，答应我的事每一件都信守诺言，无法让我不爱。”

“那你说说最近的一件是什么事？”

“我说不上来。反正是承诺的话你就绝不食言的。”

“我们换个话题可以吗，美人儿？”

“我们早就不应该继续这个话题了。”

“恐怕原本就该不谈。反正我们之间的事情十有八九都是避而不谈的。”

“噢，你这话说得就不对了。证据都在那里明摆着，你也不需要多说什么。你呀，总是认为对待女人嘛，只需要陪她一起睡觉就行了。但是你有没有想过，她是很希望你给她脸上添光，给她无微不至的细致关怀？”

“并且我还要乖乖地安分守己，跟你那些亲爱的男人一个样。”

“难道你就不能多依靠我一点吗？让我成为你不可缺少的一部分。不要总是这样僵硬死板，不是一个给一个拿，就是‘拿走吧，我还不饿’。”

“我们来外面做什么？听你的道德讲座吗？”

“我们到外面来仅仅是因为我爱你，并且我希望你能做到毫无愧疚。”

“无愧于你，也无愧于上帝，无愧于任何一种抽象的冠冕堂皇的大道理。但我连一个抽象派的画家都不是。你呀，怎么不去劝土鲁斯·劳特累克[1]不要逛妓院？怎么不去劝高更不要染上梅毒？怎么不去劝波德莱尔[2]早点回家？跟他们比，我是不是还差一大截呢，你不要总跟我来这一套。”

“我可从来都不是这样的人。”

“不，你从来都是这样的人。从来都是干着这样的工作。哟，你干得好积极呀。”

“我原本也不想干的。”

---

[1] 土鲁斯·劳特累克（Toulouse-Lautrec，1864—1901）：法国画家，其作品吸纳了日本浮世绘技法，自成一派。

[2] 波德莱尔（Baudelaire，1821—1867）：法国诗人，象征派诗歌的先驱者。作品有《恶之花》。

“是的，我知道你从来都没想过要干这一行。因为你总是想去夜总会唱歌，让我待在夜总会里面当保镖。我们还专门为这件事商量了好久，你还记得不？”

“小汤姆那边有什么消息吗？”

“他过得很好。”话刚说出口，皮肤上那针刺般的感觉又来了。

“他都有三个星期没有写信给我了。给自己的妈妈写信怎么还能这般懒散？他写信一直都是极认真的。”

“你要知道，现在是战争时期，很多事情当兵以后就做得不那么随心所欲了。也有可能是通信线路被阻断了呢。这样的情况也不是没有发生过。”

“你还记得最开始的时候吗？那时候他连半句英语都不会呢。”

“是的，在格施塔德的时候[1]他还有一帮子小伙伴呢。接着我们又搬到了恩加丁山谷[2]，再后来我们又搬到了楚格[3]，你还记得吗？”

“你这儿有没有他最近的照片？”

“就只有那一张，你有的。”

---

[1] 瑞士西南部的一个城镇。

[2] 在瑞士的东南部。

[3] 瑞士中部的一个城镇。

“我们喝一杯吧，你家里都有些什么酒？”

“什么都有，随便你喝。我现在就去把当差的叫来，葡萄酒储存在地窖里。”

“不要离开太久。”

“夫妻俩这样说说话挺滑稽。”

“不要离开太久。”她又重复叮咛了一句，“你听见了没？我这个人一向都不跟你絮絮叨叨，要你早点回家呀之类。你知道，我不是那些爱使小性子的女人。”

“是的，我知道。”他说，“用不了多久我就会回来的。”

“那当差的应该还能弄一些吃的东西过来吧？”

“应该没问题。”托马斯·赫德森说，然后他又转过头对着那猫叮嘱道，“你在这里帮我陪着她，宝伊西。”

真是的，他心想。我为何要跟她撒谎？我为什么要瞒着她？我为什么要干这件费力不讨好的事情？难道我真的像威利说的那样，愿意将悲痛独自一个人承担下来？我真的是他说的那样的男人？

好吧，现在这一切全都被你弄得乱七八糟的了。他心里又想。你才和她重归于好，重拾旧爱，这个时候该怎么跟她说她儿子的死讯？你忍心将儿子的死讯告诉这个母亲？你如何将儿子的死讯告诉你这个父亲？你不是一向都认为自己足智多谋吗？现在就应该赶紧想个办法出来。

你看，你一个办法都想不出来。现在你应该明白了吧，你一丁点儿办法都没有。

“汤姆。”他听见她呼唤的声音，“我一个人在这里冷冷清清的，那只猫自以为它可以代替你陪伴我，但它始终不是你啊。”

“那就将它放下来。当差的去村里，我现在正找冰块呢。”

“找不到就不喝好了。”

“那好吧。”他答应了一声回到房间。他光是踩着地砖，后来就感觉双脚已经踏到席子上了。他抬眼见她还是蜷在老地方。

“你在回避不谈他。”她说。

“不谈。”

“为什么不谈？我想我们还是谈一谈比较好。”

“他跟你太像了。”

“这不是理由。”她说，“你实话告诉我。他死了？”

“是的。”

“求你，快过来抱着我。这回我是真的病了。”她浑身发抖，他就赶紧跑过去跪在椅子边，紧紧地抱住她，但她仍旧止不住地发抖。过了好一会儿她才又开口说：“你呀，真是可怜啊！你呀，真是可怜！可怜！”

过了一会儿，她又对他说：“无论我以前做了些什么，说过些什么话，都请你原谅我。”

“我也要请求你的原谅。”

“你真是个可怜的家伙，我也是个可怜的家伙。”

“我们都是可怜的人。”他说，但后面半句他却没有说出来，“小汤姆也是。”

“你跟我讲一讲吧。”

“没什么。我知道的就这么一点儿。”

“我想我们应该学会去接受这个事实。”

“或许是吧。”

“要是我一下子垮下去就好了，但我现在只是觉得，心里像突然被掏空了一样难受。”

“我明白。”

“这种事情是无人幸免吗？”

“我想是吧。反正我们只能遇到这么一次。”

“现在我就像在太平间里，太怕了。”

“我很抱歉，没有一见到你就跟你说这件事。”

“这没什么。”她说，“能拖则拖是你的风格。我并不怪你。”

“那个时候我真的是太想要你了，我真是个自私又糊涂的浑蛋啊。”

“你这样也不能算自私。我们本来就是相亲相爱的夫妻。只是我们做错了一些事情而已。”

“最大的错事就是我做的。”

“不。这不全是你的错，我也有责任。但愿从今往后我们不要再争吵不休了。”她的内心波澜起伏，最后终于忍不住大哭起来，说，“汤米啊，我实在不知道应该怎么办，我真的撑不下去了啊。”

“我知道。”他说，“我可爱的甜美人儿、好美人儿，我也撑不下去了。”

“那时候的我们是那么年轻，那么单纯，两个人都非常优秀，小汤姆更是漂亮得没话说……”

“跟他妈妈就像一个模子印出来的。”

“但现在却再也无法找到踪影了。”

“真是可怜啊，我最亲最爱的人。”

“你说我们以后的日子该怎么过？”

“你原本在做什么，就做什么；我原本在做什么，我也就做什么。”

“这几天我们能不能一直待在一起？”

“当然，只要这风不停。”

“那就让它继续刮下去吧。你认为我们还能做爱吗？”

“我想小汤姆也不会在意的。”

“不会的。他肯定不会在意的。还记得你把他驮在肩上去滑雪的那件事吗？那刚好是傍晚，我们大声唱着喜欢的歌，穿过旅店后面的果园一路走下山，这些事你还记得吗？”

“是的，我全都记得一清二楚。”

“我也全都记得一清二楚。”她说，“但那时候的我们为什么那么傻？”

“我们是情侣，也是一对冤家。”

“我知道，但我们不应该成为冤家的。现在，你没有爱着别的女人吧？要知道现在的我们除了彼此就什么都没有了。”

“我从来都没有爱上过别的人。从来都没有。”

“我也没有。请你相信我。照你看来，我们还有没有重新在一起的可能？”

“我也不知道。但我们可以试试看。”

“这仗要打多久？”

“你要问那些管打仗的人。”

“还要打上好几年吗？”

“总是还需要打上两年左右的样子吧。”

“你会不会也和小汤米一样？”

“有可能。”

“我不同意。”

“那我要是活下来了呢？”

“你要我说什么好呢？小汤姆已经不在了，那些刻薄的话，你就别说了。坏心眼儿的事情我们就不要再去做了吧。”

“我会注意的。我并不是刻薄，但你要使坏心眼儿的时候我也有办法应付。真的。”

“什么办法？去找那些妓女厮混？”

“恐怕让你猜到了。不过，如果我们住在一起，我也就再也不用去找她们了。”

“你总是会说一些甜言蜜语来哄我。”

“你看你看。刚刚才说好不来这一套的。”

“是，对不起。我再也不说了。当我们在太平间的时候就不用再来这一套了。”

“你又提太平间。”

“噢，”她说，“很抱歉。但是我真不知道怎么表达。我觉得自己开始麻木了。”

“接下来你会越来越麻木的。”他说，“突然听到噩耗都是难以接受的，麻木的时候你也同样觉得呼吸困难，但是你仍然会继续麻木下去。”

“说起噩耗，请你将你知道的所有情况都告诉我吧。让我即使麻木，也麻木得快一点儿，好吗？”

“好吧。”他说，“但上帝知道，我是真的心疼你。”

“你一向都是极心疼我的。”她说，“你就放心跟我说实话吧。”

他在她的脚边盘着腿坐下，但是却没有看她。窗户透进来的阳光照在席子上，有一块光斑，宝伊西就躺在那里，他看着那只猫：“他这回是去阿布维尔[1]沿海执行例行侦查任务，结果飞机被德国人的军舰打下来了。”

“那他跳伞了吗？”

“没有。飞机被烧毁了。他肯定是中了弹。”

“还是中弹痛快。”她说，“真的，还是中弹痛快。”

“可以肯定他被炮弹击中。不然他完全来得及跳伞的。”

“你没有骗我吧？会不会是降落伞着火了呢？”

“没有的事。”他又撒了个谎，心里想着今天可是无论如何都不能再说下去了。

“你听谁这么说的？”

他将那个人的名字跟她说了。“这么说的话，的确是真的了。”她说，“这样一来我就没有儿子了，

[1] 法国北部沿海的一个城镇。

你也没有儿子了，这个滋味我们俩得慢慢品尝了。你还听到一些别的什么吗？”

“没了。”他尽量使自己的语气在她的面前保持真实。

“那我们就这样活下去吗？”

“只能这样。”

“我们还剩下什么啊？”

“什么都没有了。”他说。

“我真的不能留下和你一起生活吗？”

“我不认为你留下来有什么好，天气一旦好转，我就得出海。我跟你讲的事情你从来都是藏在心里面的，这件事也请你藏在心里吧。”

“但是我可以做到和你待在一起，直到你出海。哪怕你出了海，我也可以在这里等你回来。”

“我觉得这样不妥当。”他说，“关键是我们什么时候回来说不准。再说了，你抛下工作待在这里的话，日子也没那么好过了。要是你愿意的话那就多留几天吧，等我们出海的时候你再离开。”

“好吧。”她说，“那我就多待几天，等你出海的时候再走。我们一起好好回忆一下我们的小汤姆吧，等你心里觉得舒服一点后，我们再来亲热亲热吧。”

“幸好汤姆跟那间屋子从来没有沾上什么边。”

“是啊。但是不管房间里有什么，我照样有办法将它们赶走。”

“现在都几点了，我应该弄点东西来吃。噢，还得来一杯葡萄酒。”

“得来上一瓶。”她说，“小汤姆是个可爱的孩子，是不是？他那么活泼，又那么善良。”

“你呢，你是什么性格？”

“总归是你喜爱的。”她说，“并且我还又多了些钢铁一般的意志。”

“真不知道那帮当差的小子都去哪儿了。”托马斯·赫德森向她解释道，“可能他们没有想到我会回来吧，家里竟连一个接电话的都没留下。我现在就去拿葡萄酒，这个时候应该冻得差不多了。”

他打开一瓶葡萄酒，斟满两个玻璃杯。酒是上好的葡萄酒，是他为出海回来平复心情特意准备的。杯面上浮着细小晶莹的气泡，久久不散。

“为我们自己干杯，为我们曾经做过的每一件错事，为我们之前的失去和今后的得到，干杯。”

“我们以前也得到了很多。”他说。

“是的，得到了很多。”她说。顿了一会儿又说，“其实你只有一条是永远都不会改变的，那就是对美酒的爱好。”

“照你这么说，我还有值得被人们称赞的地方？”

“我很抱歉，上午因为酒还说了你一顿。”

“那是对我有益处的。说来似乎有些奇怪，不过它的确对我有一定的好处。”

“什么对你有好处？喝酒也是我对你的教导？”

“我想我指的应该是酒。并且是那种用大杯子去装的冰镇的酒。”

“就算你说得有道理，我现在也不批评你其他的地方，我只想说一件事情，那就是在你家里，找出一点吃的东西实在是太难了。”

“请你耐心点儿。你不是经常这样教训我吗？”

“我有耐心。”她说，“我只是饿了。我现在才懂得，难怪人家在守灵的时候和参加葬礼之前总是吃。”

“你要是感到舒服，想怎么出气就怎么出吧。”

“别急。我要是有话要说的话，你还担心我会憋在心里吗？我们之间总不能每说一句话就得要对方说一个‘对不起’吧？我都已经向你道过一次歉了。”

“你听我说。”他说，“说到难过，心痛欲绝这个滋味，我在三个星期前就尝试过了。现在我们对这个滋味的感觉肯定是不一样的，我们心里经过的阶段都差了那么多。”

“当然不一样，你这个阶段可是舒服多了。”她说，

“难道我还不了解你吗？为何你不索性再去找你的那帮婊子？”

“你不要再说这样的话了，好不好？”

“我就要说。说出来我的心里才痛快。”

“‘圣母马利亚，可怜可怜女人吧！’你知道这是谁的名言吗？”

“总是某个男人。”她说，“总是某个臭男人呗。”

“需要我将整首诗都背给你听听吗？”

“我才不要听。我早就对你的话感到腻味了，说什么你得到消息比我早了三个礼拜啦，说来说去全是这一套。你就是看不起我是个非战斗人员，还自以为是地认为自己干了什么不得了的机密大事，机密得连睡觉都是抱着一只猫，生怕跟人一起睡觉说梦话泄露了秘密一样……”

“照你这么说，你直到现在都还不明白我们分手的根本原因吗？”

“不就是我对你感到腻味了吗？但是你却爱我爱得无法自拔，你总是身不由己，到现在你都是身不由己。”

“你说得很对。”

听差早就在饭厅那儿站着了。起居室里的争吵他也看到了、听到了，他手足无措，黑黑的脸上汗涔涔的。

他对他的主人感情很好，也很爱这屋子里的猫和狗，他对那些漂亮的女人也恭敬有加。他只要一听见吵架就觉得惶惶不安。他从来都没有见过像今天这个这样漂亮的女人，但是主人却和这个美人在争吵，美人也对主人说了许多令人不舒服的话。

“先生，”他出声道，“抱歉打扰您一下。我能和您去厨房说几句话吗？”

“对不起，我去去就回，亲爱的。”

“一定又是一些什么不可告人的秘密吧。”她说着，往自己的杯子里斟满了一杯葡萄酒。

“先生，”听差说，“中尉先生是用标准的西班牙语吩咐的，他说让您马上就去，还特地将‘马上’两个字重复了一遍。他说地点您知道，还说这是公事。因为我不想用家里的电话打给您，刚才就是去村子里给您打电话了。但是人家跟我说您已经回来了。”

“干得不错。”托马斯·赫德森说，“谢谢你。麻烦你给我和小姐煎几个蛋吧，然后再去通知司机准备好车子。”

“是的，先生。”听差说。

“有什么事吗，汤姆？”她问，“是不好的消息？”

“我必须去工作了。”

“你刚才不是跟我说，只要风没有停，就不会去工作的吗？”

“话是这么说，但出不出海可不是我说了算。”

“你想我留在这里吗？”

“你如果愿意的话，可以留在这里看看小汤姆的信，我会吩咐司机准时送你去飞机场。”

“那好吧。”

“如果你想要的话，这些信都带走也没有关系。另外，那些照片想带走的话就尽管带走。我的写字台你随意翻看。”

“你怎么完全像变了一个人？”

“或许是和原来有那么一点不一样吧。”他说。

“你也可以去画室里看看我画的画。”他又说，“我在施行我们这个计划之前画过一些画，有几幅还挺不错。你要喜欢的话就尽管拿走。还有一幅我画的是你，那是我的得意之作。”

“我就要这一幅。”她说，“你好起来的时候真是太好了。”

“她的信件你要是想看的话也尽管看吧。并且里面有几封信几乎都可以收进博物馆里了。你觉得什么东西好玩，都尽管拿去吧。”

“瞧你说的这样子，我又没有拖着那种大箱子过来。”

“那你看过之后，就在飞机上的卫生间将它们处理掉就行了。”

“那好吧。”

“我一定争取在你走之前赶回来。但能不能办到确实就很难说了。若是车子真的回不来的话，我会叫一辆出租车过来接你去旅店或者直接去飞机场。”

“好的。”

“你要有任何事都可以找这个听差。要熨衣服也尽管吩咐他，我这里的衣服你要用的话也尽管拿，这庄子里的一切物品都随你取用。”

“好的。汤姆，你一定要爱我，不要再像上次那样让别人破坏了我们的感情，好吗？”

“我敢肯定。那些女人不算什么，你刚刚不是告诉我了吗，我爱你是身不由己的。”

“我只希望你能这样就够了。”

“但很多事情总不是我说了就算的。你要什么书，尽管去拿。这屋子里的玩意儿，你只要看上了，就都拿去。把我要的蛋给宝伊西吃吧，它至少吃一个。它喜欢切得小小的蛋。我还是走了吧，这样一件件的嘱咐，耽搁了不少时间。”

“再见，汤姆。”她说。

“再见，魔鬼，要注意照顾好自己啊。要我这么急急忙忙地赶去或许什么事儿也没有呢。”

说完这些他就急匆匆地出门走了。那猫也悄悄地跟了出来，仰头望着他。

“别担心，宝伊西。”他说，“我们不会那么快走的，我还会回来。”

“请问先生要上哪儿？”司机问。

“城里。”

海上的风刮得这么猛，海浪也那么大，我才不信真会发生什么事情呢。不过也说不准，或许他们正是发现了什么情况。也说不准是哪个伙计在某个地方遇到麻烦了呢。说实话，这一次我倒真希望能赶上。我一定得记着回去立一个所谓的临时遗嘱，我要将这座庄子留给她。别忘了遗嘱还必须去大使馆办公证手续，办完手续后就可以将遗嘱存放到保险箱里。真是难为她了啊，这么大的事她硬是坚强地撑了过来。但是真正的打击还没到呢。真正到了那个时候，要是我可以去帮她一把那该多好啊。要是我可以给她更多的力量让她撑下去该多好啊。或许这个还办得到。只要我们这次的行动能够一举成功。噢，不，一次还不够，还必须有第二次、第三次……扯得越来越远了，希望这一次就能首战告捷，早日结束这场战争吧。那些画也不知道她会不会带走，真希望她能带走。但愿她记得把蛋喂给宝伊西吃。天冷了，那猫可是很容易饿的。

伙计们要聚集起来应该不会有什么困难，船在进船坞大修之前再干一次也应该还经受得住。只是一次的话应该没问题。肯定还可以经受得住。我们就冒险去拼一次吧。幸好备用的零件都还比较齐全。反正都是最后的场面了，再干一票又有什么关系？当然了，要是留在家里的话就舒服太多了。什么，你还想着舒服？见鬼去吧！

你要明白几件事情：儿子，你丢了。爱情，你丢了。荣誉，早就成为过去。你现在所做的无非就是在尽你自己的责任。

是的，你现在只是在尽你自己的责任，但是你知道你的责任是什么吗？就是你曾经做过的那些保证，你一定要言而有信。但你做过的保证太多了，你都办得到吗？

这个时候，在庄上的卧室里面，也就是那间像“诺曼底”号的房间，她早就躺在了床上，那只叫宝伊西的猫也在她身边躺着。煎蛋，她吃不下去，香槟，没有任何味道。听差送来的几个蛋她全都切碎喂宝伊西了。她刚拉开写字台的第一个抽屉，就一眼看到了蓝色信封上儿子的亲笔笔迹和保密检查的戳记，她终于忍不住扑到床上。

“他们俩——”她对着那猫说。它又没有这许多烦恼，那猫吃了蛋很开心，也十分喜欢身边这个散发出阵阵香味的女人。

“他们两个都走了。”她说，“宝伊西，你倒是告诉我呀，我们该怎么办？”

那猫打着呼噜。

“看来你也不知道。”她说，“这个世界没人知道。”

第三部

在海上

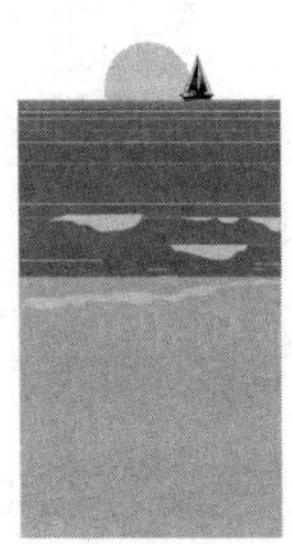

第一章

眼前是白花花的一长溜儿海滩，一眼望过去没有尽头。海滩后边是一排茂盛的椰子树。一列暗礁横布在港湾的入口处，强劲的东风刮得海浪一个劲儿往礁石上冲，激起浪花纷飞四溅。只要船驶到了口子上，前行的路就容易看清了。海滩上空无一人，格外宁静，白色的沙子明晃晃的，亮得刺眼。

坐在驾驶台上的人对岸上的情况细细观察了一番。原来那些有棚屋的地方，现在已是空荡荡的，礁湖里也看不到停泊的船只。

“你以前到这里来过么？”他对他身边的副手说。

“来过。”

“那一带本来不是有一些棚屋的吗？”

“确实是有，海图上还标明这里有个村子。”

“可现在什么都没有了。”那个男人说，“那边的红树丛里有船吗？”

“看不到船影子。”

“我打算现在把船开过去，决定在这儿抛锚。”那人说，“这条水道我熟得很。表面上看不太深，但实际深度要比你看上去的深七八倍呢。”

他低头朝碧绿的海水看过去，映在海底的船影子清清楚楚。

“我记得，原先村子的东边有个地方下锚最合适。”他的副手说。

“好。右锚就位，准备抛锚。我准备把船停在那里。看这风没日没夜地刮，估计这岸上也不会有什么小虫子之类的飞物了。”

“应该不会有了。”

他们一边说着一边下锚，船泊下了。船不大，还算不上是艘轮船，不过在船主人的心目中它好歹还是个可靠的家伙。风依旧很大，海水拍打着礁石，礁石上飞溅起阵阵白色和绿色的浪花。

驾驶台上的人确定船停稳了后，抬起头朝岸上望去，随手关上了船机。他观察了好久，怎么也捉摸不透这究竟是怎么一回事。

“你带三个人上岸去看一看。”他说，“我要休息一会儿。千万要记住，你们的身份是科学家。”

作为科学家，枪械自然是不能携带的，他们只带上当地人常带的大砍刀，头戴一种宽边草帽——巴哈马采海绵的人常戴的那种。船上的人们管这种帽子叫“*sombreros científico*”[1]，他们认为帽子越大，越有科学家的派头。

“哪个不要脸的贼把我的科学帽偷走了。”一个巴斯克人[2]说。说这话的人肩膀奇宽，两道浓眉紧锁。“为了确保科学工作顺利开展，我看最好还是带上一袋手榴弹。”

“你还不如戴我的科学帽呢。”站在一边的另一位巴斯克人说，“我这顶帽子可比你的那顶更有范儿。”

“这顶科学帽太棒了。”身材最魁伟的那位巴斯克人说道，“戴上这顶帽子我觉得自己跟爱因斯坦没什么两样。托马斯，我们现在要去采些标本吗？”

“不需要。”驾驶台上的人肯定地说道，“我把任务向安东尼奥交代清楚了。你们的任务就是把眼睛睁得大大的，警惕点儿就行。”

“我这就去找找看哪里有可以喝的水。”

“水源就在村子的后边一点。”那人说，“但是你一定要留意，看看这水还能不能喝。我们怕是得再

---

[1] 西班牙语：科学帽。

[2] 巴斯克人是生活在西班牙中北部和法国西南部的一个民族。很多巴斯克人因无法忍受国内的残暴镇压，逐步移至美洲。

去接一些了。”

“H_2O. ”那巴斯克人脱口而出，“这可是科学上的叫法。嗨，你这个伪科学家，偷帽子的贼，快拿四个五加仑的水罐给我们，我们也好不白跑一趟。”

另一个巴斯克人把要到的四个水罐装在小艇里，又在罐子外边套上柳条筐子以防摔烂。

驾驶台上的那人又听见这两个人在絮叨：“别用桨在我背上捣乱。”

“我不是在做科学研究么？”

“去你个鬼科学，去你的科学的兄弟。”

“你应该说科学的妹子吧，那么她的名字就叫盘尼西林。”

那人一边看着他俩向海滩划去，一边琢磨着：本来应该是我去的，可我整整十二个小时都没睡，把着舵不敢放松。好在安东尼奥这方面的能力不比我差。可我真不明白：这里究竟发生了什么事？

他又看了看暗礁，观察岸上的情况，盯着冒出船舷的海水好大一会儿，方才闭上眼睛，转过身去睡了。

等小艇返回靠上船边，他也醒了。一看见他们脸上的不悦，他就知道事情变得糟糕了。他的副手额头上直冒汗，要知道这人是个少汗的人，平时是不大会流汗的，一遇到麻烦或者坏消息，就会控制不住地冒汗。

“棚屋被人放火烧掉了。”他说，“看样子还想趁机毁尸灭迹，废墟里有没烧尽的尸体。但风向变了，这里闻不到烧焦的气味。”

“一共有多少具尸体？”

“到目前为止共发现了九具，没准儿还有。”

“男的女的？”

“男女都有。”

“地上有脚印吗？”

“可惜什么也没发现，后来下过一场雨，雨还不小，沙坑里还有积水。”

有个叫阿拉的宽肩膀巴斯克人说：“他们死了估计有一周。”

“你是怎么知道的？”

“准确的时间说不准。”阿拉说，“不过倒推起来，死了有一周了。根据地蟹爬行的踪迹来看，下雨大概是三天前的事情。”

“水怎么样？”

“很好。”

“打来了吗？”

“嗯。”

“我认为他们没必要在水里投毒。”阿拉说，“我先闻了闻气味，没闻出什么不对劲，我又尝了尝，也没发现什么问题，就打来了。”

“你不该去尝。”

“气味没觉得有什么异常，再说了，那水也实在看不出被人下了毒。”

“你认为会是谁杀的人呢？”

“这可就说不准了。”

“你们没有接着再查查吗？”

“没。但我们一发现这些就赶紧来向你报告了。你是船长，得由你来判断，下达命令。”

“干得不错。”托马斯·赫德森说。说完他下到舱里系上武装带，佩上手枪。武装带的另一侧又挂上一把带鞘的精美小刀。手枪贴在腿上，走路沉甸甸的。经过厨房的时候他又顺便去取了只汤匙藏在口袋里。

“阿拉，你和亨利跟我一块上岸。威利，你到了就留下看着小艇，顺便再想办法捉些海螺。至于彼得斯，就接着睡觉吧。”他又向副手交代，“把机器仔细地检查一遍，水箱也要好好查看一下。”

在细白的沙子映衬下，海水蓝蓝的，看上去无比可爱。低头一看，连水下的沙子上那一道道隆起的弧线脊背都可以看得一清二楚。小艇搁浅在一道隆起的沙埂上，他们索性蹚水上岸。

“亨利，你顺着海滩走，逆风一直走到红树林。一路上要注意观察，留意脚印或者其他可疑的痕迹。然后再跟我在这儿会合。阿拉往相反的方向走，一路上仔细观察。”

顺着脚印就能发现尸体，还能听到枯槁的矮树丛里地蟹喀嚓喀嚓的声音。他抬头望了望海面：他的船依然静静地停靠在岸上，浪花拍打着礁石，威利正在这艘飘荡的小艇上拿着一个水底观察镜寻找水底海螺。

既然这事非办不可，那我还快点干完才好，他琢磨。怕是可惜了今天的好天气，要是干些别的该有多爽。有意思的是，这里明明不缺雨水，却下了一场这么大的雨，而我们那里正好相反——盼雨却总是不下。这里有多久没下雨了？上一次下雨是什么时候？记不得了。

狂风不分昼夜地刮着，这样的天气持续五十多天了。他从一刮风就心烦到现在已经适应了这种大风天。一吹风他就振奋，感觉从中获得了一种力量，但愿这风永远也不要停息。

人总是如此，越是不易得到的东西，就越是一心要等。他心想，与其在无风天等雨，还不如在刮风天等雨来得安心，而且比起那种风向不定或者来势凶猛的风暴天也要好得多。好在找到了有水的地方。所以，雨不下也无所谓，我们总想得到办法找到水。这一带的礁石小岛上找水并不难，前提是你要懂得找水的窍门。

他暗自思量：既然如此，那就赶紧把事情都干了吧。

幸好有大风相助，他才能把事情做好。他蹲下身，捧起沙子，边筛边看。因为有风，那股难闻的尸臭都被吹散了。沙子里没看出什么异常，他有点迷惑，但还是将火场附近上风一带的沙子都观察了一番才进入现场。他本来希望少费点劲，早些找到线索，但怎么也找不到。

虽然不是什么行家，但他一进入现场就迅速地背着风干起活来。他拿出小刀在尸骨上来回敲。尸骨已经烧焦、泡酥了，这是地蟹的美味，这些小东西正吃得起劲呢。他不时转过脸，深吸一口气，屏住呼吸回过头继续干活。突然间，他在一根骨头上摸到一颗硬邦邦的东西。他心里一紧，马上用汤匙将这硬东西挖出来放在沙地上。他一鼓作气，又在这堆尸骨里找到了同样的三颗硬物，方才转过身，迎着风深深地呼出一口气。接着，他又用沙子用力地把小刀和汤匙擦干净后放进兜里，右手抓了一大把沙子和四颗子弹，左手拿着刀和汤匙从矮树丛里悄悄地退了出来。

这时，面前出现一只体型肥大的地蟹，横里有一尺来宽，冲着他张开威武的双螯。那蟹蛮横地不肯让路，双螯举得高高的，露出锋利的钳子。

“你这家伙未免也太自以为是了，出来就拦人。”他说。他把小刀放进刀鞘，汤匙放进口袋，再把沙子和子弹换到左手，腾出右手在短裤上擦干净，接着才去掏枪——那是把.357马格南手枪，枪把早已被汗手摸得乌光锃亮。

“坏家伙，你要是现在让路还来得及。”他平静地对地蟹说道。

那蟹却仿佛没听见似的，纹丝不动。双螯举得高高的。他抬手一枪朝蟹的两眼间打去，那蟹顿时四分五裂。

“现在很难弄到这种.357的子弹了，联邦调查局的那些家伙用的也是这种型号，他们自己逃兵役也就罢了，居然还要去追捕逃兵役的人，这帮畜生真是没法说。”他说，“可是我总想用一用，手太痒，要总是不打枪，时间久了就不会用了。”

可怜的蟹老弟— 他叹惜道。不要怪我心狠，要怪它自己不识趣，要是乖乖让开路就啥事也没有。

到了海滩，他抬头望去，发现自己的船依旧停在那儿。海浪不断拍打着水岸，威利将小艇停妥后便钻到水里捉海螺去了。他把小刀从刀鞘里拿出来好好洗了洗，又洗了洗汤匙，接着把四颗子弹也洗了一遍。他像一个淘金人把子弹摊在掌心里仔细端详，本以为淘洗盘里只有些零碎不成型的沙金，不料显现在眼前的居然是成块的四大颗天然的金子。四颗子弹的弹头是黑的，原先黏在子弹上的剩皮残肉洗净后，那缠度很小的膛线印子全都看得一清二楚。那是施迈瑟冲锋枪[1]9毫米标准子弹。

这一发现，让他心花怒放。

他想：尽管他们捡走了弹壳，却留下了这些子弹，无疑就是留下了自己的名片。我得好好琢磨琢磨。目前来看，有两点很清楚：一是在这礁石小岛上什么人都没留下，二是岛上的船只消失不见了。根据这两点来分析是不错的，老兄。你分析问题的能力不是一向都很强吗？

可他的脑筋却并没有运转起来，他把手枪夹在两腿间，身子往后一仰躺在沙里，两眼直盯着那座“雕

[1]一种德国制造的枪械。

塑”——不过是一块漂来的普通的木头，风吹沙盖之后，如同一座雕塑。这座沙灰两色的雕塑嵌在又白又细的沙子里，如同展览会上展出的艺术品。不拿到巴黎的秋季美术展览会上去才真是可惜。

耳边响起一片海浪拍打礁石的澎湃声。看着这景象，他不禁想，把此情此景画下来倒是挺不错的。他平静地躺在那儿，眼望天空，空空荡荡，东风起劲地吹着。四颗子弹妥妥地放在短裤的零钱口袋里，并扣上了纽扣。他清楚地知道这四颗子弹是关系他今后生死存亡的宝贝。不过他现在觉得考虑太多的实际问题没用，索性欣赏起眼前的这块灰色的木头来。他此刻心里有数：敌人是找到了，他们肯定逃不掉。我们同样也逃不掉。多想无益，还是等阿拉和亨利回来再看下一步怎么办吧。阿拉肯定会发现些蛛丝马迹的，他才不傻呢。海滩上固然各种假象丛生，但总会留下些痕迹。他又摸了摸口袋里的四颗子弹，然后用胳膊肘顶着沙地，挪到一个沙子看起来干燥白净些的地方。其实沙子都是一样的，之所以他觉得更白也许是感官上的错觉吧。他把头枕在那块灰色的漂木上休息，把手枪警惕地夹在两腿间，一点也不敢放松。

“嗨！咱俩的友谊有多久了？”他对着手枪说。

“噢，不，不，你完全不用回答我。”他继续说，“你就先好好歇着吧，到时候你一定得好好露一手给我看。崩个把地蟹根本就不够劲儿，崩上几个像样点儿的才过瘾。”

第二章

大海浪花飞溅，他静静地躺着，脑海也在不停地翻腾着。阿拉和亨利分别从海滩两头走来时，他也考虑得差不多了，也可以说是相当成熟了。他们的身影越来越近，他赶紧扭头去看大海。原本他打算要休息一下的，可不想这么费劲琢磨，但无奈自己就是办不到。现在既然已经考虑得差不多了，又想在他们还没来的空当抓紧时间休息休息，储存体力，那就什么也不要去想，就看着这海浪拍击礁石就好了。可确实还没来得及休息，他们就到了。

“你们发现什么了吗？”他问阿拉。此刻，阿拉走到灰色的漂木旁坐了下来，亨利也顺势挨着他坐下来。

“是这样的，我发现了一个年轻人，可是已经没气了。”

“这个年轻人像是德国人。”亨利说，“我们发现他的时候，他脸朝下，扑在沙子里。身上只穿了条短裤，金黄色的长发，皮肤被晒得到处都是花斑。”

“你看他是哪里中弹？”

“一枪打在脊梁骨底下，一枪打在脖颈上。”阿拉说，“*Rematado*[1]。这是从他身上取出来的子弹，我洗过了。”

“我也找到了四颗，一模一样的。”托马斯·赫德森说。

“是不是那种9毫米鲁格手枪[2]打的？”亨利问，“这枪的型号跟我们手里的.38手枪口径一模一样。”

“这种黑色的子弹头明显是自动手枪上用的。”托马斯·赫德森说，“阿拉，谢谢你把子弹都取了出来。”

“这有什么谢的，这只是按照你的指令。”阿拉说，“他脖子上的那颗子弹把身体打了个对穿，我是在沙子里捡到的，还有一颗是亨利帮着挖出来的。”

“挖颗子弹倒不费什么事。”亨利说，“这些天风吹日晒，也差不多把他变成人干了。刀切上去的感觉就跟切馅饼似的。村里挂掉的那几个跟这情况可完全不一样，你说是什么人非要这么把他干掉呢，汤

[1] 西班牙语：这就挂掉啦。

[2] 一种德国制造的半自动手枪。

姆？”

“我也说不准这是怎么回事。”托马斯·赫德森说。

“你觉得呢？”阿拉又问道，“他们是在这儿上的岸，难不成是来修潜艇的吗？”

“不可能。他们的潜艇不见了。”

“噢，对了！”阿拉好像明白了什么一样，“那就是因为没有潜艇了，所以这帮人才下手把这里的船全都抢走了。”

“可被打死的水兵又是怎么回事？”亨利问道，“我这话也许问得不太高明，你别见怪啊，汤姆。可你知道吗，我是多么想为此做点什么啊，现在总算有这个机会了，我感到十分开心。”

“你这话说得重了。”托马斯·赫德森说，“虽然判断不出凶手，但我们已经闻到了猎物的臭味，而且是很有价值的，这一点完全可以肯定。”

“那这猎物有齐胸高吗？”亨利兴奋地问。

“我可不爱听这种话。”

“但你有没有想过，这水兵到底会是被谁打死的呢？又是因为什么被打死的呢？”

“除了窝里反，还能有什么？”托马斯·赫德森说，“一枪打在脊梁骨底下，下手这么狠，你说这人究竟有多狠心？后来开枪的那一个我看是稍微慈悲点，打在他的脖子上。”

“照你这么说，有可能是两个人打的？”阿拉说。

“你有没有发现弹壳？”

“还没有。”阿拉说，“该找的地方我都找过了。就算是自动手枪，即使弹壳飞得远，也不会超过我搜寻的范围。”

“没准也是被同样细心的家伙捡去了，我那里的一些弹壳也都给他捡走了。”

“那他们现在可能会到哪儿去了呢？”阿拉不解地问道。

“我判断他们只可能朝南去。”托马斯·赫德森说，“要知道，往北他们是压根儿去不了的。”

“那么，我们怎么办？”

“现在我得按照他们的思路来考虑，”托马斯·赫德森说，“但我掌握的情况有限，还不能作出准确的判断。”

“人也死了，船也不在了，现在这些情况你都掌握了。”亨利说，“汤姆，相信你能把问题分析清楚。”

“还有，总算摸清了一种武器，可他们到底把潜艇丢在了什么地方？他们有多少人？光这些问题就够伤脑筋的了。昨天晚上我们想跟关塔那摩的电台联系，但怎么也联系不上，再说从这儿往南的礁石小岛又不计其数，而且我们还得算好什么时间去补充淡水。再加上彼得斯又是那副样子——你看看吧，这情况真是太糟糕了！”

“一切会顺利的，汤姆。”

“当然。”托马斯·赫德森说，“在这事上，判断没错和判断全错，就好比是一对同卵双胞胎，差的就是一丁点儿。”

“但你依然坚信我们是绝对可以找到他们的，难道你没有这个信心吗？”

“当然有。”托马斯·赫德森说，“这样你去把威利找回来，捕到的海螺交给安东尼奥。这样我们大家就能吃几顿海鲜杂烩了。阿拉，我给你三个钟头去装水，记住，尽量装满。关照一下安东尼奥，机器要照旧检修。这个岛上真是要啥啥没有，一只猪啊鸡的都找不到，我计划不等天黑就离开这个鬼地方。”

“那是因为都叫他们给弄走了。”阿拉对他说。

“要果真如此，那他们只能统统吃掉了。话说，想要喂养又没有饲料，杀掉了要保存又缺冰。但他们是德国人，总会想到法子的，好在这个季节还能捕些海龟来当食物。我估计我们没准能在洛博斯岛找到他们。不出意料的话，他们下一步该去占据洛博斯岛了。让威利把冰箱装满海螺，水只要够喝到下一个岛就行了，不用太多，带着挺沉的。”

话说到这里，他好像想到了什么，突然间就打住了，思考了一下又说：“不好意思，我要修正一下刚才所说的话。只管装水好了，一直装到太阳下山都没有问题，我计划在月亮出来以后开船。”

“水呢，尝过了吗？”阿拉问。

“尝过了，很干净，没问题，你的确很有先见之明。”亨利回答。

“谢谢夸奖。”阿拉说，“我这就叫威利来。”

“汤姆，”亨利问道，“那我是留在这儿还是去装水？或者干点什么别的？”

“你还是去装水吧，如果实在累得不行，就去睡一会儿。晚上驾驶台上还需要你帮我呢。”托马斯·赫德森说。

“我去给你拿件大衣？”亨利问。

“还是给我拿件衬衫吧，哦，再加条毯子，拿条薄的，回头怕天凉呢。”托马斯·赫德森说。

“这里的沙子真好，又干又细，我还从来没有见过这样细的沙子呢。”

“这还不是因为经年日久的风吹打的。”

“你说我们真的能抓住他们吗，汤米？”

“这还用担心吗？”托马斯·赫德森说，“放心吧，肯定没问题。”

“我这人就是爱瞎操心，你千万别见怪。”亨利解释说。

“你天生是个操心的命，不会有人怪你的。”托马斯·赫德森说，“你是个非常勇敢的汉子，亨利。我喜欢你也同样信得过你，你并不愚蠢。”

“你真认为我们要严肃对待这件事吗？”

“嗯，是的。你别再多想了。你的任务就是多考虑些具体的任务。想想看，你能做些什么事情，有什么办法能够让弟兄们快快活活地去迎接战斗。打仗的事就交给我一个人来考虑好了。”托马斯·赫德森说。

“嗯，我一定把我该做的工作都做好。”亨利说，“我想，我们的兄弟是不是在上阵前能先演习演习，这样，我们才会打得更漂亮。”

“有道理。”托马斯·赫德森说。

“等待是真叫人心急如焚啊。”亨利说。

“难免的，尤其是去追捕敌人，最容易让人心焦。”托马斯·赫德森拍拍他的肩说。

“先去眯会儿吧。”亨利说，“到现在你还没有好好睡过觉呢。”

“我一会再去。”托马斯·赫德森说。

“汤姆，你推断他们的潜艇会沉在哪儿呢？”阿拉问。

“他们抢走岛上的船，又杀光岛上的居民，按照这些线索来推测，应该是一周之前的事。就是卡马圭基地宣布击沉的那艘潜艇。可奇怪的是那艘潜艇实际上是到了这儿才沉没的。风刮得这么猛，路途这么远，划橡皮艇过来也是不太可能的。”

“这下就能推断出他们的潜艇就是在这里东面一带下沉的。”

“完全有可能。奇怪的是，潜艇沉了，但他们居然都脱险了。”托马斯·赫德森说。

“可是，想要回国，路还远着呢。”亨利说。

“确实如此，现在要回国的话路就更远了。”阿拉说。

“那帮德国佬可真是有些怪。”托马斯·赫德森说，“他们胆量奇大，有些家伙也确实叫人佩服得很。但是，凡事都有例外啊，窝囊废也有，好比这一个就是。”

“大家还是各自去干各自的活儿吧。”阿拉说，“要聊的话，晚上值班的时候再聊好了。聊聊也好，免得一个劲儿打盹。你先歇会儿吧，汤姆。”

“睡一会儿好些。”亨利说。

“歇着和睡觉也差不多。”

“那可不一样。”阿拉说，“我确信，你需要的就是睡觉而不只是歇着，汤姆。”

“我试着看能不能闭会儿眼。”托马斯·赫德森说。可是等他们一走，托马斯·赫德森却怎么也无法入睡。

那帮德国人进入小岛后，为什么会如此痛下杀手呢？有什么解不开的深仇大恨呢？他心想。他们怎么着也逃不出我们的手掌心。如果岛上有幸存的居民的话，无非也就是能够透露给我们两点信息，一是他们有多少人，二是他们都有些什么武器装备。从他们的想法来看，仅凭这两点就有杀人灭口的必要了。也许就是因为岛上的居民不过是些低贱的黑人而已。但此举同样也暴露了他们的底细。这些德国佬如此大动干戈，说明他们绝对有个不可告人的计划。但对这个计划，他们内部也有意见分歧，要不然，他们也就不会动手杀死那个水兵了。但或许，这个死去的水兵是触犯了什么而被处死的。比如有可能潜艇本来还不至于沉没，还能够设法返回基地去，但偏偏让这个倒霉的水兵给弄沉了。

不过这也说明不了什么问题。推测毕竟是不能作为准确依据的，只是一种主观上的可能。若事实真是如此，就很清楚地说明潜艇是在已经望见小岛的时候，不知为何迅速沉没的，这也说明他们身上并没有多少装备。也许潜艇压根儿就不是那个小伙子给弄沉的，若是这样推断的话，他很有可能就是被冤枉的。

这些德国佬究竟弄走了多少船也不知道。还真没有别的好办法，只能先不作定论，姑且一个小岛一个小岛地查一番再说。

但如果他们穿过老巴哈马海峡，跑去古巴本岛沿海呢？这也不是完全没有可能，他心想。假如他们要逃生的话，这可是他们的最佳方案。

如果这些人采取这个方案的话，他们就要搭上从哈瓦那开出的西班牙船回国去。虽说金斯敦[1]有个检查关卡，但是选择走这条路风险还是要小很多，而且，从过去的经验来看，从这条路上出逃的人确实不少，成功率也很高。但就是那个要命的彼得斯，他的电台就在关键时刻坏了。竟然说“实在联系不上”！我们只好搬出那部高级的大型电台先应付一下，这台机器要多复杂就有多复杂，他哪儿能对付得了呢？我也不知道他是怎么搞的。昨天晚上他跟关塔那摩怎么也联系不上。如果今天晚上仍然联系不上的话，我们就只能单独行动了。真是活见鬼！——他暗自叫苦。不过

[1] 牙买加的首都。

如果只能走这一步的话，那更大的难关还在后面呢。他告诉自己：还是快睡会儿吧。现在也只能如此了，好办法一时半会儿也想不出来了。

这么想着，他就在海浪搏击礁石的巨响声中睡着了。

第三章

托马斯·赫德森沉沉睡去，梦见自己的儿子小汤姆并没死，另外两个儿子也都安然无恙。他还梦到妻子跟他睡在一起，而且是压在他的身上，因为她以前总是喜欢这样。他感觉一切都是那么真切，仿佛都在眼前，肌肤紧紧贴在一起，她喜欢在他的嘴上肆无忌惮地乱亲一通。她的头发披散着，浓密而又柔软，垂落在他的眼睛和面颊上。可是他却躲开她那花瓣一样的嘴唇，张嘴含住了她的秀发，用一只手把那把马格南手枪悄悄塞在了老地方，让它继续睡大觉。他抱着她那柔软的身躯，任她柔软的秀发如帷幔般罩在他的脸上，然后就慢慢地、有节奏地动了起来。

此刻，亨利正拿着薄毯子给他盖上。托马斯·赫德森却情不自禁地说起梦话来："你太美了，这样美丽，这样可爱，跟我紧紧贴在一起。谢谢你这么快就回来，谢谢你没有那么瘦。"亨利什么也没说，只是替他把毯子盖好，然后扛起两个五加仑的柳条筐坛子转身走了。

“汤姆，我以为你喜欢我瘦。”梦中的女人说道，“你说过我瘦的时候就像一只小羊羔，手感比什么都好。”

“你。”他说，“谁在同谁做爱？”

“我们俩。”她说，“除非你想变变花样。”

“你来吧，我累了。”

“你真懒。把这手枪拿走吧，在你腿这儿碍事儿。”

“放在床边。”他说，“该怎样就怎样。”

于是，一切该怎样就怎样。她说，“我来做你，还是你来做我？”

“你来选。”

“我来做你。”

“我做不了你，但我可以尝试。”

“有趣。你来试一试。千万别舍不得自己。能舍弃一切才能得到一切。”

“妈的。”

“你在做吗？”

“是的。”他说，“太好了。”

“你知道我们得到了些什么？”

“是的。”他说，“是的，我知道。要放弃太容易了。”

“你什么都会放弃？我把孩子们都带来了，你开心吗？我夜里来当你的魔鬼，你开心吗？”

“是的，我很开心。让你的头发扫过我的脸好吗？把你的嘴给我好吗？紧紧搂住我千万别松开好吗？”

“当然。你也会这样对我的，是吗？”

不久，他醒了，手碰到毯子，一时间竟没有清醒过来，也未意识到自己方才只是做了个梦。他侧过身，发现大腿间夹着个手枪皮套，才明白过来，心中不觉一片空虚，这空虚感可要比做梦之前强烈多了，不做还好些，刚才的梦更增添了一份空虚落寞。小艇正在往他的船上运水，而海浪还是一个劲儿地在拍打着礁石。他见天色尚早，便转了个身，将身上的毯子裹着臂膀接着又睡着了。等到他们的人来叫他时，他早已经睡熟。可是这一回，却什么梦也没做。

第四章

夜里，托马斯·赫德森掌了一夜的舵，好在前半夜有阿拉在驾驶台上陪他聊天，后半夜又换上了亨利。海浪很大，毫不夸张地说，在这样的海上行船有如骑马下山，一路都是下坡，时而还要横穿山腰。这海简直就像是连绵不断的山梁，七高八低的。

“跟我说点儿什么吧。”汤姆对阿拉说。

“说啥？”

“啥都行。”

“彼得斯现在还是没能联系上关塔那摩。我们那部全新的大电台都叫他给弄坏了。”

“这个我知道。”托马斯·赫德森说。他尽量稳住船身，以减轻晃动。“不晓得是哪个零部件被他烧坏了，他修不好。”

“不管他修不修得好，现在他还在听。”阿拉说，“威利在一边守着他，怕他打瞌睡。”

“那威利又是谁守着？难道就不怕威利也跟着打瞌睡？”托马斯·赫德森说。

“他不会打瞌睡的，他跟你一样，也是个睡不着觉的主。”阿拉说。

“那你呢？”阿拉说。

“我一夜不睡都没什么问题，要不我来替你掌会儿舵？”阿拉说。

“那倒不用，反正我也没有别的事做。”托马斯·赫德森说。

“汤姆，你心里到底怎么个难受法？”阿拉说。

“我也说不上来。我也不知道一个人能够难受到什么样的程度。”托马斯·赫德森说。

“老是难受对身体可不好，要不我去帮你把皮酒囊拿来喝点酒？”阿拉说。

“不用了，谢谢，拿瓶凉茶来就好，你顺便再去彼得斯和威利那儿看看有什么情况没有。别的地方也都一起查看一下。”托马斯·赫德森说。

阿拉下舱去，剩下托马斯·赫德森一个人独自面对着雾气茫茫的黑夜和大海。驾船在这海浪上行进，有如骑马在崎岖的山地上一路直冲下坡去。

亨利拿着瓶凉茶上来了。

“情况如何，汤姆？”阿拉问。

“一切都很正常。”托马斯·赫德森说。

“彼得斯的那部老电台刚收听到了迈阿密警方的一些通话，是警车里的警察在向局里报告。威利想跟他们联系一下，但我建议他这事可千万使不得。”阿拉说。

“你说得没错。”托马斯·赫德森说。

“意外收获，彼得斯在超高频频段里收听到一个唧唧呱呱说德国话的声音，可他说那是‘狼群’[1]在通话。”

“可是要是‘狼群’的话，他也听不懂啊。”

“今天晚上可真是有趣得很啊，汤姆。”亨利说。

“未必呢。”托马斯·赫德森说。

“是吗？我这不过是向你汇报罢了。我来把会儿舵，你告诉我航向，然后再去舱里看看。”亨利说。

“彼得斯把这些都记录下来了吗？”托马斯·赫德森问。

“是的。”亨利说。

“让胡安给我测一下方位，再交代彼得斯记录下来。知道电台里那个王八蛋唧唧呱呱半天是什么时候

[1] 第二次世界大战时，德国潜艇曾使用“狼群”战术，即一艘潜艇跟踪目标后，将目标的位置、速度和航向汇报给可以拦截这一目标物的其他潜艇，以便所有潜艇能够集中力量对该目标进行集结攻击。

发生的事？”托马斯·赫德森说。

“我刚上来那会儿。”亨利说。

“快叫胡安测定方位，给记录下来。”托马斯·赫德森说。

“明白，汤姆。”亨利说。

“咱那伙宝贝兄弟们都在干啥？”托马斯·赫德森说。

“睡大觉呢。吉尔也睡着了。”亨利说。

“拿出记录簿，让彼得斯记下方位。”托马斯·赫德森说。

“那还用来报告你吗？”亨利说。

“我们的方位全在我脑子里呢，你说还用得着报告我吗？”托马斯·赫德森说。

“那是，我明白了，汤姆，但你的火气怎么变得这么大呢？”亨利说。

亨利去了一下又转身回来，但托马斯·赫德森却闷着头不大想开口说话。亨利也就默不作声陪他站在驾驶台上。船晃得非常厉害，他叉开双腿，尽力站稳。大约过了个把钟头，他才开口道：“发现了一个亮光源，在船头顺时针两点钟方向。”

“很好。”

等到船身跟亮光齐平后，汤姆猛地调转航向，把海浪全都甩在了船后。

“现在是咱们回家的方向了，我们已经进入航道。”汤姆对亨利说，“快去叫醒胡安让他上这儿来。你好好睁大眼睛看看吧，你刚刚有点分心，没有及时发现亮光。”

“真是对不起，汤姆。我马上去叫胡安。你说，咱们要不要组织一下，来值班警戒？”

“可以，但是等天快亮的时候再派吧，到时候我会关照你的。”托马斯·赫德森说。

托马斯·赫德森这时候想，那伙人完全有可能抄近路闯过浅水区的沙洲。但我看他们也不一定就会选择走这条路。因为黑夜里穿浅水区是有风险的，他们可不太肯冒这种险。如果是白天的话，那些长年行惯深水的水兵，看到浅水区的沙洲或许会喜欢。估计他们也同样会在我拐弯的地方转向，然后像我们这样舒舒服服地靠岸。他们没准儿会去古巴沿海地势最高的地方。只要风向还顺，他们绝对不会进港口。至于孔菲特斯那个地方，他们也不会进去的，因为他们知道那儿有个无线电台，这对他们来说是非常不利的，因为很容易被发现。但他们又必须补充粮食、淡水，要我说，其实他们最好的方法就是靠近哈瓦那，到巴库拉瑙一带上岸，再想方设法从那儿混进城。我呢，待会儿到达孔菲特斯后，发个信号将这里的情况向上校汇报汇报，就不去向他请示了，要是向他请示，他万一不在，那是要误事的。当然，也要汇报我的行动。随便他采取什么措施吧。关塔那摩方面势必也会有自己的预防措施，卡马圭方面也会有自己的一套，还有古巴当局和联邦调查局方面，相信也都会出台他们各自的措施。拭目以待吧，一周后，就会爆出些新闻来了。

不行，我等不及，这周就得把他们抓住。按照常理来说，他们总得停下船做补给。比如去弄点水，而且他们带走了那么多牲畜，也总得要宰了烧着吃吧，否则就得饿死腐烂的。猜测他们很可能白天隐蔽，夜间偷偷活动。换了我的话我也会这样做。一定得设身处地好好琢磨一番：一个有头脑的德国水兵，要是碰到了这许多难题，会怎么考虑呢？他心想。

确实有很多难题摆在这位受人尊敬的潜水艇艇长面前，托马斯·赫德森心想。他最不好对付的就是我们了，他却压根儿不知道。

到底是怎么回事啊？他该不会认为我们对他有什么威胁吧？难道他以为我们都是些无所谓的人吗？当然不是，他们的警觉性还是很高的。

不过，他还是觉得高兴：总算有个机会可以大干一场了，而且还有这么些好伙伴陪着一起干。

“胡安老弟，你看到什么了？”他问道。

“不就是所谓的大海呗。”

“其他人呢，你们看见什么了吗？”

“我什么也没看见。”吉尔说。

“我倒是看见咖啡了，可就是它没看到我，始终远在天边啊。”阿拉叹惜道。

“我看见陆地了。”亨利说。他方才看见前方矮矮方方的，一片模糊，那就是陆地，就像有人用大拇指在刚刚露光的天边抹了道淡淡的墨水印。

“哈哈，谢谢你啦，亨利，那是罗马诺岛的背面。”托马斯·赫德森说，“非常感谢各位，你们现在到舱里去喝咖啡吧，另外派四个不怕死的好汉来这儿看着，过一会儿就会有稀罕事儿，有趣着呢。”

“汤姆，你要不要来杯咖啡？”阿拉问。

“不了，我就喝茶吧。”

“我们才只值了两小时的班，不用这么快换我们下班，汤姆。”吉尔说。

“快去舱里喝杯咖啡吧，还有几位刚烈的好汉，也让他们有个立功的机会。”

“你不是估计他们在洛博斯岛吗，汤姆？”

“原来我确实是这么想的，不过后来又改变想法

了。”

原先那几位下舱后，又换了四个人上来。

“各位，你们就一分为四，各据一方。下面有咖啡吗？”托马斯·赫德森说。

“尽管喝，有的是。茶也有。发动机运转正常，船的进水情况也还不算太严重，再说海上航行嘛，大风大浪的，进点水肯定也是在所难免的。”他的副手说。

“彼得斯现在情况怎样？”

“夜里他喝了些威士忌，总算是没打瞌睡。威利生怕他睡着，一直都看着他呢，当然也顺道喝了点儿他的威士忌。”他的副手说。

“我们得到孔菲特斯那里加些油，还得看看需要补充些什么物资，能想得到的就尽量补齐。”

“你得让大伙儿加快装货的速度，我还想宰上一头猪呢，保管给你的那份都烫好刮好。”他的副手说，“我看趁我们装货的时候，你抓紧时间睡会儿吧。要不，干脆让我来替你把会儿舵？”

“不用了。我还有三个信号得赶紧发出去。等办完事了，你们就装你们的货，我睡我的觉。睡足了再去跟踪和追击。”

“是朝哈瓦那方向吗？”

“是的。就算他们躲得过一时半刻，也休想逃出我们的手掌心。我们那些弟兄情况现在如何？”

“你还会不了解他们？以后有机会的话我们再细谈吧。汤姆，这里有股逆流，你把船稍微往里再靠靠，少受点影响。”副手说。

“船晃成这样，你怎样，吐得厉害吗？”

“还行吧，不碍事。”副手说，“那横浪也真够厉害的，太要命了。”

托马斯·赫德森说：“是够厉害的。”

“眼下德国人的潜艇活动太猖獗了，你看，拉瓜伊拉港[1]外、金斯敦北边，凡是一切运送石油的航线都布下了‘狼群’。”

“现在这一带有时候也会出现‘狼群’。”

“是啊，我们怎么这么倒霉？”

“他们才活该倒霉呢。他们嗅觉灵敏，不管到哪儿都有他们的踪迹，而且他们的目标非常明确。我们得开动脑筋，全力追击才行。”

“那我们快点行动，不然结果显然也是能预料得到的。”托马斯·赫德森说。

“我们可一直都没有松懈呢。”

---

[1] 委内瑞拉首都加拉加斯的外港。

“话虽如此，但我总觉得我们进展太慢了。”

“等我们到了孔菲特斯后，你先去睡个觉，待你一觉醒来，我保证一切进展都会出乎你的意料。”他的副手说。

第五章

托马斯·赫德森终于看见了小沙岛上高高耸立的白色的瞭望哨和信号塔。除此之外，这个小岛实在没特别的景致。

太阳从他背后照过来，寻路上岸并不困难。托马斯·赫德森先从一条宽敞的通道中间穿过礁石，接着绕过沙洲和一些珊瑚礁来到背风的地方。靠海一边是一片半月形的沙滩，岛上这边是一些干枯的草，而另一边则是光秃秃的岩地。这都是风吹的结果。海水清澈，托马斯·赫德森把船一直开到沙滩的中央才下锚。此时，太阳已升高。抬眼一望，电台附属建筑的顶上飘着一面古巴国旗，信号塔上却什么也没有挂。那面古巴国旗看上去还挺新，颜色鲜亮，在风中哗啦啦直响。

“大概换过班了，我们上次走时国旗还是旧的。”托马斯·赫德森说。

他四下望了望，上次他们扔下的汽油桶还老老实实地待在原处，地上的沙子明显有挖过的痕迹，给他准备的冰块还埋在那儿。新隆起的沙子高高的，看上去就像新堆的坟头，乌黑的燕鸥在风中飞翔。

他闻到了舱房厨房煎火腿的香味，那一定是有人出来掏燕鸥蛋准备做早饭了。他到船尾那头喊话，让他们把自己的早饭送到驾驶台上来，他还仔细地、认真地察看了一番岛上的动静。他们也很可能就在这儿呢。他们是完全可以攻下这个小岛的，他心想。

忽然间，他看到从电台通向海滩的小道上走来一个穿着短裤的人，定睛一看，是中尉。他皮肤晒得黑黑的，乐呵呵的，头发估摸着有三个月没理了。他立在那儿，扯开嗓门打招呼："怎么样，这趟出海还顺利吧？"

"还凑合，到我船上来喝杯啤酒，怎么样？"托马斯·赫德森说。

"再过一会儿吧。"中尉说，"早两天就送来了你要的冰块和补给物资，还有些啤酒。冰块也帮你存起来了。其他的东西都堆在屋里。"

"有什么消息？"托马斯·赫德森说。

"不知你听说没有，十天前，有一艘潜水艇在吉恩丘斯附近海面被击沉了。这不是最新的消息，说起来是你上次走前的事了。”中尉说。

“听说了，那是两个星期以前的事了。应该就是这一艘吧？”托马斯·赫德森说。

“确实如此。”中尉说。

“还有其他新闻吗？”托马斯·赫德森说。

“听说，前天又有一艘潜水艇在沙尔礁岛附近打下了一架软式飞艇[1]。”中尉说。

“证实了吗？”托马斯·赫德森说。

“听说已得到证实。还有呢，你的猪也算得上是一个新闻。”中尉说。

“这到底是怎么一回事儿？”托马斯·赫德森说。

“就在听说软式飞艇被打下的那一天，他们在给你送来补给物资的同时顺道给你送了一头猪。没想到，第二天早上那猪居然自己下海游水去了，结果就被淹死了，我们也就喂了它一天的食。”

“*¡Qué puerco más suicido！*”[2]托马斯·赫德森说。

中尉听到这话不禁哈哈大笑起来。他那张黝黑的脸庞上总是乐呵呵的，可人是一点也不傻，聪明得很，

[1] 软式飞艇是指没有龙骨结构的飞行船，第一次世界大战时曾用于搜索和攻击潜水艇，也可用作雷达哨。

[2] 西班牙语：好一头不要命的猪！

而且他很会做戏，因为他觉得装傻非常有趣，在政治上也是一把保护伞。上面给他下了命令：务必协助赫德森，但对他只字也不能问。托马斯·赫德森得到的命令则是，尽一切可能利用电台提供的方便，但对任何人都不得泄漏一点机密。

“还有什么好玩的新闻吗？有没有见到过巴哈马人采海绵、捕海龟的船？”他问。

“这些人自己那里有的是海绵、海龟，不用跑到我们这儿吧？不过这周，这里倒真的来过两条捕海龟的巴哈马小船。根据行船的方向判断，应该是想顶风进岛。不过后来不知怎么回事，那船就匆匆忙忙往克鲁斯礁岛的方向去了。”

“你知道他们在这儿干什么吗？”托马斯·赫德森问道。

“不好说，我也摸不透。我寻思你们是为了作科学研究才在这一带海上来来去去的。但捕海龟的船丢下海龟最多的地方不去捕，怎么反倒跑到这儿来了？”

“你当时看到船上有多少人？”托马斯·赫德森问。

“我们当时只看得见掌舵的人，其他人根本看不清楚。两条船的甲板上都盖着棕榈叶，像搭了个棚，估计是怕海龟被太阳给晒着了。”中尉回答道。

“那掌舵的家伙是白人还是黑人？” 托马斯·赫

德森问。

“白人，不过晒得有些黑。”中尉说。

“那你看得出来船上的船号或船名吗？”托马斯·赫德森问。

“看不太清楚，距离实在太远了。那天晚上起，我就下令全岛进入戒备状态，第二天又戒备了一天一夜，但什么情况也没有，一切正常。”中尉说。

“那他们是什么时候从这儿经过的？”托马斯·赫德森问。

“没记错的话，应该是在报道说你们的飞机打沉潜水艇的十一天以后吧。到今天也就三天工夫。他们是你们的朋友吗？”中尉回答说。

“你应该给他们打过信号吧？” 托马斯·赫德森问。

“当然打过了，但没有听到回话。”中尉说。

“可以替我发三份电报吗？” 托马斯·赫德森说。

“当然可以。写好就给我吧。”中尉说。

“我这就去船上装油装冰，再把补给物资一起搬上船去。补给物资里有你们能用得上的吗？”托马斯·赫德森说。

“不太清楚。有一张清单，用英文写的，我看不懂。”中尉说。

“中尉，送来的东西里有没有火鸡之类的？”托马斯·赫德森问。

“有。”中尉说，“我想让你意外惊喜一下，所以先前没有跟你说。”

“那我们就把火鸡和啤酒一分为二吧。”托马斯·赫德森说。

“我这就叫手下人来帮你们装油装冰。”中尉说。

“太好了，真是太谢谢你了。我此次只打算停留两个小时。”托马斯·赫德森说。

“嗯。我们换班又往后推迟了一个月。”中尉说。

“又推迟了？” 托马斯·赫德森问。

“是的。”中尉说。

“你的那些部下对此没有意见吗？”托马斯·赫德森问。

“不用担心他们，他们都是犯纪律受处分才送到这里的。”中尉说。

“感谢你的鼎力相助。我想整个科学界都要向你表示感激。”托马斯·赫德森说。

“关塔那摩也会一样感激我吗？”中尉问道。

“那是当然，关塔那摩是科学界的核心领域嘛。”托马斯·赫德森说。

“我觉得那伙人很可能是藏起来了。”中尉说。

“我也这么想的。”托马斯·赫德森说。

“船上遮的棕榈叶都还是青色的呢。”中尉说。

“还有其他什么情况？”托马斯·赫德森问。

“没别的了。你就把电报拿来给我吧，我实在不想再上船了，怕耽误你的时间，打搅你的工作就不太好了。”中尉回答道。

“我不在的时候，送来的东西里有什么不能久放的，你们就赶紧吃掉，坏了怪可惜的。”托马斯·赫德森说。

“谢谢。没能照看好你的那头猪，实在很抱歉。”中尉说。

“小岔子是难免的。”托马斯·赫德森说。

“我这就去告诉手下人，让他们不要上船，待在船尾帮着装货，多帮些忙。”中尉说。

“谢谢。你还能不能记起来，那两条捕海龟的船有什么特点？”托马斯·赫德森问。

“两条船的外形倒是很一般，基本上没什么区别，看上去真像是同一个造船师傅造出来的。船在礁脉角上一拐弯好像是想要顶风进岛。但后来不知怎么回事，又匆匆往克鲁斯礁岛方向去了。”中尉回答说。

“没有出礁脉吗？”托马斯·赫德森问。

“没有，而且后来不一会就看不见了。”中尉说。

“那在沙尔礁岛附近海里的那艘潜水艇呢？”托马斯·赫德森问。

“那艘潜水艇浮在水面上，跟那架软式飞艇拼了个你死我活，惨烈得很。”中尉说。

“如果我是你的话，我可要继续保持戒备状态关注后面的态势。”托马斯·赫德森说。

“我现在就是这么做的，所以你才一个人也没看见呀。”中尉说。

“我明明看见了鸟儿在海上乱飞。”托马斯·赫德森开玩笑地说。

“倒霉的鸟儿！”中尉说。

第六章

船在顺风的推送下，沿着礁脉内侧顺利地向西行驶。经过前期的补给准备，水箱装满了，冰也藏好了。在下面甲板上，一个值班人员正在麻利地煺鸡毛、开鸡膛，把鸡毛顺手丢进海里。另一个值班人员则专心地擦拭着枪支。驾驶台上也挂起了两块长长的木牌子，上面用粗黑的大字表明本船系科学考察船，船的四周围上了齐腰高的帆布。一团团的鸡毛随着海水漂浮。

“把船往里靠靠，越里越好，别撞上沙洲就行，反正这一带的海岸你熟。”托马斯·赫德森吩咐阿拉。

“我知道这是白搭，那我们打算到哪儿下锚呢？”阿拉说。

“我想到克鲁斯礁岛的顶上去走走看看。”托马斯·赫德森说。

“看看也可以，不过我觉得看了也没有多大意思。难道他们还会留在那儿吗？”阿拉说。

“是不太可能留在那儿。万一那里有渔民或是烧炭工见过他们呢。”托马斯·赫德森说。

“希望这风能快点停，多想过上两天没风没浪的日子啊。”阿拉说。

“罗马诺岛那边可还有风暴等着你呢。”托马斯·赫德森说。

“这我知道。可这儿的风刮起来太凶了，人站在船上简直就像站在山口一样。要是这风还这样无休无止地刮下去，我们就别想赶上他们了。”阿拉说。

“我们一路走来，每一步都算得很准确，说不定这次还真能交上点儿好运呢。”托马斯·赫德森说，“他们本来完全可以占领洛博斯岛的，可以用那里的电台向另一艘潜水艇呼救，来接他们走。”

“这足以说明他们还不知道这一带还有另一艘潜水艇，总得有点霉运光顾一下他们。”阿拉说。

“嗯，我也这么觉得。要不，他们也不至于十天里转了那么多地方。”托马斯·赫德森说。

“也说不定他们是在耍心眼，故意这么干的呢。”阿拉说，“算了，别想啦，汤姆。我想得头都疼了，平时扛汽油桶都没觉得这么吃力。咱这船该往哪儿开？”

“就往这个方向开吧，靠内侧行驶，开的时候可一定要注意别撞上沙洲。你得小心那个没安好心的密涅瓦[1]。”托马斯·赫德森回答道。

“好的。”

按照你的说法，估计那潜水艇挨炸弹时连着电台也一起给炸了，托马斯·赫德森在心里盘算开了。这也不是没可能，要说就算电台被炸坏了，也应该有备用电台呀。但偏偏潜水艇被炸后，彼得斯一直捕捉不到他们的信号。不过这也说明不了什么大问题。能说明问题的事实根据只有一条：肯定有人三天前在我们航行的路线上发现了那两条船。

人数多少还不得而知。是否有伤员也不得而知。除了知道有一支自动手枪，有些其他什么武器装备也不得而知。唯一知道的就是，我们还是得跟着他们的航向走。

如果幸运的话，我们也许能够在克鲁斯礁岛和梅加诺礁岛之间找到些有价值的线索，他心想。说不定只能找到一大群北美鹬，要不就是些沙地里鬣蜥爬向水源的足迹。

去查看查看也好，至少这样就能少想这些事了。

---

[1] 密涅瓦（Minerva）：罗马神话中的智慧女神，也是战争女神，对应希腊神话中的雅典娜。传说她诞生于朱庇特的脑子。

干完以后就可以去会会自己的猫猫狗狗，可以到城里的酒吧拼命喝个够再回家，休息够了准备下一次出海，再去干一场。

也许这一次你就能抓获这帮家伙。虽然打掉他们潜水艇的不是你，但你也在这场歼灭潜水艇的一仗中发挥了你的作用。如果你想立个大功的话，那就得把潜水艇上的人一网打尽。

可是你为何还是如此漠然、无动于衷呢？汤姆开始责问自己。他们是一群杀人犯，你知不知道？你那满腔的正义感都跑到哪儿去了？你怎么看起来像一匹没有骑手却还傻傻地在跑道上只知闷头往前赶路奔跑的赛马？我们虽然还不能说一无是处，其实也是跟他们一样都是杀人犯呀，谁知道将来又会有什么结果呢？他告诉自己说。

担心也好，忧虑也罢，该干的事情还是得干。那就干吧，他在心里对自己说。我不需要引以为豪，只要干好就是。我跟人家又没有雇佣关系，用不着干一行爱一行。一想到这里，他又马上揶揄自己：是呀，竟然连个雇佣关系都还谈不上呢。如此一想，汤姆心里就更不是滋味了。

“我来掌舵吧，阿拉。”他说。

阿拉没说什么，把舵轮让给了他。

“注意观察右舷。阳光很强，小心眼看花了。”阿拉说。

“我去取墨镜。汤姆，你听我说，你就让我来把舵吧，去甲板上挑四个得力的人上来不是很好吗？你太累了，在小岛上，你就没怎么休息好！”

“在这一带还用不着派人值班。”托马斯·赫德森说。

“但是，你累了，需要休息。”阿拉说。

“我不怎么困。他们的船要是一直都在这条线上紧贴着岸边走，一定会出事的。你听我说。如果他们的船出了事，就得停船修理，如此一来，我们就可以找到他们了。”托马斯·赫德森说。

“可你也不能总是不休息呀，汤姆。”阿拉说。

“其实我没有表现自己的意思。”托马斯·赫德森说。

“谁也不会对你有这样的想法。”阿拉说。

“你对这帮人是什么态度？”托马斯·赫德森问。

“逮住了，必要的杀几个，其余的不动，都逮回去。”阿拉说。

“可是他们杀了那么多人啊！”托马斯·赫德森说。

“我不主张对敌人以牙还牙。我想他们应当也是迫不得已才下毒手，并不是杀人取乐。”阿拉说。

“哼，他们还灭了一个自己人呢。”托马斯·赫德森说。

“知道吗？亨利好几次想把彼得斯给宰了。而我有时候也真想动手宰了他。”阿拉说。

“确实，人人都会这么想。”托马斯·赫德森表示理解。

“对这种事情我是脑子不去想心里就不烦。你也少操些心吧，你平日休息的时候总爱看书，今天你就去看看书，好好休息休息，行不行？”阿拉说。

“我今天晚上确实要好好睡一觉了。待会儿船下了锚，我就去看会儿书，然后睡觉。我们已经赶上了他们四天的路程，虽然现在还看不出来。”托马斯·赫德森说。

“其实只有两种可能：我们要么把他们逮住，要么就把他们赶到战友们的手里。”阿拉说，“不过那都一样，能自己立功当然值得自豪，但我们还另有一种自豪感，这一般人就体会不到了。”

“这个确实忘了。”托马斯·赫德森说。

“这种自豪感里没有一丝丝虚荣的成分，死亡是它的妻子，失败是它的兄弟，倒霉是它的姊妹。”阿拉说。

“这种自豪感一定很棒。”托马斯·赫德森说。

“确实如此。”阿拉说，“所以你不能忘了，汤姆，你不能把自己给毁了。我们这条船上的所有人都有这样一份自豪感，彼得斯也不例外，虽然我很不喜欢彼得斯。”

“谢谢你的指点，我有时候看问题真的很悲观。”托马斯·赫德森说。

“汤姆，男子汉唯一的宝贝就是自豪感。”阿拉说，“有时候我们的自豪感那么强烈，我们都曾经在自豪感的驱使下做过些不容易办到的事。而我们对此无怨无悔，但是男子汉光有自豪感是不够的，还需要多动脑筋，多加小心才好。我看你不太注意爱护自己，所以我希望你能够多保重自己。不仅仅是为了我们，也为了这条船。”

“我们？”托马斯·赫德森说。

“大家，所有人。”阿拉说。

“对。”托马斯·赫德森说，“还有你的墨镜也得算一个。”

“汤姆，希望你能理解我们的心意。”阿拉说。

“我理解。真是万分感激。听你的话，我一定会饱饱地吃上一顿晚饭，再去美美地睡一觉。”托马斯·赫德森说。

“多保重，多多保重吧，汤姆。”他说。

第七章

船行至克鲁斯礁岛后，托马斯·赫德森在背风处下了锚，将船停靠在岸边。这片海湾水底是沙质土，介于两个礁岛之间。

“要是泊在这儿的话，一个锚肯定不行，还得加一个吧？”托马斯·赫德森向副手喊道，“我看了一下，这水底的土质不行啊。”

副手耸耸肩，弯下腰去抛第二个锚。托马斯·赫德森把船迎着潮水慢慢朝前挪了挪，只见沙洲上茂盛的水草在水流中纷纷后退。他随即又往后倒了倒，待第二个锚牢牢吃住以后方才顶着风停下。这时潮水从船身两侧滚滚而过。这里虽说是背风面，但风力却不小。他知道待会儿潮头一转过来，船身肯定会横过来，免不了要遭受巨浪的冲击。

“管它呢，要晃就晃吧。”他说。

此时，他的副手已经放下了小艇，大伙儿正忙着在船尾下个“丹福思”式的锚再固定一下船身。在这里下好了锚，等到涨潮的时候，船还能保持以头顶风的位置，就不会被巨浪打横了。

“你们干吗不再多下几个锚把这条船搞得更像只蜘蛛？”他大声喊道。

那副手冲他咧嘴一笑。

于是他对副手说：“你把尾挂发动机装好，我到岛上去转转看看会有什么 。”

“你还是别去了吧，汤姆。”他的副手说，“还是让威利和阿拉去吧。我负责送他们上岛，然后再送几个人去梅加诺岛看看。你说他们要带上*niños*[1]吗？”

“还是别带了。咱们得像个科学家的样儿。”

我现在真是听话啊，什么都由别人来照看了。也许是我确实需要好好休息了。可奇怪的是，我怎么一点儿也不累也不困呢？他心想。

“安东尼奥。”他喊了一声。

“在。”他的副手回应道。

“帮我把那个充气垫拿过来，再拿两个靠垫和一大杯酒。”

[1] 西班牙语：小家伙。原义是小孩，这里指的是轻武器（冲锋枪）。

“什么酒？”

“来杯金酒配椰子汁吧，对了，再加上点安古斯图拉和酸橙汁。”

“这么说，就是来一杯‘托美尼’喽？”亨利心里一阵高兴：哈，他终于又开始自己要酒来喝了。

亨利顺手就把充气垫扔上来，跟着上了驾驶台，他还带来了一本书和一本杂志。

“你这里倒是很挡风，一点也吹不着。”他说，“要不要我把帆布撩起来点儿通通风？”

“哟，我什么时候变得这么尊贵还要人伺候啊，请问行情是何时上涨的？”

“汤姆，我们几个商量过了，大家都认为你需要休息。你总是拼了命地干，人再能干，也是有极限的。你现在的身体情况已经超过这个极限了。”

“胡说。”托马斯·赫德森说。

“我当时对他们说过，说依我看你肯定没问题，还是挺得住的。但大伙儿就是不放心，他们说服了我。所以你现在就得休息，汤姆。”亨利说。

“我精神好得很。我不会管你们说些什么。”托马斯·赫德森说。

“问题也就在这儿了。你没日没夜连着干，把住了舵不放，就是不肯下驾驶台，什么话都听不进去。”

亨利说。

“好了，好了，你们的心意我领了。不过这里还是得听我的。”托马斯·赫德森说。

“托马斯，你要知道我可完全是一片好心。”亨利说。

“好吧，我听话休息就是。到小岛上去搜索搜索，你总该会吧？”托马斯·赫德森说。

“应该没问题。”亨利说。

“你得去梅加诺岛上看看有什么动静。”托马斯·赫德森说。

“没问题。威利和阿拉已经先去了。我还得等安东尼奥把小艇开回来。”亨利说。

“彼得斯那家伙怎么样？” 托马斯·赫德森说。

“他很卖力也很用心，一下午都在修那个大电台。他说已经全部修好了。”

“太棒了。待会儿我要是睡着了的话，你们一回来就要叫醒我啊。”托马斯·赫德森说。

“知道了，汤姆。”下面递东西上来了，亨利接过来一看，原来是一只大号玻璃杯，杯里装满了铁锈色的混合酒，还放着冰块，杯外裹着双层纸巾，用橡皮筋紧紧箍住。

“这是杯双料的‘托美尼’，喝完酒，看会儿书就早点睡吧。待会儿你就把杯子放在手榴弹架子上的空格里好了。”亨利对他说。

托马斯·赫德森呷了一大口。

“这酒真是不错啊。”他说。

“我就知道你喜欢喝这种口味的酒。你就放心吧，一切都错不了，汤姆。”亨利说。

“是的，凡事总得自己先尽心尽力干好，谁都希望好上加好。”

“没错，你好好休息会儿吧。”亨利说。

“好。”

亨利说完就下去了，托马斯·赫德森听见了发动机嗡嗡作响的声音，心想，肯定是小艇回来了。嗡嗡声一会儿就停止了，小艇上有说话的声音，却听不清在说什么。后来嗡嗡声又响起来，小艇开走了。他等了一会儿，再仔细听了听，然后拿起酒杯，把剩下的酒往船外使劲一泼，随风洒到船后。他把杯子放在手榴弹架的空格里，脸朝下趴在橡皮垫子上，一把搂紧了垫子。

他们船上遮着棕榈叶，下面怕是藏着伤员呢，他心想。也不排除是因为人太多，得找些东西遮盖遮盖。不过还是觉得第一种的可能性非常大。要是人多的话，他们第一天晚上就应该上这儿来了。我应该亲自上岸去看看的，不过阿拉和亨利都是好手，也很能干，威利也很棒。我一定要做出表率。当下他就对自己说：今后遇到这种事，一定要穷追猛赶，多动脑子，不能怕犯错误，更不能轻率地行动，这样跑到他们前面，反倒会让他们漏网，岂不成了笑话。

第八章

托马斯·赫德森突然间感到有人拍他的肩膀，回头一看原来是阿拉。阿拉兴奋地对他说：“我们抓到了一个德国佬，而且是威利和我一起抓到的。”

托马斯·赫德森赶紧下了螺旋梯，阿拉尾随其后。只见那被抓的德国人裹着条毯子躺在船尾。彼得斯在旁边拿着杯水，坐在甲板上。

“快来看看，有好东西了。”他说。

那德国人身形瘦削，下巴和凹陷的双颊上长着金黄的胡子，头发又长又乱，再加上天色近晚，太阳已快西沉，他看上去跟画上的圣徒挺像。

“怎么办？他太虚弱了，已经没法招供了，威利和我审问过他。”阿拉说。

“问问他需要点儿什么，我们都可以提供。”托马斯·赫德森对彼得斯说道。

“再问清楚他们一共来了多少人。告诉他我们一定要搞清楚他们的人数。”

彼得斯转身又对那德国人说了起来，他语气轻柔，生怕惊扰到他。

那德国人费了半天劲，勉强挤出了几个字。

“他说他不知道。”彼得斯说。

“不可能，我一定得知道。你问问他要不要打一针吗啡。”

那德国人看了一眼托马斯·赫德森，又勉强说出了几个字。

“他说他已经感觉不到痛了。”彼得斯说。可是紧接着，彼德斯又用德语说开了，语速很快，托马斯·赫德森从中听出了一种温存细软的味道，或许是德语的声调本身听起来就比较富于感情吧。

“你别多嘴，彼得斯。”托马斯·赫德森说，“我只是让你翻译我的原话，不要自作主张。明白么？”

“明白了，长官。”彼得斯说。

“告诉这可怜的家伙，我会救他的，有办法让他开口的。”

彼得斯将托马斯·赫德森的话翻译给那德国人听，只见那德国人转过脸来，望着托马斯·赫德森。虽然他还是个年轻人，但眼神迟钝。一张脸像海滩上漂来的烂木头一样毫无生气。

“*Nein.*”[1]德国人缓缓地从嘴里吐出一个词。

“他说他绝对办不到。”彼得斯说。

“我也听懂这话了，威利，你给他弄点热汤喝，再来点儿白兰地。”托马斯·赫德森说，“彼得斯，你再问问他，是否要来一针吗啡，如果他说不肯也别再难为他。再告诉他，我们这里吗啡多得是，给他一点儿没关系。”

彼得斯把托马斯·赫德森的原话翻译给那德国人听，只见那德国人竟然望着托马斯·赫德森淡淡一笑。他对彼得斯又说了些什么，但轻得几乎听不清。

“他说谢谢你了，但他现在已经不需要了。”

那德国人又接着对彼得斯轻轻说了句什么，彼得斯马上就翻译了出来：“他说如果是在上个星期的话，他就用得上了。”

“告诉他我真的十分佩服他。”托马斯·赫德森真心地说。

只见小艇已经靠到了船边，艇上坐着的是他的副手安东尼奥、亨利等人，他们是去梅加诺岛的。

“上船轻一点，不要到船尾去，那儿有个德国佬，快不行了，我想让他能安静点儿咽气。你们有什么发

[1] 德语：不，不行。

现？”托马斯·赫德森对他们说。

“没有，什么都没发现。”亨利说。

“彼得斯，如果你要是有什么的话就只管跟他说吧。没准你还能套出点什么话来。我要跟阿拉和威利到前边去喝一杯。”托马斯·赫德森说。

一进舱，他就问：“威利，汤准备好了吗？”

“我做了一锅蛤蜊汤，够咱们喝的蛤蜊汤，差不多好了。”威利说。

“为什么不做牛尾汤呢？咖喱鸡汤的味道也很好啊。”托马斯·赫德森说，“对现在的他来说这两样都会要了他的命。你把鸡肉放哪里了？”

“我可不干，还想给他吃鸡肉？那些可是留给亨利吃的。”

“你想过吗？我们为什么要那样优待他？”亨利说。

“其实我们并不是真心要优待他。我不过是想让他喝点好汤，来杯美酒，兴许他就肯开口说实话了。可他就是一心求死，不肯开口呀。你给我来杯金酒吧，阿拉？”

“汤姆，他在岛上有个窝棚，睡在用树枝搭的床上，看上去感觉还挺不错，瓦罐里的水蓄得满满的，也不缺吃的。在沙土上还挖好了排水沟。我发现从海滩到窝棚一路上有很多清晰的脚印，数了数估计有八双到十双吧。我和威利把他抬过来可费了不少劲儿。他身上的两处伤口生了坏疽，右大腿的那个坏疽气味可难闻了。也许我们根本就不该把他抬来，所以，还得你和彼得斯过去审问审问他。”

“他身上有枪吗？”托马斯·赫德森问。

“什么都没有。”阿拉说。

“快把我的酒拿来。依你看，那个搭窝棚用的树枝大概是什么时候砍下来的？”托马斯·赫德森说。

“不会迟于昨天早上，但也不一定。”阿拉说。

“你看见他时，他那会儿说了什么话？”托马斯·赫德森问。

“什么都没有说。他看见我们手里有手枪，眼里还有害怕的神情。我想那是因为他看到了威利锐利的目光吧。我们把他抬起来，他还笑了笑。”阿拉说。

“我想，那只不过是他想表示他还能笑得出来。”威利说。

“后来，他就晕过去了，你看他这样半死不活的怎么办，还要拖上多久啊，汤姆？”阿拉说。

“我也说不好。”

“好了，我们还是带上酒到外边去坐会儿吧，我可实在信不过彼得斯。”亨利说。

“先把蛤蜊汤喝掉吧，我可是饿得不行了，要是亨利没有意见，我就把亨利的鸡肉热一罐给他吃好了。”威利说。

“我没意见，只要他吃了肯开口说话。”亨利说。

“要是他吃了仍不肯开口呢？你把白兰地给他带去吧，没准他也跟你我一样，是爱酒如命的人呢。”威利说。

“这个德国佬确实是条好汉，虽然奄奄一息，但还是硬撑着。”托马斯·赫德森说。

“我看虽说奄奄一息了，还是挺有风度的。”阿拉说。

“这么说你跟彼得斯是一个鼻孔出气，难道你也成了亲德派？”威利问他。

“威利，你胡说什么呢？”托马斯·赫德森说。

“你到底怎么啦？我们这里有一小撮狂热的亲德派，我说你这么维护这德国佬，到底是什么意思？”威利倒反问起托马斯·赫德森来。

“阿拉，你在这等着汤烧开。威利，跟我到前边来。”托马斯·赫德森板着脸说。

安东尼奥也想跟着去，可是托马斯·赫德森不同意，于是安东尼奥只好又退回厨房。

托马斯·赫德森和威利来到了前舱，此时天已渐黑。托马斯·赫德森勉强看清威利的脸。托马斯·赫德森看了看威利，说道："威利，你还有什么话，全都倒出来吧。"

"你呀，难道因为儿子牺牲了，就连自己的命也不要了吗？难道非得累死在驾驶台上才肯罢休吗？难道只有你们家有儿子牺牲别人家就没有儿子牺牲吗？"威利说。

"说完了吗？"

"彼得斯就够讨厌的了，现在我们又摊上个半死不活的德国佬，把整条船搞得臭气熏天。又弄个烧饭的司务当大副，你说说咱们这条船，到底算是哪门子的船？"

"他饭烧得怎么样？"托马斯·赫德森问。

"他做饭倒是有一手，开开小船也很有两下子，难不倒他，要说我们大伙儿算在一起，加上你在内都还抵不上他一个人呢。"

"怕是比他差远啦。"

"得了吧，汤姆。不是我非得要发脾气，其实我也没有什么资格发脾气。但我就是看不惯这些做法。我很喜欢待在这条船上，也很喜欢大伙儿，但就是那个彼得斯总是招我烦。虽然你不爱听这些话，但请你务必要听我说一句：请你千万千万不要再这样糟蹋自己。”

“其实我也谈不上糟蹋，我只是一心想着工作的事，想着想着别的事就暂时顾不上了。”托马斯·赫德森说。

“真是服了你了，你的思想境界这么高，我看也真该上十字架了。”威利说。

“好吧，我尽量控制自己不去多想就是了。”托马斯·赫德森说。

“这才像人话。”威利说。

“那你现在心里舒服点了吗？威利。”

“舒服多啦。我想大概是那个德国佬惹我上的火。他们把他安顿得妥妥当当的，那意思好像摆明了，如果换了我们的话就绝不会安顿得这么妥帖。其实这有什么难啊，我们只要有时间，也一样能办好。不过，他们倒真是舍得花时间。人都只剩一口气了，如今四面八方都在捉拿他们了，可他们还是不遗余力地把他安顿得妥妥当当的，简直就跟在家里一样舒服。”

“这话不错，可他们把那边小岛上的居民也收拾得干净利落。”托马斯·赫德森说。

“是啊，问题就出在这儿。”威利说。

就在这时，彼得斯进来了。他远远站住，立正，敬礼，不过却仍是一副醉态。只听他报告说：“汤姆，不，长官，他死了。”

“谁死了？”

“那个俘虏。”

“知道了，你去开动发电机，再去试试，争取跟关塔那摩联系上。”托马斯·赫德森说。

按理说他们的指示也该下来了，他心想。

“俘虏说了什么？”他又向彼得斯问道。

“还是什么都没有说，长官。”

“你的身体怎么样，威利？”他问。

“没问题。”

“那赶紧就去给他拍两张躺在船尾的侧面照。再脱掉他的短裤，揭掉毯子，拍一张他在船尾直挺挺躺着的全身照。另外，再拍一张头部的正面特写照和一张全身平卧的正面照。”

“遵命，长官。”威利说。

托马斯·赫德森说完就上了驾驶台。他心想：这事情还得海军情报局说了算，可是他们哪里会相信我们抓到了这么个半死不活的德国佬呢。什么证据都没有。有人会说这是德国人扔在海里的尸体，碰巧被我们捞到了。真该死，刚才我怎么就没有想到趁他活着的时候早些给他拍照呢。正在想的时候，阿拉上来了。

“汤姆，你打算派谁把他抬上岸去埋掉？”

“今天谁活儿干得最少就谁去。”托马斯·赫德森说。

“所有人都干得很卖力。算了，还是我带吉尔把事情做个了结吧。我们打算把他埋在沙土里，埋的位置只要比涨潮的水位高一点就可以了。”

“再高一点是不是更好？”托马斯·赫德森说。

“行，你一会儿告诉威利坟上的木牌子该怎么写。我们正好有个不用的箱子，如果用得上，我就拆块木板给你。”

“你这就让威利上来吧。”托马斯·赫德森说。

“咱用不用把他裹好以后再缝起来？”

“这倒不用了。用他自己的毯子裹起来就行。”托马斯·赫德森说。

“请问你有什么吩咐？”威利问道。

“你辛苦一下，在木牌上写‘无名德国水兵’几个字，下面再标上日期。”托马斯·赫德森说。

“好的，汤姆。那我是不是也跟着他们一起上岸去？”威利问道。

“这倒不用了。有阿拉和吉尔两个去就行。你写好木牌就休息一下，或者好好喝一杯。”托马斯·赫德森说。

“等彼得斯一联系上关塔那摩，我就把电报送上来。你还要下去吗？”托马斯·赫德森说。

“我顺便就在上面休息了，不下去了。”威利说。

“在这么条大船的驾驶台上值班是什么感觉？会不会感到责任重大，还要处理乱七八糟的一大堆事情？”威利问道。

“这也就跟你在木板上写几个字差不多是一回事。”托马斯·赫德森说。

这时关塔那摩那边终于发来电报了。密码译出来是：继续西进，严密搜索。

正合我意！托马斯·赫德森心想。他躺了下来，不一会儿就进入了梦乡。细心的亨利轻手轻脚地拿了条薄毯子给他盖上。

第九章

离天亮还有一个小时，托马斯·赫德森看了一遍气压表。气压降低了0.4[1]，他不放心就叫醒了副手，让他也赶紧看看。

“你看到昨天罗马诺岛上空的风暴了吗，看这情况恐怕要转南风了。”他压低嗓门说。

“有茶吗？”托马斯·赫德森说。

“瓶子里还有点凉茶，你稍等，我这就去拿来。”他的副手说。

虽然这船尾甲板早已擦洗过，托马斯·赫德森还是重新拖了一遍，把拖把也洗得干干净净，这才带上一瓶凉茶上了驾驶台，一心等着天亮。

天色还没亮，他的副手就把尾锚收了起来，又跟

---

[1] 英寸读数。0.4英寸水银柱的气压差折合公制约为10毫米，即13.5百帕左右。

阿拉一起收起了右舷锚，开动水泵，抽干了舱底的污水，再次检查了船机各部分。

一切准备工作就绪，副手昂起头，大声说："准备完毕，听命待发。"

"怎么会有那么多水在舱底？"托马斯·赫德森问。

"哦，填料箱的盖子松了。我已经把盖子拧紧了，现在看来问题还不大，万一机器发烫的话可就麻烦了。"

"嗯。把阿拉和亨利叫上来吧。我们马上出发。"

船起锚了。"树在哪儿，再指给我看看。"托马斯·赫德森转过头对阿拉说。

阿拉给托马斯·赫德森指了指，船正渐渐远去，只能看到一点点树影，托马斯·赫德森立即用铅笔在海图上画了个叉标记上。

"彼得斯就一直没跟关塔那摩再联系上？"

"没有。这家伙是遭霉运呀，又把机子烧坏了。"

"算了，还好我们已经跟上他们了。"托马斯·赫德森说。

"你认为一会儿真的就要转南风吗，汤姆？"亨利问。

"从气压表来看怕是这样。等风起来了再看吧。"托马斯·赫德森说。

“风是四点前后息的，现在几乎没有了。”亨利说。

“你昨晚被沙滩上的小飞虫咬没有？”托马斯·赫德森问道。

“晚上还好，天一亮就被咬了。”亨利说。

“你最好还是下去拿些驱蚊水喷喷吧，别再让小飞虫给咬了。本来就是要用的东西，留在船上不用也是浪费。”托马斯·赫德森说。

今天倒真是个好天啊，但是一抬头，还是能看到岛上空那高高的成堆的云。岛的上空云层高积，这预示着将有南风来袭，如果不起风的话，那就是陆地风暴的前兆了。

“假设你是德国人，阿拉，你会怎么想？”托马斯·赫德森问，“假如你看到了这些迹象，知道自己完全没有顺风可借了，你这会儿又会怎么想呢？”

“我会靠里走，只能这样。”阿拉说。

“那你也得有个向导才行啊。”

“那找一个不就好了？”阿拉说。

“上哪儿去找呢？”

“这还不简单，安通岛上渔民有的是啊，如果再靠里点儿的话，罗马诺岛上也有会。或者到科科岛上去找也行。我知道，在这个季节里，那一带的岛上肯定会有腌鱼的渔民。如果在安通岛上的话，说不定还能找到有活鱼舱的渔船呢。”

“那我们就到安通岛去找找看吧，早上一醒来就能遇到这么好的天气，能够背对太阳在驾驶台上掌舵，实在是太痛快了。”托马斯·赫德森说。

“要是天天都能有这样的好日子让你背对太阳在驾驶台上掌舵，那真该感谢这大海了。”

今天的天如同夏天，早上风暴还未形成。天气看起来相当不错。海水依然平静而清澈，海底有什么都能看得清清楚楚，海浪柔柔地拍打着珊瑚礁。不过海浪非常轻柔、温婉，懒洋洋的，让人不由得感觉平静而美好。

托马斯·赫德森暗暗寻思：看这幅景象，大海好像在说，既然我们都是朋友了，那么以后我就不再给你捣乱，不再撒野了。大海，虽然有时也会犯浑，但大多数时候倒也和善。而小溪总是一派友善的模样，只要你不去招惹它，你可以一辈子都对它放心。

他又瞧了瞧那缓缓起伏的波浪，不禁看得出了神，思绪也翻飞起来。波浪让人觉得密涅瓦女神就那么亭亭玉立，在眼前温情脉脉地告诉来海上的人：大海可是个好地方。

“给我来个三明治，好吗？夹咸牛肉和生洋葱，或者加火腿蛋和生洋葱也可以。你吃过早饭就派四个人上来值班，告诉他们要检查望远镜。我计划先走一段外海，再转到安通岛。”他对阿拉说。

“好的，汤姆。”

要是没有这个阿拉，我还真不知道自己怎么办才好，托马斯·赫德森心想。一切这样顺利，顺利得简直叫人不敢相信。自己也睡了一个好觉，精神焕发。同时也接到命令，我们也紧紧地咬住了敌人的尾巴，而且前边还有人拦截。现在照命令执行就好，而且今天的晨光又是这样的灿烂，执行搜索的命令真是再合适不过了。

船沿着深水航道一路驶去，眼前是平静的大海，微波起伏，海鸟盘旋，远处是罗马诺岛上一排排苍翠的树木，许多礁石小岛散布其间，真是一片祥和的景象。

“遇到这种没风的天气，他们的船走不了很远。”亨利说。

“哼，我看他们压根儿就走不了。”托马斯·赫德森说。

“我们现在就要上安通岛吗？”亨利说。

“对。彻底解决这个问题。”托马斯·赫德森说。

“安通岛还是很不错的，只要没什么风浪，我知道那里有个停船的好去处，停在那儿绝对不会吃亏。”

亨利说。

“就怕万一到了近海他们会来劫船。”阿拉说。

他们发现前边出现了一架小型的水上飞机，飞得很低，径直向他们飞来。在阳光里看起来只有一点。

“飞机来了，传令挂大旗。”托马斯·赫德森说。

飞机越来越近，在船的上空盘旋两圈后又向东飞去，不一会儿，就飞得看不见了。

“要是发现了目标，飞机才没有那么自在呢，不打一炮下来才怪。”亨利说。

“如果真是发现了情况，那飞机上的人只需要把方位报出去，弗兰塞斯礁岛上的人就能收到情报了。”

“这个完全有可能。”阿拉说。那另外两个巴斯克人并没有说话，他们背靠背，用心观察着自己负责的那个方向。

过了一会儿，叫乔治的巴斯克人开口说话：“飞机在偏东方向，看样子是又飞回来了，目前位于罗马诺岛和外围小岛之间。”乔治的真名其实叫尤赫尼欧，由于彼得斯叫起尤赫尼欧来有时会卡壳，因此大家都改叫他乔治。

“看来开飞机的人也许想要回家吃早饭了。”阿拉说。

“他要是发现了我们，也会去报告的，没准再过上个把月，大家就都会知道我们此时此刻是在哪儿了。”托马斯·赫德森说。

“只要航图上的方位没标错的话，应该没什么问题。汤姆，我看见大帕雷东岛啦，就在我们左前方二十度左右。”阿拉说。

“伙计，你的眼睛可真够尖的啊。”托马斯·赫德森夸奖道，“我们转到里边去，从内航道去安通岛吧。”

“转左舷九十度就应该没问题。”

于是，船向着那葱茏可爱的礁石小岛驶去。托马斯·赫德森恋恋不舍地把舵转出了开阔的航道，驶离了这片浩渺的大海，暂时放弃了清早远洋航行的妙趣，到近海的礁石小岛堆里去干搜索的苦差事。但飞机飞行的轨迹表明，它就是到这一带来侦察的，而且它还掉了个头复查了一遍，这就足以说明在东边并没有发现敌人的那两条船。当然，这架飞机也许只是在执行它例行的巡逻任务。但仔细分析琢磨之后，我感觉还是前一种可能性更大。因为如果是例行巡逻的话，飞机应该在深水航道的上空飞行。

他看到安通岛了，那是一个林木茂密的小岛。随着船的前行，安通岛在他的眼前逐渐显现出轮廓。他将船向海岸驶去，眼睛紧紧盯着前方并搜索着他心中想要的标记，最后定位在小岛高处一棵最高的树上。他发现这棵树恰好正对准远处罗马诺岛上的一个小山口。若按照这个方向驶去的话，无论阳光有多么刺眼，他也能轻轻松松地靠岸。

本来，他觉得也没有必要这么做。但为了很好地演习，他还是照最初的想法办了。因为这一带海岸常刮飓风，他找到了作为标记的那棵树后还想再找一个更固定的方向标记。他一边想一边减速，让船继续沿海岸平稳地前行，直到树影对准了背后鞍形山的山口才一个急转弯径直往里驶去。水道两边都是沙洲，海水很浅，勉强盖住沙洲，这种地方捕捉美味是最合适的。他对阿拉说：“让安东尼奥放个钓钩出去。看看能不能钓到什么好吃的。这条水道底下的沙滩可肥着呢。”

他将船径直往里开。他原本是不想去看左右两边的沙洲，只想一鼓作气开到底，但转念一想，阿拉说起过得意忘形有多种表现形式，再次对照自己的表现一琢磨，这也算得上是一种得意忘形的表现吧。想到这儿，他立刻冷静起来，以右舷的沙洲为准把好舵，只要发现左侧跟沙洲有摩擦，他就把船朝右一偏，并不一直依着自己习惯定向了。他觉得在这里行船就像在街道齐整的居民新区开车一样，很顺手，基本上不会有什么意外。前边有个深水小湾，正是转弯掉头的好地方，他打算就在那儿下锚。就在船快到那个小湾时，忽然听见威利嚷起来："有鱼！有鱼！"他朝船后一看，只见一条嘴巴张得大大的大海鲢扭动着身子跃起在半空中。这真是一条大鱼，一身的银鳞在明媚的阳光下闪闪发亮，鱼儿拼命挣扎着，一下子又掉进了海里，溅起一大片白色的水花。

"*Sábalo.* [1]"安东尼奥很不屑地叫了一声。

"是*Sábalo*，不值钱。"那两个巴斯克人也说。

"我想逗它玩玩，这鱼其实不怎么好吃，但我还是很想把它抓上来。"亨利向汤姆说道。

"不确定威利能不能把它逮上来，要是逮不上来的话，你就去收拾这鱼吧。让安东尼奥别管了，还是赶快到船头，我马上要下锚了。"

大伙儿都忙着下锚，再也没有人理会那条大海鲢。

"还要再多下一个吗？"托马斯·赫德森朝着船头上的副手喊道，副手摇了摇头。当锚吃住了以后，船也稳稳当当地不那么来回晃了。

副手来到驾驶台上。"放心吧，汤姆，船铁定刮不走的，风暴再大也刮不走。"他说，"顶多就是晃

[1] 文中该鱼的西班牙语名称。

一晃，反正怎么也刮不走的。”

“你估计一下，这风暴什么时候会来？”

“估计得等到两点以后吧。”副手望了望天色对答道。

“把小艇放下去吧，我们时间不多，得赶快出发了，记着尾挂发动机里要多加一桶汽油。”托马斯·赫德森说。

“这次你打算带上谁？”

“阿拉、威利，加上我一共三个人。人少，小艇才开得快。”

第十章

小艇里，阿拉、威利和汤姆把雨衣裹在*niño*外边。所谓*niños*就是“汤姆森”式冲锋枪，他们还给冲锋枪套了个羊绒里子的长枪套。这个长枪套是阿拉缝制的，虽然他不是个内行的裁缝，但做工看起来却不差。那几个巴斯克人给这些枪起了个外号，叫“小家伙”。

“拿瓶水给我们。”托马斯·赫德森对他的副手说。安东尼奥便拿来了好大一瓶冷水，瓶盖拧得紧紧的。托马斯·赫德森顺手递到威利手里，威利把水放在小艇的前头，意思是谁喝谁拿。威利蹲在船头，阿拉最喜欢驾驶这种挂发动机的小艇，他坐在船尾。托马斯·赫德森居中。

三人准备妥当后，阿拉就驾起小艇径直向岛上驶去。天上的云层越积越厚了。

当小艇行驶到岛前的浅水之后，托马斯·赫德森看见水下的沙底上鼓起了一团团浅灰色的东西，定睛一看，全是海螺。“我们要不先在海滩上查看一下，汤姆？”阿拉探过身来问道。

“确实应该查看一下，趁着现在还没下雨。”

阿拉便加大马力向岸上开去。前方正好是个突出的尖角地形，沙子又被潮水冲出了一条沟，于是他顺势将小艇开进沟里停住。

“这个小岛叫什么？”威利问。

“叫安通岛。”

“你负责查看从这儿到东边的那个尖角地，我们一会儿就会来接你。我负责查看这一带的海滩。阿拉负责上岸查看。完毕后我就驾小艇先接他，再来接你。”

“要是发现了德国佬，我可以朝他们开枪吗？”威利问道。

“上校说了，好歹得留一个，还是要想办法留下一个机灵点儿的活口。”托马斯·赫德森说。

“看样子我得先给他们每个人进行一下智力测验再开火。”

“伙计，你可别忘了对自己也要进行一下智力测验。”

“我的智力可是没得说的。”威利说完抬腿就走了。

他仔细地查看着这片海滩和前边一带，不放过任何一块地方。

托马斯·赫德森使劲把小艇推下了水。然后，把*niño*往腋下一夹顺着海滩一路查看起来。他光着脚，脚趾缝里塞满了沙子。再往前走一会儿，能看到阿拉驾驶的小艇快绕过那个小尖角了。上了岸，他心里非常高兴，加快了脚步。

他把这片海滩涨潮线以上的地面都查过一遍，没有发现任何脚印，只看到了一只海龟爬过的痕迹。印迹很宽，还扒出了一个坑，看样子是在那儿下过蛋。

可惜时间太紧，要不然还可以去掏海龟蛋，托马斯·赫德森心想，不由得加快了脚步，想快点看看阿拉把小艇放在哪儿了。

托马斯·赫德森脚下的步子一紧，精神也随之一振。他寻思，这一带没发现德国佬的足迹，如果德国佬在这里的话，怎么会让他们这么太平呢？不过再转念一想，也难说，没准他们犯了个大错却还蒙在鼓里呢，所以才会自我感觉良好。

托马斯·赫德森顺着海滩一路走去，他极力告诫自己要专心，什么都别想，一心注意四下的动静。他观察得十分仔细，但脑子里总是免不了思潮起伏。

他把小艇推到水里后利索地翻身上船，趁机还在水里洗了洗脚。他把裹在橡皮雨衣里的*niño*往手边一放，便开动发动机朝着海滩驶去，但还是看不到阿拉的影子。等看见阿拉时，阿拉已经快查探到红树[1]湾附近了。此时阿拉听见了引擎声，回过头来招手让他把小艇开过去。托马斯·赫德森猛地一转船头，小艇就来到了阿拉的身后。

“尽量靠外行驶，我们快去找威利吧。”他说。

“看这天色快要下雨了呢，汤姆。”阿拉说。

“你发现什么了吗？”托马斯·赫德森问。

“什么都没发现。”阿拉说。

“我也是一无所获。”托马斯·赫德森说。

“瞧，那不是威利吗？”阿拉说。

威利屈起双腿在沙滩上坐着，*niño*搁在膝头上。托马斯·赫德森向他驶去。他觉得威利有些奇怪，直勾勾地盯着他们，整个人没精打采的。

“你们俩跑哪儿去啦？”威利劈头盖脸地吼道。

“消消气，威利。他们什么时候来过这儿？”托

[1] 红树是一种生长在水边的乔木或灌木，外表不红，但剥去树皮后里边的树干氧化会变成红色，红树之名由此而来。

马斯·赫德森说。

“昨天。”威利说。

“总共有多少人？”托马斯·赫德森问。

“七八个吧。”威利说。

“还有其他情况吗？”托马斯·赫德森问。

“他们找到了一个向导，但不知道应该给他定个什么级别。”威利说。

那个向导是个渔夫。他用棕榈叶在岛上搭了个窝棚，捕来鱼后先切成一条条腌起来，然后挂在架子上晾干，通常都是卖给专门来收购的华人，而华人再转手卖给一些杂货小店的华人老板。他们从晒鱼架的数量来看，这个打鱼人腌制的鱼干数量还不少呢。

“这一下那帮德国佬就有鱼吃啦。”威利说。

“汤姆，你说说看，这两次都是谁发现德国佬的？”

此时，大雨倾盆，狂风乍起。

“赶紧把雨衣穿上吧，把*niño*罩在雨衣里。”阿拉说。

“好的。”威利说，“这下我们可算咬住他们的尾巴了，汤姆。”

“别高兴得太早，前边的地方还大着呢，况且现在他们又有了个熟悉本地的帮手，对我们可不利。”

托马斯·赫德森说。

“你考虑问题总是太复杂。”威利说，“他们熟悉，我们也不陌生啊。”

“但他们还是要比我们熟悉些。”托马斯·赫德森说。

“才不管他们呢。这下我要到船尾去好好洗个澡了。先打肥皂，再冲干净。我得好好享受享受。”

这时候，雨下得更大了，暴雨如注，连大船的影子都看不清楚了。风暴往海上快速推进，一时风也狂，雨又猛，船上的蓄水箱溢了出来，恐怕这会儿他们都在忙活着厨房里的水龙头和船头的卫生间，必须要使劲往外放水了，托马斯·赫德森心想。

“有多少日子没下过雨了，汤姆？”威利问。

“根据航海日志的记载，得有五十多天了吧。”托马斯·赫德森说。

“看来真是雨季到了，快给我递个瓢，我把水舀出去。”威利说。

“一定要把你的*niño*保护好，千万别被雨水打湿了。”托马斯·赫德森说。

“放心吧，护得好好的呢，小家伙在我的裤裆里夹着呢，枪口塞在我上衣的左肩底下。”威利说，“快把瓢递给我吧。”

他们全都来到船尾，脱得精光，开始洗澡。大家拿起肥皂往身上抹，抹完了就把身子直起往后一仰，让雨水冲洗。原本他们个个都被海上多日的骄阳晒得黝黑，但在这种奇特的天色的衬托下却显得透白。托马斯·赫德森不禁想起了塞尚[1]画里的洗浴者，但又觉得还是让伊肯斯[2]来画似乎会更好些。想来想去，他还是认为这幅画应该由他自己来创作更合适。他在脑海里勾勒出了这样的景色：一股翻腾的白浪从灰色的滚滚波涛里跃起，白浪里烘托出飘摇的船身，天边黑压压的风暴袭来，云层里透出一丝阳光，铺天盖地的大雨全都被映成了银白色，同时也照亮了船尾的洗浴人。

托马斯·赫德森猛地将小艇停住，此时，阿拉正用力抛出一根缆绳：他们终于到大船跟前了。

---

[1] 保罗·塞尚（Paul Cézanne，1839—1906）：法国著名画家，后印象派杰出代表。

[2] 托马斯·伊肯斯（Thomas Eakins，1844—1916）：美国著名画家，其题材通常取材于日常生活，画风细致写实。

第十一章

后来，大雨总算停了。这时候，托马斯·赫德森也把因久旱干缩而造成的漏水问题全都检查完毕，各种接水的盆盆罐罐也都放上了，真正漏水而不只是溢水、淌水的地方也用铅笔一一做了记号。紧接着托马斯·赫德森又给值班人员分派任务，并跟副手和阿拉一一商量需要决断的事，最后取得了一致的意见。

吃过晚饭，大家围坐下来打扑克。他没有参与他们的活动，而是独自上了驾驶台，带了驱蚊水、充气垫和一条薄毯。他打算躺着休息休息，什么也不想，什么也不愿意去想。他觉得有时候想想星星，无须想得很深；有时候也可以想想大海，不必在意什么主题；有时候可以想想日出，完全不必去思索新的一天将如何开始。

不一会儿托马斯·赫德森就睡着了。他梦见自己变成了孩子，骑上一匹骏马，在陡峭的峡谷里尽情奔驰。走到一处，前方忽然变得开阔起来，涧流无比清澈，连涧底的鹅卵石都看得一清二楚，还能清楚地看见水潭底里的割喉鳟[1]吞食漂流在水面上的小虫。当他正梦到自己骑在马上看割喉鳟往上浮时，阿拉却拿着电报把他叫醒了。

来电还是那句话：继续西进，严密搜索。

“谢谢，如果再有电报，马上给我送来。”他说。

“遵命，打扰你了，汤姆。你继续睡吧。”

“你可不知道，我正做着好梦呢。”

“想对我说说么，想说就说别藏在肚子里，没准真能美梦成真呢。”阿拉调侃道。

他又睡了，这回的梦可没刚才那么美妙了。他梦见庄上的小屋竟让人放火给烧了，那头已经长得很大的幼鹿也被杀了，连他的狗也没能幸免于难，他在一棵树下发现了狗的尸体。他猛然惊醒，浑身是汗。

我看靠做梦来逃避现实绝对不是什么好法子，托马斯·赫德森对自己说。我应当像以前那样，咬牙忍受，千万不要指望靠一些不切实际的东西来麻醉自己，还是及早醒醒为好。

---

[1] 学名为克拉克大麻哈鱼。原产北美西部海域，后进入不同的流域，多分布于太平洋东北海域。

他对自己说道：现在摆在面前的除了最根本的问题，还有一些不大不小的问题。想想真是心有不甘啊，自己冒了风险，对人对事尽心尽力，将荣辱得失都置之度外，可到最后老天赏给自己的居然是这种睡不安稳的日子。明明缺少睡眠，又不能睡个好觉，身体都要拖垮了。话说这也是你自己一直不去睡才搞成这副德行的，又有什么可怨的呢。

算了，困了就睡吧，大不了睡梦被惊醒罢了，出一身冷汗又没有什么大不了的，这根本不算什么事。但你还记得吗，当初你跟那个姑娘相拥而眠的时候，你总可以舒舒服服地一觉睡到大天亮，除非她调皮地把你弄醒要同你做爱，否则你是不可能毫无缘由地在半夜里醒来的。还是回味回味这些美妙的往事吧，托马斯·赫德森想，看是不是能帮你安神。

看样子他们并不想真正打起来。没准他们只想搭一艘西班牙轮船逃回去。假如他们真的有力量来真的，那天晚上早把孔菲特斯打下来了。但他们却偏偏没有这么做。那到底是什么原因让他们起了疑心，也许是他们看见了我们扔在海滩上的那些汽油桶？不，他们怎么可能会如此了解我们的底细呢？他们一定是见了汽油桶，觉得有舰艇才有这么大的用油量。但还有一种可能是他们有人受伤，不想打了。但这也说不过去，他们完全可以趁晚上无人的时候，把载有伤员的船停远些，其他人一样可以攻上岸来啊。如果他们要让那另一艘潜水艇来接的话，就必须得先拿下无线电台才行。可是，另一艘潜水艇到底去哪儿了呢？为何一丝踪迹都没有？这里边真是蹊跷多多，疑云密布。

还是多想些让人开心的事情吧。比如天亮起航，太阳晒在背上暖暖和和的该有多惬意。可是你也别忘了，对方现在也有熟知本地情况的向导了，还有那么多的咸鱼当存货，所以你还真得多动动脑筋才行。想着这些，慢慢地他就又睡着了。这次睡得挺熟，一直到天亮前的两小时，才被沙滩上的小飞虫叮醒。因为多想了一些当前所面对的难题，他自己的情绪也比之前稳定多了，一觉无梦。

第十二章

天还没亮，船就起航了，托马斯·赫德森顺着来时的航道向前驶去。太阳出来后，船也出了夹道。于是他又改航线方向为正北，这样好躲开外边一圈的岩石暗礁，进入深海。虽然这样的行驶路线要比走近岸多花些时间，但毕竟要安全得多。

太阳出来后，就感觉不到什么风了，风平浪静，海面起伏不大，连往常海水拍击礁岩激起的浪花也看不到。他知道待会儿一定又闷又热，到下午就该起风暴了。

托马斯·赫德森的副手上来了，他朝四下望了望，朝陆地的方向观察起来，从这头一直看到那头，只见远处露出了灯塔高高的身影。

“要是我们早点儿靠里走的话也就不用大费周折走这么远，没准早就赶上他们了。”

“我明白你的意思，但我想还是这样稳当些。”

托马斯·赫德森说。

“今天的天气跟昨天差不多，但奇怪的是怎么会这么热呢？”

“没风的话，料他们的船走起来也快不到哪儿去。”

“哪能快得了啊。估计他们的船现在正停在什么地方。你想到灯塔上去查问一下他们到底有没有从帕雷东岛和科科岛之间的夹缝穿过去，是吗？”

“没错。”

“那就让我去吧。那个看灯塔的人我认识。你去下锚就可以。我一会儿就回来。”安东尼奥说。

“我看也没必要下锚。”

“咱们船上有的是精壮小伙，起个锚一点也不麻烦。”

“你去看看，如果阿拉和威利吃过饭了的话，你就让他们上来一趟。按说这儿离灯塔也挺近的，应该不会出现什么意外的，不过我们还是照规矩办，你还是叫乔治和亨利都一块上来吧。”

“可别忘了，这一带的暗礁可以延伸到深海里呢，汤姆。”

“放心吧，我忘不了的，再说我也看得见。”

“茶要喝凉的吗？”

“谢谢。麻烦再给带一份我常吃的那种三明治。你下去后先叫值班的人上来。”

“好的。我一会儿让人给你送凉茶。我得去准备准备了，眼看着就要上岸了。”

“汤姆，你跟灯塔里的人说话可千万要注意。”

“我会小心的，要不也不会自己上去了。”

“上灯塔总得有个理由才行，还得编些鬼话打打掩护。”

“没错，你就说，我们有些东西要送给他们用，科学考察嘛，稀奇玩意儿也该有一些的。”副手说。

四个人上了驾驶台，按老位置各就各位。亨利问汤姆：“你看见什么了吗？”

“我看见了一只海龟，有只海鸥一直在它头顶打转呢，我以为那海鸥会在海龟背上停下，不过它还就是不下来，一直打转。”

“*Mi capitán.*”[1]乔治叫了一声。这个巴斯克人个子比阿拉还高，体魄健壮，一副优秀运动员的体格，而且还是个非常优秀的水手，不过在其他一些方面他并不擅长。

---

[1] 西班牙语：我的船长。

“*Mi señor obispo.*”[1]托马斯·赫德森也客气地回敬了他一句。

“你想叫就这么叫吧，汤姆，我倒是想请问你，如果见到了非常大的那种潜水艇，我是不是得叫你呀？”乔治说。

“如果它有你上回见到的那么大的话，你就谁也不用叫了。”托马斯·赫德森说。

“我最近晚上做梦，总是梦见那艘潜水艇。”乔治说。

“你这会儿可别跟我提那艘潜水艇了，我刚吃了早饭。”威利说。

“我还记得那回我们跟它碰头后，不知怎么回事，我觉得自己的*cojones*[2]像电梯一样猛一下就升上来了，心里直发毛，有点不知所措。”阿拉说，“你当时是什么感觉呢，汤姆？”

“我亲眼看着它出水，后来就听见亨利叫了一声：‘哎呀，来了艘航空母舰，汤姆。’”阿拉说。

“那家伙体型可真大，看上去跟一艘航空母舰一

[1] 西班牙语：我的主教大人。

[2] 西班牙语：睾丸。

样，所以我才脱口叫出声。至今我对它还有这种感觉。”亨利说。

“我这辈子就是叫它给害的，自这以后，我就不是以前的我了。我是真的再也不想干这海上的买卖了，我要是能掏得出五分钱，早就撂挑子不干了。”威利说。

“来，我给你两毛钱，到大帕雷东岛你就可以下船走人。两毛扣掉五分你还可以多出一毛五呢。”亨利说。

“谁稀罕你的钱，我只不过是想改行。”

“你真想改行吗？”亨利看着他问道。自从最近两次回哈瓦那休整以来，他们之间就一直不痛快。

“你听着，有钱的大爷，我们可不是来打潜水艇的，要不你先来一杯酒壮壮胆，就算你喝了酒，也不见得有胆子敢上。我们不就是在追杀几个德国佬么，他们又没有三头六臂，坐的也只是一条平常无奇的小船。不就这么点任务嘛，我看没有什么大不了的。”威利说。

“得了，我看你还是把这两毛钱收回去吧，说不定哪天你就用得上了。”亨利说。

“去你的！”

“别吵啦！听见没有，我说你们两个别吵啦。”托马斯·赫德森出声喝止，盯着他俩。

“汤姆我错了，对不起。”亨利说。

“我没觉得有什么错，不过我还是得向你道歉。”威利说。

“汤姆,你瞧,我们的正前方出现了海岸。”阿拉说。

“那不是海岸，是海水刚退下去后露出的礁石，照海图上的标记，海岸的位置还要往东。”托马斯·赫德森说。

“我说的是约莫半英里以外，你再看得远些。”

“看到了一个人,好像在捕龙虾,要不就是在网鱼,但是有些远。”

“你说我们要不要跟他搭个话？”

“看样子他是从灯塔上下来的，安东尼奥反正要到灯塔上去的，回头让他跟他们谈谈。”

“鱼上钩了！鱼上钩了！”副手一阵叫喊。亨利一听便求托马斯·赫德森说:“我去帮他把鱼抓上来吧，汤姆？”

“可以。你叫吉尔上来吧。”

亨利下去了。不一会儿，只见那鱼蹿了起来，是条舒鱼。又过了一会儿，只听见安东尼奥一边嘟囔一边拿手钩去钩鱼。紧接着又听见了劈劈啪啪的用棍子敲打鱼头的声音。托马斯·赫德森以为他们还要把那条舒鱼再扔回海里去，所以想看看这鱼究竟有多大。突然间他想起来了：估计安东尼奥钓上这鱼后，想送给灯塔上的人做个人情。就在这时候，他听见两个人忽然同时喊了起来:“看啊，又有鱼上钩了！”这一次，鱼没有蹿出水面，倒是听见钓线一个劲儿地往外放的声音。托马斯·赫德森见状就把船再往深海里开了一点，给两台发动机减了速。但钓线仍在不断地往外放，他索性关了一台，将船头向着鱼儿转过四十五度停住。

“看啊，是个大家伙，刺鱿鱼！”他的副手喊了起来。

亨利麻利地收线拉鱼，其余人纷纷往船后的海水里看去，只见那鱼身子长长的、尖嘴，虽然这一带深海的海水并不那么清澈，但依旧能看见鱼身上清晰的条纹。眼看手钩快要把它钩住时，不料鱼儿一扭头，又飞快地钻进深水里了。四周围观的人的眼睛都还没有来得及眨一眨，它就又消失在蓝蓝的海水里，不见了踪影。

“这种鱼就有这么一手，会一头往下钻，一下就没影儿了。”阿拉说。

亨利赶紧收线将鱼儿拉了上来，捉到船上。只见那鱼儿浑身乱颤。遍体蓝色的条纹非常鲜艳，那快得像刀锋一样的嘴失去了往日的风采，只有张一会儿闭一会儿的份了，但鱼尾巴仍不停地在甲板上乱甩。

“*¡Qué peto más hermoso !* ”[1]阿拉说。

“这条刺鲅确实很漂亮，我们可不能这样继续闹腾下去，不然一上午都要浪费了。”托马斯·赫德森接着对副手说，“让钓线继续挂在船外，你把接钩绳摘了吧。”当下他就把船直接驶向小岛礁石高处的灯塔门外，加快了速度，他想争取把耽误的时间补回来，但表面上却装作还在钓鱼。

“这条鱼可真漂亮啊，模样儿也挺特别的。”亨利走上驾驶台说，“我真想把它挂在小滑车上。”

“你猜猜这条鱼有多重？”威利问。

“安东尼奥说怎么也得有六十来磅重吧，威利。我得向你道个歉，当时我实在来不及叫你了。其实我们都认为你去抓最合适。”

“也没什么，你手脚也挺利索的，我看我未必有你那么快呢，再说我们也得快些赶路了。这一带的鱼很肥，我们要是想捕的话，能捕上一大堆呢。”威利说。

“没问题，等我们打完仗后，一定找个时间好好

[1] 西班牙语：好漂亮的鲅鱼！

来捕。”

“一言为定，等仗打完了，我要跑到好莱坞去找个技术顾问的活儿，比如要是有哪个演员想扮个航海的把式什么的，我就可以好好教他们。”威利说。

“你干这活儿错不了。”

“应该错不了吧。为了实现这个理想，我一直在琢磨这里头的学问，这都一年多了。”

“威利，你怎么了，闷闷不乐的？”托马斯·赫德森问道。

“我也不知道到底为什么，反正早上一醒来，心里就着实憋得慌。”

“哎，你帮我到厨房里看看倒的茶凉了没有，要是凉了麻烦你给我拿过来。然后还得麻烦你给我做一份三明治，安东尼奥这会儿腾不开手。”

“没问题，三明治要夹什么？”

“放些花生酱，如果有洋葱的话就再加些洋葱。”

“是，长官。”

“我看还得消一消你那肚子里憋着的那股子气。”

“是，长官。”

等威利一走，托马斯·赫德森就对亨利说：“你别跟他较真了。我现在还离不开这小子，这小子毕竟还有一手绝活儿，他现在可能一时心里不痛快。”

“我一直是耐着性子对他好，可他这个人实在是太难伺候了。”

“那就再耐心点儿。你刚才说什么两毛钱的玩笑，不是存心要惹他恼怒吗？”

托马斯·赫德森观察前方平静的海面，在他的左前方有一溜儿礁石，虽然看上去没有什么危险，但实际上危机四伏。可他就是喜欢背着阳光紧贴险礁冲过去。这样不仅可以把耽误的时间抢回来，而且还能得到一些其他方面的补偿。

“真对不起，汤姆，以后说话我一定多注意，少胡思乱想。”亨利说。

威利端着茶上来了，满满一大杯。

“船长大人，茶是冰过的，我还采取了保冷措施。”他说着，递给托马斯·赫德森一份用半方纸巾垫着的三明治。

尽管当时没有风，托马斯·赫德森还是闻到了一股酒气。

“你不会觉得这会儿有些早吗，威利？”托马斯·赫德森说。

“不早了，长官。”威利说，显然他听出话里的意思。

托马斯·赫德森以疑问的目光又打量他一番。

“你再说一遍，威利？”托马斯·赫德森说。

“我说不早了，长官。”威利说。

“我听见了。”托马斯·赫德森说，“你听好了。你现在下去把厨房好好打扫干净，完事之后就到船头，我们准备下锚，你站的地方一定要让我能清楚地看见才好。”

“是，长官，可我觉得身体有些不太舒服，长官。”威利说。

“真的吗？”托马斯·赫德森说。

“是的，长官，我是真的觉得不太舒服，我想找船上的医生看看。”威利说。

“医生就在船头上。你去敲敲门，看他在不在，反正你去船头也要经过卫生室。”

“我也是这个意思，长官。”威利说。

“什么意思？”托马斯·赫德森说。

“没什么，长官。”威利说。

“他醉了。”亨利说。

“不，他才没醉呢，他只是酒喝多了。”托马斯·赫德森说。

“他这一阵子确实挺奇怪的，不过他这人跟我们不同，一向都很怪。他受过苦遭过难，心里难免总是不痛快。哪像我从来就不知道什么叫苦什么叫难。”阿拉说。

“汤姆心里也有很多痛苦，可他从来不表现出来，只是喝些凉茶罢了。”亨利说。

“你们别胡说了，我谈不上有什么痛苦，我一直喜欢喝凉茶。”托马斯·赫德森说。

“我记得你以前可是从来都不喜欢喝凉茶的。”

“可别忘了，习惯也是在不断更新的，没有什么是永远不变的，亨利。”

“阿拉，你跟着亨利到船头上去，看看他需要什么帮助。你就留在他身边多看着点儿。亨利去收钓线。乔治，你负责帮着安东尼奥放小艇。安东尼奥要是让你一块儿去，你就跟他一块儿去好了。”

此时，驾驶台上就剩下托马斯·赫德森一个人了。

“阿拉！”他喊了一声。

“什么事，汤姆？”阿拉上来问。他尽管长着一副铁塔似的身躯，但上螺旋梯登驾驶台却灵巧得像杂技演员。

“现在下面的情况怎么样？”托马斯·赫德森问。

“汤姆，威利的情况好像有点让人担心，我让他别在太阳里晒了，还给他调了杯酒，叫他喝了就躺下休息。现在他很安静，但是他的眼睛总是直愣愣的，不正常。”

“别担心他了，本来他脑子就有点儿问题，也许是太阳晒多了。”

“不排除这种可能。但会不会有其他原因呢？”阿拉问。

“会有什么原因？”托马斯·赫德森说。

“彼得斯和吉尔还在睡觉。我记得昨天晚上是吉尔值班看着彼得斯。亨利睡了，乔治跟着安东尼奥到小岛上去了。”阿拉说。

“他们一会儿就该回来了。”托马斯·赫德森说。

“是的。”阿拉说。

“也怪我一时急糊涂了，派威利到船头去。我可不能再让他去晒太阳了。”托马斯·赫德森说。

“我自己当时在拆洗那几把大家伙。其他凡是有引信的东西我也全都检查过一遍，现在湿气重，加上昨天晚上又下了雨，我怕引信受潮不能用。所以昨天晚上打完扑克以后，我们把每个人的枪都拆洗了一遍，还上了油。”

“做得不错，现在湿气确实很重，不管这枪开过没开过，今后我们得每天检查一遍。”

“明白了，威利也不适合留在船上了，我们应该找个借口让他走，不过在这儿就让他走不太妥当。”阿拉说。

“那到弗兰塞斯岛再说怎么样？”

“我看也行。不过我觉得最好还是到哈瓦那再打发他走，要不干脆叫人送他离开哈瓦那算了，汤姆。”

托马斯·赫德森似乎想起了什么，脸色有点儿不好看。

“既然他是因身体不过关而被部队刷下来的，而且脑子多少又有些毛病，按说我们一开始就不该收下他。”阿拉说。

“这我知道。只是我们当时也没想那么多，现在后悔也晚了。”

“算了，这估计也没有什么大不了的，我先下去了，手里还有没干完的活儿呢。”阿拉说。

“好，去吧，多谢你啊。”托马斯·赫德森说。

“*A sus órdenes.*”[1]阿拉说。

“我就怕瞎指挥。”托马斯·赫德森说。

[1] 西班牙语：听候您的命令。

安东尼奥和乔治驾着小艇出现了。安东尼奥一到就迅速跑上驾驶台，把小艇和发动机撂给乔治和亨利，让他们去吊上船来。

“伙计，情况怎么样？”托马斯·赫德森问他。

“估计他们是趁风还没平息就连夜赶过去了，他们要是从那条夹缝里穿行过去的话，灯塔上的人按理说是看不见他们的。我也问了一个网鱼的老头，他说没看见有什么捕龟船在这一带出没。听看灯塔的人说，那老头是个极爱嚼舌根的人，如果真的要是看到了，绝对是要讲给旁人听的。你看我们要不要再退回去呢，重新找那老头核实一下？”安东尼奥说。

“不必了。依我推测，他们或许早就到了科科港，或者吉耶尔莫。”

“风后来很快就平息了，估计他们最多只能到得了那一带。”

“你能确定他们在夜里穿不过那条夹缝吗？”

“我敢肯定，即使最厉害的领航员也别想穿过那里。”

“那就起锚开船吧，我们就到科科岛附近或者吉耶尔莫一带去找他们了。”

前面一带沿海的地形极其复杂，托马斯·赫德森索性把船转到外边，避开种种危险的地形，一路迂回往前开动。此时的天空中，云层已经堆得很高很厚了，他估计风暴会来得更早一些。托马斯·赫德森暗暗盘算：过了科科港，还有三个地方要去搜索一下。我得加大点马力，务必在天黑前赶到。

“亨利，你来代我掌会儿舵？把航向保持在二百八十五度。我到下边去看看威利。万一你要是发现了什么的话就及时叫我。”托马斯·赫德森说，“吉尔，靠岸的一带不用去看了。还是到右舷去仔细注意观察前方的动静。靠岸一带的水比较浅，他们的船是不会开到那儿去的。”

“我认为还是有必要仔细看看靠岸那一带，那儿紧贴岸边，有一条弯弯曲曲的航道，他们的向导极有可能带他们走那条路，借机把他们藏到红树林里去。”吉尔说。

“嗯，我这就去叫安东尼奥上来。”托马斯·赫德森说。

“如果他们真是在红树林里的话，我的这副大望远镜就能望见他们船的桅杆。”

“我才不信呢，说得神乎其神的。”

“你要是不见怪的话，就同意了吧，汤姆。”

“我没说不同意啊。”

“对不起，汤姆。我原以为向导会带他们去那里，我们也曾去过。”

“我们从哪儿进还从哪儿出。”

“我明白。不过没风的话，他们只有匆匆躲起来。我们可不想超过他们。”

“不错。不过，隔着这么远连桅杆的影响子都看不见。还有，他们也许还会砍些红树枝来盖住桅杆。”

“我知道。”带着西班牙式的固执，吉尔说，“我视力好得很，加上十二倍的望远镜，风平浪静，我看得可清楚了，而且——”

“我知道，我总得解释清楚。”

“解释得很清楚了。”托马斯·赫德森说，“真要是发现了一支桅杆，我就任凭你来一杆子堵住我的嘴，另外再塞上几颗花生米。”托马斯·赫德森甩出两句狠话。

听到托马斯·赫德森这样的粗话，吉尔未免有些不快，不过他觉得这话倒是没错。他举起大望远镜，盯着那一带红树林仔细搜索，眼珠差点没从眼眶里蹦出来。

托马斯·赫德森下了驾驶台径直来到威利面前，

一边跟威利说话一边不时看看海上和陆地。说来奇怪，怎么一下驾驶台就感觉自己的视野窄了很多，而且看到下面平静无事，心里又自责起来：你真傻，不坚守岗位，还到处瞎跑。其实他总是想尽力跟底下的人保持接触，但又不想干“只视不察”的蠢事。好在自己现在逐步将权力转移给安东尼奥和阿拉了。作为一名海员，他觉得安东尼奥比自己强多了，而阿拉作为一个男子汉也要远胜于他。他心想：他们俩现在是青出于蓝而胜于蓝，但指挥权还在我手上，我应该充分利用好他们的才智和优点。

“威利，你究竟是怎么啦？”他问。

“真对不起，我也知道自己有些过分，可是我控制不住。但不瞒你说，我现在身体真的很不舒服，汤姆。”

“你很清楚我们在喝酒方面的规定，虽然没有明确的要求，但是应自觉遵守，这些我想也不用多次强调。”托马斯·赫德森说。

“你是了解我的，我不是酒鬼。”威利说。

“你要真是酒鬼的话，我们也不会要你的。”

“可彼得斯你不是要了吗？”

“不一样，你得明白彼得斯不是我们主动要的，是上面给我们派下来的，而且他也有他的问题。”

“他的问题就是撂不开安格斯[1]，你看着吧，用不了多长时间，他的那些问题也会成为我们共同的问题。”威利说。

“不说他了，你还有什么苦恼？”托马斯·赫德森说。

“时不时感到心烦。我呢，已经是半个疯子了，而这船上的大伙儿呢，都像是半个圣人或者半个不要命的好汉。”

“威利，我看你心里其实也并没有什么真正不痛快的大事。只不过是让太阳给晒得有点迷糊了，喝酒是不能从根本上解决问题的。”

“汤姆，我明白，我本意并不是想故意撒野同你胡闹。我想问问你以前尝到过那种癫狂崩溃的滋味吗？”威利说。

“应该不算，有时候似乎接近了，但总还差那么一小步。”

“哎，那种滋味真让人不好受，只是一会儿也让我受不了。好吧，我答应你，这酒我就从此不沾了。”

[1] 一种苏格兰威士忌酒。

威利说。

“也不用说得这么绝对。只需还像以前那样，少喝点儿就行。”

“我以前那么喝酒其实也是借酒消愁。”

“这我理解，喝酒从来都不是平白无故的。”

“是啊。你要相信，我对你说的句句都是实话。绝不会说假话的，汤姆。”

“假话谁不会说呢？不过，我相信你即使说假话也是事出有因的。”

“你还是快上驾驶台吧，你呀，每次紧紧盯着海看，就像盯着个想要甩了你的姑娘似的。”威利说。

“可不能再喝酒了啊，威利。”托马斯·赫德森说。

“我答应你，说过不喝就保证不喝。”威利说。

“我相信你。”托马斯·赫德森说。

“汤姆，我可以问你件事吗？”威利问道。

“想问什么只管问吧。”托马斯·赫德森说。

“你心里到底有多苦，睡得着觉吗？”

“最近总睡得不大好。”托马斯·赫德森说。

“昨天晚上也睡得不太好吗？”威利问道。

“是的。”托马斯·赫德森说。

“那是因为你在海滩上巡查了一遍。”威利说，“快上去吧，我这儿你就别操心了，一会儿我就跟阿拉干活儿去。”

第十三章

他们在科科港的海滩查找脚印查了一个遍，又驾上小艇准备到远处的红树林里再去搜索一番。如果捕龟船想来躲躲的话，这儿还真有几个能够藏身的好地方。他们一无所获，却遇到了提前来袭的风暴。铺天盖地的大雨打得海面就像凿了无数的喷泉一样，喷出的一道道白色水柱直冲云霄，非常壮观。

托马斯·赫德森又亲自去海滩上巡查了一番，在靠海滩的地方有个通海的小湖。他发现小湖背后的内陆处，有个涨潮时红鹤的聚集处。他当时看到有好多美洲鹊，这种禽鸟在西班牙语中名唤“科科”，才弄明白这个小岛得名的来历。他还看到了一对粉红的琵鹭，非常罕见，一身玫瑰红的靓丽羽毛，在灰色淤泥的映衬下看上去真是美艳。琵鹭走动时脑袋朝前一冲一冲的，优美、灵活。但这种鹭鸟在饥饿难耐时，却又无情得可怕，这也是一些涉禽的共同特点。他无暇观赏，还得进一步深入前方查看。也许那帮家伙为了躲避蚊子都上了高处，这样便会将船藏在红树林里。

他一无所获，只有一个地方看得出有人烧过炭——但也有好些日子了。等他回到海滩上时，突如其来的风暴早已劈头盖脸打了下来，阿拉急忙接他上了小艇。

阿拉最喜欢顶着狂风暴雨开小艇了。他报告托马斯·赫德森说，所有派出去搜索的人都没发现什么异常情况。现在除了威利其他人都在小艇上了。威利的任务是查看最远的一段海滩，在红树林的那一头。

“那你呢？”阿拉问。

“我也什么都没发现。”托马斯·赫德森说。

“我先送你们上大船吧，待会儿再回来接他。你说，那帮家伙到底能上哪儿去呢，汤姆？”

“要我说的话，估计会上吉耶尔莫去。”托马斯·赫德森说。

“我和威利的看法跟你一样。”

“他怎么样了？”托马斯·赫德森说。

“他能怎么样，你还不了解？”

“了解啊。”托马斯·赫德森正说着话，小艇就靠上了大船边，他很快就上了船。

托马斯·赫德森看着阿拉掉转船头，一头冲进了前方的狂风暴雨。他叫船里的人拿来一条毛巾，便蹲在后船撩起衣衫擦了起来。

“要来一杯酒吗，汤姆？你浑身湿透了。”亨利说。

“多谢，来一杯也好。”

“来杯纯朗姆怎么样？”

“没问题。”托马斯·赫德森答应了一声，然后就到舱里去换了一身干净的衣服。再出来一看大家全都兴高采烈的。

“我们都喝过了，纯得很。大家喝了酒，再赶紧把身上擦干，这样就不会受凉了。”亨利说着，给他递来一杯。

“嗨，汤姆，快喝吧，这一杯可防百病。”彼得斯说。

“你是什么时候醒的？”托马斯·赫德森问他。

“听见大伙咕嘟咕嘟的声音时就醒了，那声音实在太大了。”

托马斯·赫德森一开始并不太想喝这杯朗姆酒，但看到其他人喝完酒后都那么兴高采烈，想想他们身负这样无趣的任务，却还能自娱自乐，觉得自己如果不喝的话，就未免太扫兴、太不随和了。而且从内心来说，他也确实很想喝。

“彼得斯，你来跟我分了这杯酒吧。”他对彼得斯说。

“就一杯还分什么呀，再一分的话喝了就跟没喝似的。”

“那你也给自己倒上一杯吧，酒这东西你喜欢，我也喜欢。”托马斯·赫德森说。

“痛快喝了吧，待会儿就要请你拿出你的看家本事，把你那些难搞的机器都修好开起来。这不仅仅是为了你自己。”托马斯·赫德森说。

“应该说为了我们这个集体，大家觉得这船上谁干得最卖力？”彼得斯说。

“我看当属阿拉。”托马斯·赫德森说完抿了一口朗姆酒，随即又把大家一一看过，“其实我们这船上个个都是英雄，一点也不含糊。”

“为你干杯，汤姆。”彼得斯说。

“为你干杯。”托马斯·赫德森说。

“为……我的队长……干杯。”彼得斯说。他有点结巴了，似乎是紧张得过了头了，可他本身就醉着，没什么可紧张的。

“我声明咱们之间的关系可并没有明文规定。不过你要这样说我也认了。最好还是重新说一次。”托马斯·赫德森说。

“为你干杯，汤姆。”

“谢谢，不过你一定得铆足劲儿把你的电台调好，否则我是宁当乌龟王八蛋也不会为你干杯的。”托马斯·赫德森说。

彼得斯看着托马斯·赫德森，清楚地看见他的脸上浮现出一股军人的正气，虽然身体大不如从前，可服过三期兵役的老兵的架势一点也不减。面对着这样一位堂堂正正的人物，彼得斯也不禁从心底无比敬佩地说出一句话来：“是，长官。”

“我就先干为敬，希望你将来能多做出些奇迹来。”托马斯·赫德森说。

“是，汤姆。”彼得斯说这句话的时候心中毫无保留。

好吧，到此为止吧，托马斯·赫德森心想。我对彼得斯的看法总跟大伙儿想不到一块儿。他有什么毛病也不用我再啰嗦了，但他并非一无是处。他这个人有时错误的事做过了头，却稀里糊涂地反倒变成正确的了。照这样来看他肯定不是规规矩矩干我们这号任务的人，不过没准儿干得了更有价值的工作呢。

威利也是一样，他心想，虽然两人都很难弄，不过各有各的特点。不过，威利他们这会儿也该回来了吧。

只见小艇奋力穿过汹涌的白浪，冲破重重的雨幕快速向他们驶来。待他们上船后，两个人被暴雨浇透了。出门的时候，他们没带雨衣。

“向你汇报，汤姆。”威利说，“只有一只落汤鸡和一副辘辘饥肠。”

“没发现什么情况吗？”托马斯·赫德森问。

“毫无收获。”威利站在船尾，身上的水直往下滴，托马斯·赫德森见此赶紧叫吉尔拿两块毛巾来。

阿拉抓住缆绳使劲把小艇拉了上来，所有人也随即爬上了甲板。

“我们得赶快擦一下这些枪。”威利说。

“里外都湿透了，我们得先把自己身上擦干。”阿拉说，“我这个人不能淋雨，现在屁股上已经起了一层鸡皮疙瘩了。”

“汤姆，别看今天这样大的风暴，那帮人如果有胆量开船，再把帆稍微收拢点儿，他们的船还是照样走得了的。”威利说。

“你说的这种可能性，我也想到了。”托马斯·赫德森说。

“依我看，他们在白天没风的时候肯定是躲起来了，下午风暴一起他们就趁机跑掉了。”

“那你觉得他们现在会在哪儿？”托马斯·赫德森问。

“他们可能现在还没有过吉耶尔莫。不过也有可能过了。都有可能。”

“天一亮咱们就出发，兴许明天就能在吉耶尔莫逮住他们。”托马斯·赫德森说。

“找到他们还是不太容易，可能他们早就不在了。”

“那是。”托马斯·赫德森说。

“我们船上为什么没装雷达？”威利问。

“此刻就是有雷达也帮不了我们什么忙。你倒说说，你能从屏幕上看到些什么，威利？”托马斯·赫德森说。

“好，我就不再瞎嚷嚷了，你别介意，汤姆。我们有超高频，然而我们追捕的对象连部普通的电台都没有……”威利说。

“这我不是不知道，难道你更愿意去追捕一个拥有优良装备的敌人吗？”托马斯·赫德森说。

“对。我还真是这么想的，至少这样能好抓些。等我抓住那帮王八蛋后，要亲手把他们一个个都宰了。”威利说。

“宰了他们又能改变什么？”托马斯·赫德森说。

“难道你忘了他们杀光了岛上所有的人吗？”

“是杀光了，但是这也没什么稀奇的，威利。你这些年走南闯北见得也多了，干吗这么激动？”托马斯·赫德森说。

“好吧。反正我要是抓到他们一定会宰了他们的。”威利说。

“你最好给我留个活口，我要留着他们了解情况。”托马斯·赫德森说。

“可上次抓住的那个德国佬也没说出什么来啊。”威利说。

“是啊。他已经快死了，要是换了你也一样。”托马斯·赫德森说。

“好吧，我要喝一杯。”威利说，“可以吗？”

“行啊，先把湿衣服换下来，可别去跟人家惹事。”托马斯·赫德森说。

“跟谁惹事都不行吗？”威利说。

“别贫了，像个小孩子。”托马斯·赫德森说。

“好吧好吧，听你的听你的。”威利说完，咧嘴一笑。

“这样才好嘛，我就喜欢你这样，要一直保持下去啊。”托马斯·赫德森对他说。

第十四章

那天夜里，电闪雷鸣，雨一直下到凌晨三点才停。雨停后，小飞虫们纷纷出动，把他们一个个都咬醒了。托马斯·赫德森特意到舱里给大家喷了驱蚊水，虽然当时引起咳嗽声不断，但不久翻身和拍打虫子的声音就少了。

他拿着驱蚊水给彼得斯浑身上下喷了个遍，彼得斯才慢慢醒过来，说："我一直看着呢，没什么情况，汤姆。"

托马斯·赫德森用手电筒照着气压表瞧了瞧上面的读数，气压在升高。他心想，这一下他们可就有风可借了。

他又回到船艄，只留了一点驱蚊水，剩下的都喷进舱里了。这一次他轻手轻脚，非常注意，没有惊醒一个人。

喷完之后，他独自一人静悄悄地坐在船艄，看着夜色逐渐退去，时不时也往自己身上喷些驱蚊水。船上总是缺医少药，但好在这种驱蚊水还是备得很足。有时身上出了汗，再喷上这种驱蚊水就会感到火辣辣的，不过总比让飞虫叮咬好多了。这些飞虫在没叮你的时候，你是听不到一点声息的，一旦被叮，奇痒难忍，肿起豌豆大小的疙瘩。尤其沿海和小岛的飞虫的毒性特别厉害。不过他转念又一想，可能是因为我们皮肤不一样，也可能是因为我们的皮肤还不够结实的缘故吧。真佩服当地人竟受得了这种长期的叮咬。要在这一带沿海和巴哈马群岛住下去，吃不了苦的人根本就无法生存。

这时两架飞机从高空中掠过，他就这样坐在船上听着那隆隆的引擎声，一直到什么声音也听不到。

这些是飞往卡玛圭准备中转去非洲的轰炸机，又或者它们是直飞向其他地方的吧。他想，反正都不关我们的事。他们在天上倒是不会被飞虫打扰，我现在在船上也不会被飞虫打扰。见鬼去吧！他们去见鬼就好，我不要去。我现在只想见见太阳，离开这地方，我们一路到这儿全都查过一遍了，多亏了威利。我要沿着岸边从这条小河道开过去。这一路只有一处难关，不过在阳光的照耀下，即使水面平静我也完全能看到那一处。过了一段我们就会到达吉耶尔莫了。

天一亮他们就开始赶路，眼力最好的吉尔用十二倍的望远镜监视沿岸一线。由于船离海岸很近，所以连岸上红树断了一根树枝也都看得一清二楚。托马斯·赫德森还是在掌舵。亨利在观察海面，威利在给吉尔打下手。

“他们不是已经过了这一带了吗？我们还用得着看吗？”威利说。

“那我们也得好好再查看查看。”阿拉说。他是在给亨利当副手。

“当然。”威利说，“我只是评价一下他们的所作所为。”

“弗兰塞斯岛上那条运糖浆的瘟船难道不是天一亮就要派人去巡查吗，他们的人呢？”

“他们的惯例是星期天不巡查，今天一定是星期天。”威利说。

“天上有卷云，看样子是要起风了。”阿拉说。

“说来说去，我现在就只担心一件事，就怕他们现在已经穿过吉耶尔莫的那条狭路往里边去了。”托马斯·赫德森说。

“你的担心不是没有道理，确实要防一手。”

“这一下弄得我也紧张起来了，我们还是开足马力往前追吧。”威利说。

“我总觉得你特别容易神经紧张。”亨利说。

“谢谢你的关心，亨利。”威利瞅了他一眼，朝船外啐了口唾沫，“其实我那是故意装出来哄哄你的。”

“别再吵了，前方有个大珊瑚礁，跟水面齐平的。”托马斯·赫德森说，“我们一定要注意这个地方，千万小心别撞上。里边就是吉耶尔莫。大家看见了吗？”

“只不过又是个讨厌的小礁岛罢了，没什么稀奇的。”威利说。

“你看烧炭的余烬里还有没有烟气？”托马斯·赫德森问。

“没有，汤姆。”吉尔小心翼翼地扫了一遍后说。

“昨天晚上的雨下得那么大，怎么还能冒得出烟呢？”威利说。

“不一定呢，老弟，凡事切忌武断。”托马斯·赫德森说。

“也许吧。”威利说。

“你要知道，对于那种大的炭窑即便铺天盖地下上一整夜的大雨，也依旧不会被扑灭。我就亲眼见到过一次，那次连着下了三天雨，可炭窑没有一个被淋坏。”托马斯·赫德森说。

“你去的地方多，见识比我广。”威利说，“我希望有烟。”

“看，那儿有片浅水暗礁，很容易出事，我才不信他们有本事在那样的风暴里，在这样的水路安然无恙地行船。”亨利说。

晨曦中，四只燕鸥和两只海鸥正绕着那片浅水不停地乱转乱啄。不知道这些海鸟发现了什么，一直不断地往水里冲，叫声尖厉。

“汤姆，这些鸟儿在抓什么？”亨利问。

“我也不太清楚。也许是那片浅水里有很多小鱼，但鱼离水面很远，鸟儿啄不到。”托马斯·赫德森说。

“可怜的鸟，为了生存还得比我们起得早才行。”威利说，“人们不喜欢自己的工作。”

“你打算怎么走，汤姆？”阿拉问。

“我打算尽量把船紧靠岸边，一直往前开，开到这个岛的尽头。我打算围着那个小岛慢慢地再绕上一圈，你们用望远镜仔细查看。然后再到吉耶尔莫岛顶端里侧的湾里下锚。”托马斯·赫德森说。

“什么？我们又要下锚了吗？”威利说。

“当然了，你怎么回事，这么一大清早说话就带气。”托马斯·赫德森说。

“我哪有什么气啊。只是单纯地想赞赏这片大海，赞赏这一片美丽无限的海岸。想当年是哥伦布第一个发现了这一片美丽的海岸。不过也算我走运，不在他的手下当差。”

“是的，我也觉得你确实一直挺走运的。”托马斯·赫德森说。

“我在圣迭戈住院的时候看过一本书，还记得就是写哥伦布的。要谈哥伦布我可是专家呢，他手下的那班子人可比咱们这条船上的人还乱，难管得很。”威利说。

“我们这条船上的人怎么就乱了啊？”

“眼下还说不上。”威利说。

“好啦，哥伦布专家。右舷二十度左右有条沉船，你看见没有？”

“汤姆，右舷的情况应该归你的右舷岗哨。”威利说，“不过单凭我那只好眼也能看得明白，确实有条沉船，沉船上还栖息着一只鲣鸟。它也许是过来增援我们的。”

“好。”托马斯·赫德森说，“我们正好需要它。”

“我本来可以当个伟大的鸟类学专家，我也是有点天分的，我奶奶以前是养鸡的呢。”威利说。

“汤姆，你看我们是不是可以再往里边靠过去点儿？现在潮水在涨。”阿拉说。

“行啊，让安东尼奥到船头去观察一下，然后向我报告水深。”托马斯·赫德森回答说。

“水深没问题，汤姆，你往岸边靠吧。这边的航道你应该很熟。”安东尼奥喊上来。

“熟是熟，我就是想再保险一点。”托马斯·赫德森说。

“用不用我来替你把会儿舵？”

“谢谢，不需要。”托马斯·赫德森说。

“现在岸上的高地看得一清二楚，那我就让你看着啦，吉尔。我来辅佐你，你可要看仔细了啊。”阿拉说。

“谁来负责这四分之一面的海洋？”威利问道。“你怎么转到我这个位置了？”

“汤姆叫你看沉船的时候咱俩就自动换位了呀。你转到右舷去了，我便要转去左舷呗。”

“这术语对我来说可太专业了。”威利说。“你要是想说专业术语，要么就全套都说，要么就干脆别说。你怎么就不能像掌舵那样直接说左边和右边呢？”

“是你先说右舷的，”亨利说道。

“是的。从现在起我在船上只说前前后后、左左右右、楼上楼下了。”

“威利，你帮着吉尔和阿拉一起来观察海滩，不只要看海滩，还要仔细往岛里看。你们三个人共同把任务完成得漂漂亮亮的，行不行？”托马斯·赫德森说。

“没问题，汤姆。”威利说。

很明显，吉耶尔莫岛这片终年都迎风的土地上，想要看清是否有人居住是非常容易的。然而当他们的船靠岸时他们却什么也没看到。船行过一个岬角，托马斯·赫德森突然间开了口：“我们现在就紧靠那个半月形小岛绕上一圈，你们用望远镜用心观察。如果要是发现了什么情况，我们就开着小艇过去看看。”

不一会儿，起风了，海面上也明显有起伏，但并没有在暗礁上激起大朵浪花。托马斯·赫德森看着前方的礁石小岛又开始思索起来。他知道有一条沉船在这座小岛的西端，但是潮水涨得这样高，从这里望过去，水面上只露出了沉船赤褐色的一角。他绕过沉船，才看到那片沙滩。

“我看见烟了，岛上肯定有人住。”阿拉说。

“是有烟，现在都飘西边去了。”威利说。

“从烟的位置可以判断应该是在那片沙滩的正中。”吉尔说。

“看得见桅杆吗？”

“没。”吉尔说。

“真邪门，大白天的总不会连桅杆都不竖起来吧。”威利说。

“各就各位。阿拉，你留在我这儿。威利，你叫彼得斯做好通话准备。”托马斯·赫德森说。

“你怎么看这个情况？”等大家都走了以后，阿拉就迫不及待地问托马斯·赫德森。

“我觉得，如果我是个捕鱼的，见没有了风，蚊子又多，就会暂时撤离吉耶尔莫，到这个小岛上来避避。”托马斯·赫德森说。

“我也是这么想的。”

“现在这小岛上没有人烧炭，这股烟又不大。我肯定这是不久前生的火。”托马斯·赫德森说。

“也可能是一堆大火快要烧尽了。”

“我也考虑到了这种情况。”

“那就五分钟后再见分晓吧。”

他们的船从沉船边上缓缓绕过，不一会儿就来到了小岛的背风面。托马斯·赫德森看到了一间棚屋，想必烟就是从这里飘来的。四下却不见其他船的影踪。

“看来我们就快赶上他们了。你赶紧跟安东尼奥上去看看，如果打探到什么情况立马来告诉我。我把船停在岛前的沙洲那儿。你叫大家各自坚守岗位，不要放松。”

说时迟，那时快，只见小艇一个急转就驶到了岛上，安东尼奥和阿拉朝那小屋走去。两个人的步伐飞快，到了屋前便朝里喊了一声，里面出来一个皮肤奇黑的女人。看上去更像是一个长住在海边的印第安人，光着脚板，长长的头发垂到腰间。一会儿，从里面又走出来一个女人，肤色同样的黑，同样有着长长的头发，不同的是怀里还抱着个小孩。等女人同他们打完招呼，阿拉和安东尼奥马上就跟她俩握握手表示友好，然后赶紧回到小艇上，开回船上。

安东尼奥和阿拉一下小艇就径直上了驾驶台，急着向托马斯·赫德森汇报他们看到的情况。

“那间屋里只有两个女人，男的都出海打渔去了。有一个抱小孩的女人说她看到过一条捕龟船，拐进了往里去的那条水路。大概是在起风的时候拐进去的。”安东尼奥说。

“如此推算的话，大约是一个半小时以前，潮水这会儿在慢慢退了。”托马斯·赫德森说。

“势头非常猛，这退潮的速度真是比涨潮还快，汤姆。”安东尼奥说。

“这可怎么办，这潮水一退，那条路上的水就浅了，我们再想过去可就困难了。”

“是啊。”

“那咱们该怎么办？”

“全听你的，你指挥。”

托马斯·赫德森转了个满舵，把两台发动机开到了两千七百转，急速向小岛的岬角驶去。“真要搁浅了，他们也走不了。”他说。

“实在不行的话，我们就下锚好了，就算搁浅，这儿也是泥灰底，安全得很。”安东尼奥说。

“还是有不少地方是礁石的，阿拉，你去叫吉尔上来，让他替我观察前面有没有标桩。你和威利再检查一遍枪支弹药。安东尼奥，你就留在这儿，哪儿也别去。”托马斯·赫德森说。

“这条水道是挺够呛的，难道我们真过不去了吗？”安东尼奥说。

“潮水一低的话，谁也别想过去。他们那条破船也一样会搁浅，还有一种可能就是这风一会儿就会息的。”

“你看这风吹得多强劲，一时半会儿停不了，汤姆。”

“你看到标桩了吗，吉尔？”托马斯·赫德森问。

“还没呢，我什么都没看到，汤姆。”

“那看起来像是根树枝，也像是根木棒。”

“按照我们航行的方向，航标肯定是在我们的正前方。”

“天哪，我看到啦，汤姆。我终于看到有一根长长的木棒在我们的正前方。”

“谢谢你。”托马斯·赫德森高兴地说。

此刻的风还掀不起巨浪，水底的泥灰还没被搅浑。所以行船还不至于遇上很大的困难。可是一看到那条水道那么窄，托马斯·赫德森只觉得一阵头皮发麻。

“别担心，船过得去，我们只要紧贴着右岸走就没问题。我盯着，船一到夹道口，我就提醒你，汤姆。”安东尼奥说。

托马斯·赫德森把船紧贴着右岸小心地向前驶去。一旦船跟左岸的距离太近，就调整方向再往右边偏点儿。到了那个棘手的拐弯处，发现也并不如他事先想象的那么难走。这时候，风力已经加大，托马斯·赫德森觉得肩膀上扑来一阵阵强劲的风。

“标桩就在正前方，这回可只是一根树枝。”吉尔说。

“我也看到了。”

“汤姆，这一段总算是过来了。我们过了这条夹道就下锚吧。可以停在走私岛的这半边。也可以停在走私岛的背风面。”安东尼奥提了个建议。

托马斯·赫德森扭过头去，他看见走私岛此刻看上去就像个小不点儿，但却一派青葱，生意盎然。他说：“吉尔，麻烦你细细查看一遍小岛和看得见的水道，看能发现捕龟船不。我看到前面的两个标桩了。”

船一会儿就过了第一标桩。近前一看，只是根枯树枝，细细的，在风里晃悠。托马斯·赫德森心想：风再这样刮下去，水位就会远远低于平均低潮水位了。

“你看见了什么了吗，吉尔？”

“报告长官，除了标桩什么也没有。”

海水开始变浑浊了，风一大，海浪也跟着高起来。现在根本就看不到水底，也见不到沙洲，只有当船开过时，水被吸过去，沙洲才会露出来。

情况对我们很不利，托马斯·赫德森心里有些着急。但话说回来，对我们不利，对他们也不利。何况他们的船不是顺风，如果他们不是行船的老手的话，这种情况是绝对应付不了的。那么我必须当机立断，必须判定出他们走的是老航道还是新航道。如果是个年轻人的话，大概会走新航道——也就是飓风新吹出来的那条航道。如果是个上了年纪的向导，那就多半会选择走老航道，一是习惯使然，二是这条路也比较安全可靠。

“安东尼奥，你说咱们是选择走老航道好还是新航道？”他问道。

“我觉得两条路都不怎么好走。其实我认为走哪一条都差不多。”

“如果是你的话，你会怎么办？”

“那我就到走私岛的背风面下锚，等潮水来了之后再走。”

“现在潮位这么低，天黑前我们是赶不到那儿的。”

“哎，难就难在这儿啊。所以你问如果是我会怎么办，我也只能这样回答。”

“我打算去冒一下险。”

“你想清楚了吗，汤姆？你可是船上的指挥，你要知道，即便我们抓不到他们，也自然有人会逮住他们的。”

“可弗兰塞斯岛怎么没有派飞机来巡逻呢？应该把这一带全部都侦察到，一天二十四小时都不能间断。”

“今天上午他们派的飞机来巡逻过了。难道你没看见？”

“没有。你看到了怎么不告诉我？”

“我以为你也看见了。那是一架小型的水上飞机。”

“真该死。”托马斯·赫德森说，“那时我一定是正好在厕所，而发电机又正好开着。”

“算了，反正事情都过去了，也没什么打紧的。”安东尼奥说，“汤姆，下面的两个标桩都不见踪影了。”

“吉尔，你看见下面的两个标桩了吗？”

“一个也没看到。”

“真该死。”托马斯·赫德森说，“现在我也没有别的办法了，到了前面那个小岛，我只能先紧贴着开过去，设法避过南北两头的沙嘴。再往前会有个红树林的小岛。那个岛要大一些，我们得先去查看一下，一切等查看过后再决定是走老航道还是新航道。”

“可就怕还继续刮东风，水估计会浅得连船也过不去。”

“这该下地狱的东风！”托马斯·赫德森骂了一句。话骂出了口，自己听着也觉得格外解恨，跟基督教有关系的骂人的话里，似乎再也没有比“下地狱”这个词渊源更久、分量更重的了。他明白，他刚才骂的是世上一切吃航海饭的人的一个“好朋友”。但既然骂了，他也就不打算认错了。他于是又骂了一次。

“你言重了吧，汤姆。”安东尼奥说。

“我知道。”托马斯·赫德森说。他在心里也默默地有点悔意，不禁想起了一首诗。大致记得是这样几句：

吹吧，吹吧，西风你吹吧，
期望还有小雨淅淅。
啊，但愿我的爱能让我揽在怀中，

但愿此生还能在自己床上寻得一梦。

他心想：都是一样的风，没啥区别，只是所处的纬度不一样而已。西风来自这个洲，东风又从那个洲吹过来。不过不管西风东风，都是一样的友善，对人也有各种各样的好处。想到这里，他禁不住在心中默默地歌颂了起来：

啊，但愿我的爱能让我揽在怀中，
但愿此生还能在自己床上寻得一梦。

此时的海水已经浑浊不堪了，行船也已经没法掌握水情了，只能通过看间距和船过时从沙洲上吸过来的水量来判断。乔治和阿拉，一个拿了测深锤，一个拿一根长篙，立在船头。他们测完水深，大声向驾驶台报告。

托马斯·赫德森恍惚间觉得眼前的情景似乎以前在梦里见过。凶险的航道他们一路上也闯得多了。但这次似乎不一样，完全是另外一码事。这样的事他以前也经常碰到。但这一次的情况似乎更为严重，他觉得目前的局面好似还能掌控，可自己其实却又无力掌控。

“你看到什么了没？”他问吉尔。

“什么也没看到。”

“用不用叫威利也上来帮你看看？”

“不用了。我要是瞧不见的话，威利也一样瞧不见的。”

“我看还是让他上来帮你看看吧。”

“那你就瞧着办吧，汤姆。”

十分钟以后，船搁浅了。

第十五章

他们的船搁浅在一块夹泥带沙的滩地，按说此处应该竖个标桩的，可什么都没有。此时，潮水还在不断退去。风一阵阵地，刮得海水浑浊不堪。前面有一个不大不小的中等礁岛，左边是些零零星星的小礁岛，但都只是一小点儿。随着潮水的退去，左右两面的沙洲渐渐露了出来。一群群水鸟在空中盘旋着，飞到沙洲上来找食吃。

安东尼奥放下小艇跟阿拉一起在船头下了锚，顺便在船尾也下了两个小锚。

“你看船头还用再加一个锚吗？”托马斯·赫德森问安东尼奥。

“暂时先不用了，汤姆。”安东尼奥说。

“要是风再大一点的话，潮水一涨，船被风一吹，不会被潮水冲走吗？”托马斯·赫德森问。

“我看没这么严重，但也不排除这种可能性，汤姆。”安东尼奥说。

“我看干脆在上风头下个小锚，再把大锚移到下风头去。这样我们就可以百分百放心了。”托马斯·赫德森问。

“好吧，准备工作多做些其实也不是坏事，省得到时候风一大，把船给冲上险滩，再一次搁浅的话可真不好玩儿。”安东尼奥说。

“是啊，我们以前都是有过教训的，不能总是犯同样的错误。”托马斯·赫德森说。

“下锚总不会错吧。”安东尼奥说。

“不会错，你再多下一个小锚吧，把大锚再挪个地方。”托马斯·赫德森说。

“好的，就这么办，汤姆。”安东尼奥说。

“阿拉最喜欢起锚了。”托马斯·赫德森说。

“怎么会有人这么喜欢起锚？”安东尼奥问。

“没办法，阿拉就是喜欢。”托马斯·赫德森说。

托马斯·赫德森抬眼朝前望去，只见前方绿色的礁岛上黑乎乎的一片，看起来像是潮水退去后露出的红树根。他又想：那帮家伙估计就躲在礁岛南半边的湾里。估计这风得到凌晨两三点钟才能平息，他们很有可能在天黑之前动身，只需等到一涨潮就抓紧时间往外逃，他们只有两条路可以溜出去，不是老航道就是新航道。出了航道就是那个像大湖般的海湾，他们一到了那里，一晚上就不用发愁了。而且过了海湾，接下来的水道也很好走，出去完全没问题。关键在于风。

船一搁浅，他就松了一口气。船搁浅时猛烈一撞，虽然在碰撞的一瞬间就判断出他们撞上的肯定不是岩石。但还是给了他不小的撞击，他感觉自己身上受了伤，不过如今既然搁浅了，他倒还松了口气。

阿拉来到驾驶台上对托马斯·赫德森说："这儿的土质相当不错，吃得住锚，汤姆。几个锚都下得牢牢的，我们还在那个大锚上系了根起锚绳。要起大锚的时候一拉就能上来。我们还在船尾的两个锚上也都系上了起锚绳，结实得很，随时可以起锚。"

"我看到了，谢谢你，阿拉。"

"别在心里放着不痛快了，汤姆。那帮家伙没准儿就藏在那边岛的背面。"

"没什么，我没有什么不痛快的。只是觉得时间又给白白耽搁了，怪可惜的。"

"放心吧，我们又不是沉了船，只不过是搁了浅嘛，等潮水一涨照样走得了，一点也不耽误。"

"我知道。"

"舵轮和螺旋桨，全都好好的呢。只不过船的大半个身子都埋在烂泥里了。”

“是我开进去的，出得去，没问题。”

“汤姆，你是不是心里有事啊？”

“我能有什么心事，别瞎操心了。”

“我就是不大放心，怕你万一有心事压力大。”

“能有什么心事啊，你和吉尔一块儿下去吧。一定要让大家吃饱饭，而且要吃得高高兴兴的。等吃过饭我们就去那个岛上仔细看看。除此之外也没别的什么事了。”托马斯·赫德森说。

“我和威利现在去好了，等回来再吃吧，我们这会儿还不饿呢。”

“不用了。回头我带威利和彼得斯一起去。”

“你不打算带我吗？”

“这次不了。彼得斯会说德语。你这就去把他叫醒，再想法子让他多喝几杯咖啡提提神。”

“可是我也想一块儿去。”

“但咱们的小艇就这么点地方呀。”

吉尔留下了那架大望远镜，跟着阿拉下去了。托马斯·赫德森拿出大望远镜对着那个岛观察起来。他发现岛上的红树都长得高大茂密，挡得严严实实，什么都看不到，更无法判断背后有没有什么鬼名堂。而且也别想看出岛后是不是有桅杆。大望远镜看久了，眼睛发疼。托马斯·赫德森把望远镜放进盒子，取出皮带顺势往钩子上一挂，望远镜和盒子一起平放在手榴弹架上。

托马斯·赫德森举起望远镜，从东到西看过一遍，还是没有看到任何船影。他心想：那帮家伙没准已经穿过新航道直接进了内水路。有人半路上能逮住他们就好了。依我们现在的实力，如果不经过一番恶战，肯定是制伏不了他们的。他们怎么也不会心甘情愿向一条小艇心甘情愿投降的。

托马斯·赫德森反复想，如果自己处在他们的位置，又会怎么处理。想着想着，他也想烦了。算了，不想了。反正责任我自己很清楚，问题其实也很简单。自从小汤姆死后，如果没有责任心的驱使，我真不知道自己会变成什么样子。但另一个声音又在心里应声说：你会做什么？会画画啊。而且说不定会干些更有意义的事情呢。不过这也真说不定，他心想，尽自己的责任吧，这样才更有意义。算了，多想想责任，也多尽一份力量，才能尽快将事情做个了结。现在我们大家齐心协力，就是要尽快给这件事情做个了结。下一步该怎么样，谁也不知道。我们这一路上辛辛苦苦地追查这帮该死的家伙，累是累一些，但成绩相当不错，不，何止是相当不错，他心想，应该说成绩好极了。现在歇上十分钟，再去尽自己的责任吧。

“你想来点东西吃吗，汤姆？”阿拉在下面大声喊道。

“我现在还不饿呢，老弟，我想来点凉茶，瓶子在冰上搁着呢，麻烦你递上来吧。”托马斯·赫德森说。

阿拉把瓶子递给托马斯·赫德森，托马斯·赫德森接过瓶子往驾驶台的角落里一靠，舒舒坦坦地喝着凉茶。距离前面那个最大的礁岛很近了，岛上栽种的红树的根都露了出来。过了一会儿，从左方飞来了一群红鹤，飞得很低，轻轻地从水面上掠过，在阳光的映衬下，实在是太美了。不过，他看到这群鸟儿却并没有从那个绿色的礁岛上穿岛而过，而是突然来了个急刹车，全部转向右边飞去了。

“阿拉！”他朝下面喊了一声。

“什么事，汤姆？”

“快去取三把*niño*，每把配六夹子弹，外加十二颗手榴弹和一个中型急救包，装上小艇。再麻烦你去叫一下威利。”

托马斯·赫德森观察到，那群红鹤在右方的浅滩上停了下来，正忙着四处找食。正观察着，耳边响起了威利的嗓音：“汤姆，我感觉这些红鹤有点不大对劲呢。”

“估计这群红鹤是被什么给吓着了，才不敢飞到岛那边去。我现在敢肯定，小岛那边有船，如果不是那条我们要逮捕的船也一定有别的船。威利，你想跟我去岛上走一趟吗？”

“非常乐意。”

“你吃完饭了吗？”

“要去拼命的人难道会不知道放开肚子大吃一顿吗？”

“那你就去帮阿拉搬会儿东西吧。”

“阿拉也跟我们一起去吗？”

“彼得斯会说德语，当然是带上他了。”

“难道不能换上阿拉吗？我不想跟彼得斯一起去，这是要真枪实弹地干一仗的。”

“没准彼得斯去一说，我们就可以不用打这一仗啦。威利，听我说，我要的是活口，再说他们还有个向导呢，我可不希望他被打死。”

“汤姆，你的要求也太多了，你可得知道他们有八个人，说不定还是九个，而我们只去三个。我们能不能活着回来还另说呢。至于说他们有个向导，可谁知道判断准还是不准呢？”

“你放心吧，不会错的。”

“我们可别做这样大度的君子。”

“所以嘛，我才先征询一下你的意思，看你愿不愿意去。”

“去，当然去啦，就是这个彼得斯不行。”威利说。

“真要打起来的话，彼得斯肯定也能行的。麻烦你去把安东尼奥和亨利叫上来。”

“你估计他们肯定在那儿吗？”安东尼奥一来就问汤姆。

“不完全肯定，但有几分把握。”

“我想跟你一块儿去行吗，汤姆？”

“不行。小艇只能载三个人。万一我们有什么好歹，你们就用五零机枪[1]设法封住他们的船，我估计他们很可能趁着潮水一涨就往外溜。如果冲出来的话，他们绝对会去那个长形的海湾。这么一折腾，他们的船也免不了要受损。你们要尽可能抓到一个俘虏，然后押到弗兰塞斯岛交给他们。”

“让我替彼得斯去执行这次任务吧！”亨利央求道。

“实在对不起，亨利，这不行。只有彼得斯会说德语。”托马斯·赫德森转而又对安东尼奥说，“船

[1] 勃朗宁M2重机枪，俗称“五零机枪”或“点五零机枪”，是由美国武器设计家约翰·勃朗宁设计的口径0.50英寸的重型机枪。

上的弟兄都是好样的，你大可放心。如果我们一切顺利，只要他们还有人有一口气，我就让威利和彼得斯留在他们的船上，牢牢地看住他们，我自己就押一个俘虏乘着小艇回来。”

“这是个难题，我们上次抓回来的那个俘虏可是没过多久就一命呜呼了。”

“吸取教训吧，我这次一定要带个身强体壮、没伤没痛的人回来。快下去准备吧，要往小艇上装的东西可都不能少啊。我在这儿再观察一会儿红鹤。”

观察了一会儿红鹤，他下了驾驶台，跟大家交代了新的任务：“吉尔，你到上边去用望远镜好好监视岛上的动静吧。亨利，要是听见有什么大动静的话，你就照准他们的船头，打它个稀巴烂。到时候，大家都到上边去帮忙，要是发现有漏网的，就搞清楚他们的栖身之地，明天好去将他们一网打尽。”

安东尼奥说：“还有什么命令吗？”

“就只一条：要上厕所的就赶紧去，不要临上阵又要拉屎撒尿的。”他说。

“快上船去掌你的舵吧，这可是条大吉大利的好船呢。”威利说。

“该是我交好运的时候了，你就看着我步步高升、前途无量吧，赶紧上船，彼得斯先生。”托马斯·赫德森说。

“很荣幸能上你的船，海军上将大人。”彼得斯说。

“祝你们马到成功。”亨利说。

“谢谢你的祝福。”威利回应了一声。发动机开动了，小艇冲着那小岛疾驶而去。“我一会儿横着靠过去，你们一起往船上跳，我也就不再招呼你们了。”托马斯·赫德森说。

另外两个人冲他点了点头。

“大家把家伙都拿好。亮出家伙来也无所谓。”托马斯·赫德森说。

“到时，我们三个一起跳上船去，如果他们在舱里的话，彼得斯你就用德语叫他们高举双手走出来。”托马斯·赫德森说。

“可如果他们就是不出来的话，我们又该怎么办？”彼得斯问。

“那威利就朝舱里扔一颗手榴弹。”

“那他们如果是在甲板上，我们又该怎么办？”威利问。

“那还不好说，我们只能朝甲板上扫射，每个人负责一部分。船头归你，中间部分归彼得斯，船尾归我。”

“我是不是再投一颗手榴弹进去？”

“可以啊，打起来就没有什么不可以的。只要伤员还能救活，我们都一律给予收容。这就是我坚持要带急救包的原因。”

“我还以为是给我们自己用的呢。”

“我们自己用也可以啊，反正有备无患。话不多说，大家都清楚了吗？”

“是的，长官。”威利说，然后，又把身子向后一仰，压低了嗓音凑在托马斯·赫德森的耳边悄悄问了声：“得在天黑以前统统解决掉，是吧，汤姆？”

“没错，争取当场解决。”

“真是倒霉，这下我们可撞上一伙强盗了。”威利说。

“别说废话，威利，拿出点狠劲，好好打一仗吧。”

威利睁大了他那只好眼睛点了点头。

在小艇绕过小岛的尖角之前，他又开口说了一句话：“在这些树根上可以捉到牡蛎，个儿还挺大。”

托马斯·赫德森点了点头。

第十六章

小艇载着一行三人绕过岛的尖角，进入两个小礁岛之间的水道，他们一眼就看见了那条捕龟船。而船头靠着岸边停着，桅杆上挂满了长长短短的藤蔓，甲板上有许多新砍下来的红树树枝。

威利贴着彼得斯的耳朵，悄声说道："没看见船上的小艇。接着把话往后传。"

彼得斯也往后一仰，冲着后边说："没看见船上的小艇，汤姆。很可能有人在岸上。"

"我们上去炸沉这条船吧，原方案不变。把话往前传。"托马斯·赫德森说。

彼得斯向前一探身，跟威利咬了咬耳朵。威利起先摇了摇头，可又马上举起手来，做了一个"OK"的手势。威利用抓钩牢牢地搭住了捕龟船的边沿，猛地用劲一拉，三个人几乎同时跃上了甲板。托马斯·赫德森发现舱口的门虚掩着，前舱口也敞开着，只用树枝稍微遮盖了一下。甲板上空无一人。

托马斯·赫德森朝威利挥了挥手，让他冲过这边的舱口闪到前面去，自己则端着冲锋枪盯住前边的舱口。

“叫他们举起手慢慢地走出来。”托马斯·赫德森镇静地对彼得斯说。

彼得斯德语发音喉音很重，有些刺耳。说完之后，里面没有人回答，也没有一点动静。

托马斯·赫德森又说：“彼得斯，再对他们说一遍，命令他们必须在十秒钟内都出来。如果肯出来的话，就以俘虏对待，绝不施以暴行，说话算话。说完了你就数数，一直数到十。”

彼得斯数到了十，数完之后，他把冲锋枪往左臂下一夹，掏出手榴弹，牙一咬，拔去保险销，还稳稳地放在手里让它冒了会儿烟，然后就以一个卡尔·梅斯[1]式的低手投球姿势，快速将它送进了黑洞洞的舱口里。

托马斯·赫德森看着他流畅的动作，心想：看来，这舱里什么也没有。

[1]卡尔·梅斯（1891—1971）：美国著名的棒球运动员，有“潜水艇梅斯”之称。

托马斯·赫德森来到甲板上，用他的汤姆森冲锋枪对准舱口。只见白光一闪，一声巨响，说时迟，那时快，彼得斯的手榴弹炸开了，托马斯·赫德森看见威利扒开树枝，也塞了颗手榴弹进前舱口。可就在这时，他看见有枝枪管从桅杆右方的藤蔓中，也就是从威利投入手榴弹的那个舱口，拨开枝叶伸了出来。托马斯·赫德森立刻掉转枪口朝那个洞口开火，可那枝枪管先吐了五道急促的火光，一连串的“嗒嗒嗒”听去就像小孩子玩的拨浪鼓发出的有节律的声音。突然间，一道耀眼的强光，威利刚扔进去的手榴弹炸了。托马斯·赫德森看见威利又拿了颗手榴弹，拔去保险销准备投进去。再一看彼得斯，他的头靠着船舷，侧着身子躺在那里一动不动，头上的血不断往外涌。

威利的这颗手榴弹投了进去，发出了跟第一颗不一样的声音，因为手榴弹滚到里面很深才炸开。

“里边还有没死的德国佬吗？”威利大声喊道。

“我这里再投一个进去看看。”托马斯·赫德森说。为了防止舱口里有人继续往外打枪，他弓着身子先闪到一边然后掏出手榴弹，用嘴拔去销子。他深吸一口气，随即从舱口跟前一个箭步蹿了过去，把手榴弹往里猛地一掷，然后手榴弹骨碌碌地滚到了后舱。两秒钟后又是一道白光，轰的一声炸开了，甲板炸塌处冒出缕缕青烟。

威利瞧了瞧彼得斯，托马斯·赫德森也过来瞧了瞧他。他们看到彼得斯脸上的表情跟平日几乎没什么两样。

“唉，彼得斯真是命太薄，我们这下可就没了翻译。”威利说。

“我们还有一大堆事没干完呢，威利。”

“这条鸟船总算被我们炸沉了。”

“你还是快回大船上去，然后老老实实把阿拉和亨利都带到这儿来，告诉安东尼奥等潮水一涨就把船也开到岛这头来吧。”

“我得先下舱里去检查检查，长官。”

“还是我去吧。”

“不，这是我的分内之事。”威利说。

“你没事吧，老弟？”

“没什么。只是彼得斯牺牲了，我心里觉得很难过。我想去找块布给他把脸蒙上。我们应该把他稍微挪一下，让他头朝上脚朝下，好躺直了走。”

“船头上的那些个德国佬怎么样了？”

“早成一团肉酱了。”

第十七章

威利去接阿拉和亨利。彼得斯躺在舱口的另一边，脸上蒙着一件威利找出来的德国海军衬衫。这小子的个儿还挺高的，怎么我以前从来都没有注意到呢，托马斯·赫德森心想。

他和威利将捕龟船搜了一遍，船里早已炸得稀巴烂。可惜船上只有一个德国人——也就是开枪打死彼得斯的那个。但是船上还有一把自动手枪和近两千发子弹，子弹全都装在一个金属箱里，除此之外，船上就没有其他武器了。据此推测，上岸的人手里肯定都带着枪。而打死彼得斯的这个德国人应该是他们留在船上的伤员。还发现了一条骆驼牌香烟，上面盖有“供应舰船”的字样。当然船上没有咖啡也没有茶，也看不到酒的影子。

他们到底上哪儿去了呢？他们即使看不见捕龟船上的这场小而惨烈的战斗，但至少能听见声音吧，所以他们极有可能要回来拿留在船上的东西。如果他们真打算要大干一场，完全有可能趁天黑来攻去我们的大船。但仔细想想这种可能性并不太大。

托马斯·赫德森对局面做了周详的考虑后得出结论：他们一定是躲进了红树林里，藏起了小船。我们要是上岛搜捕，他们又想打我们一个伏击的话，简直是易如反掌。然后，他们就能逃进通向内陆的那个海湾，穿过辽阔的海湾，再设法在夜间偷偷绕过弗兰塞斯岛。那样实在是太容易了。然后一直向西，到了哈瓦那附近后，他们可以设法再跟那里的德国潜伏人员联系上，从而获得那里的德国潜伏人员的掩护和收容。然后他们还可以去换一条更好的船。

当然，去抢一条或者偷一条，完全也是可能的。想到这里，托马斯·赫德森认为自己有必要去弗兰塞斯岛汇报一下，请示下一步该如何行动，还可以把彼得斯的遗体交给他们处理。在到达哈瓦那前，这一路上应该不会有什么大麻烦。

这船上的冰可用来保存彼得斯的遗体，到弗兰塞斯岛估计还没有太大问题。他顺便还能在那儿加点油，冰可以到凯瓦林再去补充。

我们一定要逮住这帮家伙。但是我不能叫上威利、阿拉、亨利。让他们到红树林里去挨德国人的枪子儿不值，做出这种牺牲太无谓了。这船上的种种迹象表明，他们应该有八个人。今天我们本来有机会出其不意将他们一网打尽的，但还是吹了。唉，不知道是他们机灵呢，还是我们运气实在太差。

我们已经白白牺牲了一个兄弟，今天要是不把他们全部抓获我决不罢休。但不能拿兄弟们的性命去冒险，虽然我们不是正规部队，牺牲个把人也引不起谁的注意，但是我在意。

我倒真希望那帮家伙回来看看这船上出了什么事，不知道他们到底去岛上干什么去了。难道是去捉牡蛎吗？我还记得威利提起过这边的牡蛎很多。也或许是他们不想大白天待在这捕龟船上，怕飞机巡查的时候被发现。不过都这些天了，他们也应该早摸清楚这些飞机的活动时间。现在我真希望他们快钻出来，把事情做个了结。他们如果想要上船的话，就一定会进入我的射程。实在有点想不通的是，那个德国伤兵为什么不在我们跳上捕龟船的时候向我们开火呢？发动机的声音这么大，他总该能听见吧。难道他睡着了？

想想，这件事情令人费解的地方实在太多了，我都不知道自己分析的是不是那么一回事，他心想。或许我们就不该来夺这条船。我们牺牲了彼得斯，他们也死了一个。双方都有牺牲，虽然不值得夸耀，但还说得过去，结局不至于太糟糕。

正在这时，他听见了小艇发动机启动的声音，便转过头去。只见小艇绕过小岛的尖角朝他这里开了过来，可是艇上为什么只有阿拉一个人？他发现小艇吃水很深，便想威利和亨利一定是平卧在船底。这威利倒还真机灵，尽出些鬼点子。使了这一招障眼法，岛上的那帮家伙还以为小艇里就一个人呢，但不知道他们会不会注意到，来的这个人跟刚才去的并不是同一个人。这步棋有些险，我也说不上算不算得上是一招妙计，但是威利肯定是仔细琢磨过的。

小艇很快就来到了捕龟船的背面，托马斯·赫德森看到阿拉一脸严肃，还察觉到他的两腿一直在抽动。果然如他所料，亨利和威利都平卧在船底。

捕龟船倾侧了过来，待小艇一停到船下，阿拉的手一搭上舷栏，威利便一个鹞子翻身，侧着身子说："亨利，赶紧上去，快到汤姆旁边去。阿拉会把你的家伙递给你的，彼得斯的那一把现在也可以拿来用。"

甲板侧得越来越厉害了，亨利小心翼翼地贴着甲板爬了上去。经过彼得斯跟时，扭头瞅了他一眼。

"嗨，汤姆。"他招呼道。

托马斯·赫德森一把拉住了亨利的胳膊悄悄嘱咐道："你到船头上去，记得一定要卧倒，不能出一点差错。要趴在船舷的边沿下面，一点也不能露出来。”

“明白了，汤姆。”亨利说完便一点一点地往下退去，然后再向船头爬去。他从彼得斯的腿上爬过去，还顺手捡起彼得斯还没来得及用的冲锋枪和弹夹。亨利把弹夹插在自己的子弹带上，掏出彼得斯口袋里的手榴弹，挂在自己的子弹带上，拍了拍彼得斯的腿，便紧紧地抓住两支冲锋枪的枪口利索地爬到了船头。

托马斯·赫德森看见亨利顺着甲板一路爬过去，到了船舷下，他就把两支冲锋枪放在右手边上，紧接着又试了试从彼得斯身上拿来的那支枪，重新给这把枪换上一夹子弹。忙完这些，他又把其余的弹夹沿着船舷的边沿一字儿摆开，把手榴弹从子弹带上解下来放在手边。托马斯·赫德森见亨利安排停当，便转过头来打算跟威利再说两句。阳光非常刺眼，威利躺在小艇底，闭上眼睛。他上身穿着一件褪了色的长袖卡其衬衫，下身是条又旧又破的短裤。阿拉坐在船尾，托马斯·赫德森这才注意到威利的一头黑发十分浓密，他的一双大手抓着船舷，两腿还抖个不停，样子异常。不过托马斯·赫德森一直都很了解他的特点，这家伙在战斗之前总是容易紧张，但一旦投入了战斗，表现绝对没话说，一顶一的棒。

“威利，你是不是另有打算？”托马斯·赫德森说。

威利睁开那只好眼睛，为了抵挡阳光，坏的那只依然闭着。

“我想请你批准我绕到岛的那头去，去看看那上面到底是怎么个状况。我们一定要阻止他们逃出这个岛。”

“我跟你一块儿去。”

“不行，汤米。干这号买卖我在行，况且这也是我的分内之事。”

“我不能让你一个人去。”

“你看，干这种事儿只能一个人去。你放心好了，汤米。要是我把他们轰了出来，就让阿拉赶快回这儿来帮你对付他们。只要不出什么问题，回头他可以再去海滩上接我。”

这时威利睁开双眼，紧紧盯住托马斯·赫德森，那神气就好像是在向人推销什么家用器具，对方买得起却不下手实在是太可惜了似的。

“我还是觉得最好和你一起去。”托马斯·赫德森说。

“得了，别再和我争了，汤姆。我跟你说老实话，干这号买卖我绝对在行，我是个不折不扣的老手，像我这样的人，你还真找不到第二个呢！”

“好吧，你要去就去吧。”托马斯·赫德森说，“要是发现了他们的小船，一定要炸掉。”

“你当我是去闲逛不成？”

“你要去的话就快走吧。”

“汤姆，你听我说。反正你已经给他们布下了两个陷阱，一个是我们的船，一个就是这儿。你还有阿拉帮着，所以灵活性很大，你大不了就是损失一名病退的海军陆战队士兵，你还迟疑什么呢？”

“你这个人就是爱啰唆。”托马斯·赫德森说，“快走，臭狗屎来保佑你！”

“去你的！”威利也回了他一句。

“听你说话元气还足得很呢。”托马斯·赫德森说，然后用西班牙语把他俩此去的任务向阿拉交代了一下。

“你就别费心了。”威利说，“回头躺在船底我再告诉他吧。”

阿拉说：“我这就回来，汤姆。”

托马斯·赫德森看他使劲一拉绳，小艇便飞了出去。船尾是阿拉宽阔的肩背和满头黑发的脑袋，威利平躺在船底，脑袋紧紧挨在阿拉的脚边，正跟他说着话。

虽然这家伙看着俗气，但他确实有种，不佩服不行，托马斯·赫德森心想。威利这哥们儿关键时刻还真有点胆量。我正想打退堂鼓呢，他的敦促和鼓励才让我拿定主意。到了危急关头，我什么装备都可以不要，就要跟前能有一个这样的海军陆战队战士，够格的固然好，就是有毛病的也成。我们现在可正处在这样的危急关头啊。他在心中默默念叨：威利啊威利，祝你成功。虽然你老爱把“去你的”挂在嘴边，你自己千万可不能“去”啊。

“你没什么事吧，亨利？”托马斯·赫德森轻轻问道。

“没什么，汤姆。我在想，威利竟敢这样独身去闯，真是英勇过人啊，我都有些汗颜了。”

“英勇过人？”托马斯·赫德森说，“这样的词儿他估计连听都没听过呢，在他看来，这是他的责任。”

“没有跟这样有胆量的人结成好哥们儿，我感到很遗憾。”

“患难见真情，大家都是好朋友。”

“今后我一定跟大家好好相处，成为一辈子的好朋友。”

“我们每个人都有许多各自的打算，今后要从头做起，希望这个‘今后’现在就能开始。”托马斯·赫德森说。

第十八章

托马斯·赫德森和亨利趴在发烫的甲板上，监视着岛上的一举一动。太阳晒在背上火辣辣的疼，幸好还有些风吹来，才不至于热得受不了。现在，他俩的脊背晒得跟当天早上在海滨见到的那两个印第安女人的肤色相差无几了。那两个印第安女人、辽阔的大海、浪花四溅的礁岩以及那深不见底的湛蓝色海洋，托马斯·赫德森仿佛觉得这些都是前半辈子的事了。如果这风来得更早些，我们原本可以把船开到大海上去，这会儿说不定早就已经到弗兰塞斯岛了，彼得斯也照样可以跟他们联系，发送进岛的信号了。等到了晚上，大伙儿就可以畅饮一番。但他马上又开始自责：不行啊，你怎么能动这种肤浅的念头呢？这可是你应尽的责任啊。

“亨利，你觉得没什么吧？”托马斯·赫德森说。

“当然没什么了，汤姆，你说手榴弹给太阳晒得这么烫，会不会到时候就炸不响啊？”亨利将声音放得很低很低。

“我倒是从来没听说过这样的事情，我觉得应该是晒得越烫炸起来就越厉害吧。”

“阿拉要是带着水就好了。”亨利说。

“他小艇里没有吗，你不记得了？”

“还真不记得了，我当时正忙着，没太注意他的动作。”

这时候，他们隐隐听到了小艇尾挂发动机的响声。托马斯·赫德森小心翼翼地转过头去，看见那艘小艇驶了过来，小艇吃水不深。托马斯·赫德森老远就看见了阿拉那一头黑发。他回过头来继续监视前方岛上的情况，突然一只夜鹭从岛中央的树林里一下蹿起来，他不觉得心里一紧，可是它扇扇翅膀就飞走了。两只美洲鹤拍了几下翅膀，滑翔了一段，又欢快地扑棱几下，顺风飞向了旁边那个小礁岛。

亨利看得全神贯注，他说：“看来威利往里走得够深的。”

“是啊，这些鸟儿都是从岛中央飞起来的。”托马斯·赫德森说。

“这么说，那里就没什么人了？”

“假设这些鸟儿是由于威利的到来惊飞的，就足以说明那里并没有其他人。”

“只要威利没有遇上什么困难，估计他现在也该到了。”

“一会儿阿拉就过来了，你千万别抬头。”

阿拉把小艇横靠在捕龟船的旁边，拿抓钩搭住船舷的边沿，小心翼翼地爬上了船。他带来了一瓶水和一瓶茶，茶装在一只旧的金酒瓶里，两只瓶子用一根粗钓线分别系在两头，挂在阿拉的脖子上。他慢慢爬到托马斯·赫德森身边。

“仙水来啦，给我喝点吧？”亨利忍不住央求阿拉。

阿拉把他的武器一放，从钓线上解下水瓶，顺着倾斜的甲板小心翼翼地从两个舱口间的上方，爬到亨利据守的地方。

“喝吧，但可不够你洗澡啊。”他说。

他在亨利的背上拍了拍，又爬回来，还是和原来一样趴在托马斯·赫德森的身边。

“汤姆，我们什么也没有发现。我把威利送到后岛上的岸。上岸的地方大概就在我们的正对面。送他到之后，我又回大船取了些水。我在开船的时候，特意避开这个岛，绕到我们大船的背面，然后再攀上去的。我把发现的情况全部告诉安东尼奥了。然后我就给小艇的发动机和备用箱加满了油，这才带上冰茶和水过来。”他把声音压得低低的。

“干得好。”托马斯·赫德森说完，就捧起那瓶冰茶解气地美美喝了一大口，“真要感谢你，还给我送茶来。”

“这得多亏安东尼奥的提醒。我们走得匆忙，没考虑这么细。”

“你到船后去，看看那头的情况。”

“是，汤姆。”阿拉说。

他们就都一直动也不动地趴在那儿，监视着岛上的一举一动。岛上时不时飞起几只鸟儿，他们心里很清楚，惊动这些鸟的如果不是威利，就另有他人。

“这些鸟儿也真是够烦的，威利肯定对此恼火得要命，他在上去之前怎么就没想到这一点呢？”阿拉说。

“这无疑是自己在暴露目标啊。”托马斯·赫德森接口说。

他心里又开始盘算了，不由得扭回头去看了看。

他又觉得眼前的情况有些不对劲，开始认真思索起来：那帮德国佬到底有什么必要非得到岛上去呢？

他忽然感到自己和威利都上了对方的当。此刻他认为这么多的鸟飞起来总是不大妙的。这时，前方又飞起了两只美洲鹤，托马斯·赫德森扭过头去对亨利说：“亨利，你还是到前舱里去一趟，注意内陆方向的动静。”

“好的，我现在就下去，汤姆。”

“手榴弹和弹夹就留下吧。你装一颗手榴弹就够，另外再把*niño*带上。”托马斯·赫德森又不放心地嘱咐道。

亨利小心翼翼地爬进了舱里。虽然他的脸上还是原来的那副神情。但如果不是强忍着，恐怕早就变了颜色。

“真对不起，亨利，为了大家，只能暂时委屈你一会儿了。”托马斯·赫德森说。

“没什么，我反正又不会就这样过上一整个夏天。”亨利说到这儿，那故意装得一本正经的面孔这时才又换成了那种迷人而又可亲的笑容。

“我也有同感。不过眼下的情况可不是一眼就能看得那么真切的。”

三刻钟光景之后，只见一只白鹭冲天而起拍打着翅膀向上风头飞走了，托马斯·赫德森对阿拉说：“威利马上就要出来了。你还是到那头的尖角上去接他吧。”

“我也看见他了，刚才还冲我们这边挥了手呢。这会儿已经躺下啦。”阿拉等了会儿才说。

“阿拉，你快去接他回来，让他回来后再接着躺吧。”

阿拉带上枪，口袋里又装了两颗手榴弹，麻利地溜下甲板上了小艇，坐定后就解开缆绳准备出发。

“把那瓶茶扔给我好吗，汤姆？”

阿拉用双手接住瓶子，平时他接东西总是用单手，这次是为了保证完好无损。尽管威利这次去岛上还是没有什么发现，但他所经历的那份艰辛大家是深有体会的，因此他格外小心，将茶瓶放在船尾底下，希望这茶送到威利手上时还是凉的。

“你看这情况如何，汤姆？”亨利问。

“不得不承认我们失算了。至少这一步棋是没走对。”

一会儿的光景，小艇就靠上了捕龟船，托马斯·赫德森说看见威利双手捧着茶躺在船底。他的手和脸全都被树枝划破了，虽然已经洗过了，但道道血痕依然触目惊心。衬衫只剩下一只袖子。脸上被蚊子叮得到处都是疙瘩，身上凡是露肉的地方基本上都有蚊子叮咬的肿块。

“屁也没有找到一个，汤姆。”威利愤愤地说，“他们那帮兔崽子压根儿就没有上过岛。你我都没算准啊。”

“确实如此。”

“那你看咱们现在怎么办呢？”

“我想，他们搁浅以后就会往内陆方向去。但到底是去打探航道还是干什么，就不好说了。”

“你说他们能看得见我们上船吗？”

“可能都看见了，也可能什么都没看见。因为他们在水面上，位置低，望不到很远的距离。”

“可他们毕竟是在下风头呢，这里的声音估计能听到呀。”

“听到了也没办法。”

“那我们该怎么办呢？”

“你现在回我们的大船上去，再让阿拉回来接我和亨利。我估计那帮家伙还会回来的。”

“那彼得斯怎么办？我们得把他带走吧？”

“嗯，是要把他带走，速度要快。”

“汤米，你守的这一边方向没有对准，我们俩今天都看走眼了，所以我也不敢贸然给你提什么建议。”

威利说。

“谢谢你的指点。等阿拉把彼得斯装上小艇，我就到后舱里去。”

“还是让阿拉一个人把彼得斯抱下去吧，他们就算在远处还是能看得见黑乎乎的轮廓的。不过人只要是平贴在甲板上，不用望远镜他们是看不清的。”威利说。

托马斯·赫德森向阿拉交代了一番后，阿拉就动手来搬彼得斯。他脸上没有丝毫局促不安，仿佛不带一点感情。他把蒙在彼得斯脸上的布在脑后绾了一个结。动作中既没有一点怜惜，也谈不上有多粗暴，他抱起彼得斯轻轻放进小艇，只说了一句话：“怎么这么僵硬呀。”

“所以才管死人叫僵尸呀，你没有听说过吗？”威利说。

“这倒是听说过，我们西班牙语里管死人叫*Fiambres*，就是冷肉的意思，不过我还是想起了原先活生生的彼得斯。他本来可一向是那么温温软软的一个人啊。”阿拉说。

“我这就准备把他送回去，你还需要我带些什么回来吗，汤姆？”

“我需要运气，但还是很感谢你到岛上去侦察了一番，威利。”托马斯·赫德森说。

“没什么，小意思。”威利说。

“让吉尔替你在伤口上抹一点硫柳汞[1]。”

“这点皮肉伤算不了什么，让人家误以为我是个丛林野人反而更好。”威利说。

托马斯·赫德森和亨利各自占据一个舱口观察，前方是错杂散落的一连串礁岛，过了礁岛就是一个长长的海湾，如果要去内陆方向，就必须穿过这个海湾。

“机灵着点，你可要瞧好了，我一会儿就把他们那些弹药全扔进水里，顺便再到舱里去查看下情况。”托马斯·赫德森说。

托马斯·赫德森说在舱里又发现了几件原先没怎么注意到的东西。查看完他就把那箱弹药推到了水里。推了下去才后悔没将箱里的弹药拆开再扔。不过再一想：算了吧，扔都扔了，也管不了那么多了。他拿起那把施迈瑟自动手枪，试了下发现是坏的。回头我让阿拉干脆把这家伙拆了，他心想。但我们至少搞清了他们没有带走这把枪是因为根本就不能用。

[1] 一种抗菌剂。

“亨利，依你看，我们的行动他们了解多少？我们的情况他们掌握到什么程度？”

“我们干吗不把这些弹药留作证据？”亨利问道。

“要证据干什么？”

“有备无患嘛。你知道海军情报局的那帮人事儿可多呢。我们把情况反映上去，他们说不定还不相信。你还记得上一回的那件事吗，汤姆？”

“当然记得。”

“那次人家的潜艇一路都快摸到密西西比河口了，海军情报局的那帮人还不相信会有这样的潜艇。”

“是的。”

“本来我们把这些弹药留着还挺好的。”

“亨利，你别着急。那帮德国佬把那个小岛上的人都斩尽杀绝了，现在尸体都还在岛上。我们的手里有掏出来的施迈瑟自动手枪的子弹，我们现场还葬了一个德国人，这些情况在航海日志里都能找到。然后，我们又炸翻了一条捕龟船，缴获了两支施迈瑟自动手枪。其中一支坏了，另一支也被手榴弹给炸烂了。”托马斯·赫德森说。

“要是现在来一场飓风，一切都被刮得干干净净，海军情报局的那帮人估计又要说不信会有这样的事

了。”

“好，就算这些都不足以让他们相信。那彼得斯的事又怎么说呢？”托马斯·赫德森说。

“说不定他们会认为是被我们中间的哪一个人给打死的！”

“那就没办法了。真是说不清了，真要是这样我们也只好都认了。”

他们隐隐听到了小艇发动机的声音，不一会儿，便看见阿拉绕过小岛的尖角向他们驶了过来。

“收拾好你的装备，亨利，我们这就要回自己的船了。”他说。

“我很想留在这条船上。”

“不，我那边的船更加需要你。”

等到阿拉的小艇靠了上来，托马斯·赫德森临时又改变了主意。

“你先在这儿留一会吧，亨利，我待会让阿拉来接你。万一他们的小船靠上来，你就向他们扔一颗手榴弹，痛痛快快地炸了它。这后舱里地方很大，你还是守在后舱口比较妥当。一定要随机应变。”

“好的，汤姆。谢谢你让我留下。”

“我本来是想自己留下，让你先回的，但我还有很多事情必须要同安东尼奥商量。”

“我明白。他们要是胆敢靠上来，我就先给他们几梭子，再扔出个把手榴弹。”

“你要觉得这样好的话我也不反对。但千万千万不能把头探出来，扔手榴弹后就得换一个舱口。记住，千万要沉住气。”

托马斯·赫德森趴在下面的排水孔边，一件件地把东西递到阿拉手里，之后就离开了捕龟船，下到小艇里去。

“你那边舱里进水了吗？多不多？”他问亨利。

“不算很多，汤姆。没有问题。”

“在这种地方待久了真怕得幽闭症，要好好观察。”

“放心吧，汤姆，没事，我一点也不紧张，我们挺得住。”

“先忍一忍，一到你该撤的点，阿拉就来接应你。”

“别再替我操心了，汤姆。真有必要的话，我在这儿守上一夜也不成问题，不过那就要麻烦阿拉给我送些吃的，最好再带点儿朗姆酒和水来。”

“等他回头来接你的时候，我们可以一起在船上热热闹闹地喝点朗姆酒。”

阿拉把发动机上的起动绳一拉，小艇立马快速地向大船驶去。托马斯·赫德森感觉到两排手榴弹紧紧地顶着大腿，一把*niño*沉甸甸地压在胸前，有些透不过气。他伸开双臂，亲热地搂住了自己的那把*niño*，阿拉看得哈哈大笑，俯下身来说："这就是好孩子苦难的一生。"

第十九章

一行几人上了大船，傍晚的浅滩看上去灰蒙蒙一片，只有一群白羽鹦鹉在悠闲地啄食。海水浑浊，根本无法看清水道，远处尽是些礁岛。

托马斯·赫德森此刻正靠在驾驶台上的一个角落里，安东尼奥正在跟他商量什么事情。

“要到晚上十一点过后潮水才能涨足呢，这风大得很，刮得海湾里的水一直往外流，沙洲和浅滩上的水也不容易留住，所以到时候能有多深的水还难说。”安东尼奥说。

“船走得了吗？还是得用抛小锚的方式一步步地往前挪？”

“行船倒是没什么问题。不过晚上如果没有月亮的话就难办了。”

“没有月亮才有这样的大潮呢。”

“月亮昨天晚上刚露面，因为有风暴，所以我们连半个月亮的影子都没有见到。”安东尼奥说。

“就是。”

“我派乔治和吉尔去砍了些树枝，让他们沿着航道一路插上标桩，好让大船看到后开出去。我们有小艇在手，随时可以派出去测量水深，在两边礁岛的尖头上都布上标桩。”

“若是按照我的意思，我们最好把船开到一个适当的地方，拿探照灯和‘五零机枪’对准那条捕龟船，再派一个人在船上守着。他们的小船一出现，就赶紧给我们发信号。”

“那样当然好了，但你别忘了，我们的船在夜里摸黑是到不了那儿的。要去的话就得开探照灯，再派一艘小艇在前头打头阵，测量水深，测完了以后还要大声跟我们报告，并且一路要打上标桩。可这样一来动静太大了，谁还会出来呢？傻子才会出来呢。”

“你的话不无道理。我今天连续两回犯错了。”

“你是一时失算，就像打牌一样，你只是正好碰得不巧，就如同摸牌没摸到好牌一样。”安东尼奥说。

“我知道你是在宽慰我，但不管怎么说，我毕竟是失策了。你是怎么想的？”

“我在想，如果他们还在的话，只要我们没有什么大动作暴露身份，只是装作搁浅的样子的话，估摸着今天晚上他们就会出来，想法子悄悄摸到自己的船上去。我们的船像游艇，容易麻痹对方。刚才在船上交火的时候，我敢肯定他们正躲在后边的礁岛群里。他们以为我们人手不多，所以有恃无恐，根本不把我们放在眼里，要是他们在远处观察，就会发现我们的小艇来来去去只有一个人。”

“我们是故意装成这样的。”

“他们要是看到捕龟船上的那个烂摊子会怎么样？”

“你先去叫威利上来一趟。”他对安东尼奥说。

威利上来了，他脸上、身上蚊子叮咬后的肿块依然还没消，划破的地方开始愈合了。

“你还好吗，威利？”

“我还活得好好的呢，汤姆。阿拉替我在蚊子咬的地方涂了些氯仿[1]，现在已经不痒了。妈的，那儿的黑蚊子真可恶，足足有小半寸长。”

“我们这回真是搞得太狼狈了，威利。”

“只能算是倒霉了！我们一开始就没有找准目标。”

“彼得斯是怎么处置的？”

[1] 曾被用作麻醉剂和镇静剂。

“我们用帆布把他缝起来了，还在他身上放了些冰块。可以再坚持几天。”

“威利，我刚才把想法都告诉了安东尼奥，打算把船开到一个合适的地方停靠，先用探照灯对准那条捕龟船，再拿‘五零机枪’瞄准。可安东尼奥说，如果我们的船要开到那儿的话，就要惊动整个大洋了，这种想法是行不通的。”

“安东尼奥说得对，你之前的想法确实行不通。”威利说，“汤姆，这已经是你今天第三次判断失误了。我还比你少一回呢。”

“依你看，他们会不会中途再跑出来去那条捕龟船里看看？”

“不见得！”威利说。

“不过我老感觉他们会去。”

“他们又不是疯子，肯定不会自投罗网的。不过他们要是实在到了山穷水尽的地步，也不排除去试试运气的可能。”

“他们可能会出来的，那群残忍的德国佬把那个岛上的人全杀了，他们穷凶极恶，是会发疯干蠢事的。”威利说。

“不过，从他们当时的处境来看，这其实也并不为过。你难道忘了吗，他们当时刚丢了潜艇，走投无路。”

“是的，他们今天又丢了一条船和一个同伙。”

“这家伙倒还真有骨气，也挺沉得住气。”威利说，“我们喊话要他投降，还扔了颗手榴弹，他居然都不慌不乱，还照着我们来上一梭子。他估计是看彼得斯一副长官的气派，又会说德语，所以就认定他是头儿。”

“估计就是你想的这样。”

“你总共打了几发子弹，汤姆？”

“我最多也就五发吧。”

“那家伙也整整打了一梭子。”

“安东尼奥，你在这边听着响吗？”

“听起来并不是很响，但听得还是很清楚。”安东尼奥说。

“可能他们压根儿就没有听到，我们的小艇来来去去跑了好几回，他们的捕龟船侧了过来，这些他们肯定都看到了。他们肯定认为这船是我们设下的圈套。我看他们不见得会去。”托马斯·赫德森说。

“有道理。”威利说。

“你说他们有没有可能跑出来呢？”

“我要是都知道你还会不知道？这事还真是说不好。你不是很擅长从德国人的角度来分析问题吗？”

“以前还挺管用的。可今天这脑子一点都不灵光。”

托马斯·赫德森说。

“你的脑子灵还是挺灵的，不过有点运气不济罢了。”威利说。

“趁着天色还没完全黑，你去捕龟船上安几个饵雷吧。”

“你说到点子上了，这才像是你说的话。我现在就去两个舱口安几个饵雷。那个德国死鬼身上以及他身下一侧的船舷栏杆，我全都给安上饵雷。”威利说。

“多用些炸药。我们多的是。”

“一定要把这条船炸得稀巴烂。”

“汤姆，看，我们的小艇回来了。”安东尼奥说。

“我这就跟阿拉带上东西去一趟。”威利说。

“可别炸着自己啊。”

“放心吧，我们会当心的，你还是歇会儿吧，汤姆。”威利说。

“你也一样。”

“你要用得着我的话，随时可以叫醒我。”威利说。

“我来值班，什么时候涨潮？”托马斯·赫德森对安东尼奥说。

“开始涨了，这东风目前正吹得起劲，海湾里的水还在不断往外涌，双方还在那儿僵持着呢。”

“你让乔治去歇会儿，派吉尔去接五零机枪的警戒哨。让大家趁机好好休息，咱们准备熬通宵。”

“汤姆，你怎么不喝一杯？”

“不太想喝。倒是你今晚准备给大家做什么吃？”

“一人一大块用西班牙酱汁煮的刺鲅鱼，外加黑豆、米饭。水果吃完了。”

“干果还有吗？”

“好像只有杏子干了。”

“那现在拿些出来泡上，明天吃早饭时分给大家。”

“早饭要是只吃这个的话，亨利保准不乐意。”

“那就等他想开胃再给他吃吧。汤够喝吗？”

“还多得很。”

“冰呢？”

“够我们用上一个星期。你为什么不给彼得斯来个海葬呢，汤姆？”

“我在考虑，他生前常说要是死了，海葬更好。”托马斯·赫德森说。

“他说话怎么这么随便呢？”

“是啊，我当时也觉得说这种话太草率了。”

“汤姆，你也喝一杯吧。”

“好吧，你那里还有金酒吗？”托马斯·赫德森说。

“你还有一瓶锁在柜子里没动呢。”

“还有没有鲜椰子？”

“有。”

“那就给我来一杯金酒，里面放点椰子汁，再加点儿酸橙。对了，酸橙还有吗？”

“酸橙有的是。彼得斯原来还给自己存着一些苏格兰威士忌，不知他藏在哪儿了，你想喝那个吗？”

“不了。你要是找到了就先锁起来。说不定我们还有用。”

“我把你要的酒调好再给你送来。”

“谢谢。要是我们运气好的话，说不定他们到晚上就会跑出来。”

“我怎么就不信呢，不过凡事无绝对，也有跑出来的可能。”

“乖乖，他们见了我们是不可能不动心的。你想想，不论好歹，只要是船，他们都用得着。”

“你的话很有道理，汤姆。可他们并不傻，他们的真正想法，你也许根本琢磨不透。”

“好吧。你先去调酒吧。我倒还真想研究研究他们这些人的脑袋瓜子里到底在想什么。”托马斯·赫德森举起大望远镜，又开始重新观察那些礁岛。四下一片空寂，他拿起安东尼奥调好的酒喝了起来。

他知道自己本来早就下了决心不喝酒，所以，这次出来后连晚上一贯要喝的冰镇酒都坚决不碰，只将心思投入在工作上。他早计划着自己要拼命干，一直干到筋疲力尽，再睡他个天昏地暗，人事不省。不过现在喝了这杯酒也就破了戒，只怪自己意志不坚定，怪不得别人，也不想找什么理由来替自己辩解。

他想，反正我是拼命干了，一点也不含糊。现在我喝了这杯酒后再想想其他的事，不能整天去想那帮烦人的家伙。他们要是今天晚上出来，绝对逃不出我们布下的天罗地网。要是他们不敢出来，那就等明天一早，潮水涨足了后把船开进去，我非得追上他们不可。

想到这儿，他也就不紧不慢地喝起酒来。他一边喝一边抬头望着前面一排参差不齐的礁岛。往事虽然已被他锁在心底，但一杯酒下肚，记忆的闸门又打开了。看到这些礁岛，他就想起了当年小汤姆还小的时候父子俩去钓大海鲢的情景。不过，他们当时去的不是这里的礁岛，航行的水道也要比这里宽多了。

他还依稀记得，他们当时去的礁岛上没有红鹤，其他的鸟类跟这里差不太多，并无特别，只有一样是这里缺少的——金斑鹤。他还记得，头一次打到一只金斑鹤带回家送给小汤姆的时候，小汤姆喜欢得不得了，抱着鸟儿摸了又摸，亲了又亲。当时的情景历历在目。他还记得那天晚上去看小汤姆的时候，小家伙睡得好香，怀里还紧紧搂着那只金斑鹤。他轻手轻脚地从小家伙的怀里抱走鸟儿，生怕惊醒他。他把金斑鹤放到冰箱里，总感觉像是偷了小家伙的宝物似的。第二天，他还照着金斑鹤给小汤姆画了一幅画。在画里，他极力表现金斑鹤敏捷、善奔跑的特点，画的背景是绵延不尽的海滩，还有成排成排的椰子树。小家伙非常喜欢这幅画，那一年返校时，还非得要把这幅画也一块儿带走。

太阳渐渐西沉，暮色四起。他抬头望去，似乎看见天空中可爱的小汤姆正驾驶一架喷气式战斗机。飞机飞得很高，看上去只是一小点。他就一直待在飞机里怎么也不肯下来。托马斯·赫德森不禁心想，看来给自己立下不喝酒的规矩，还是很英明的。

可是看到现在的酒杯里还有大半杯酒，不喝也怪可惜的，酒里还有些冰没有化呢，这是沾了彼得斯的光啊，他心想。这时他又忽然想起，当初一家人住在岛上的时候，当时小汤姆在课堂上刚学到冰河时代，于是，小家伙便很担心冰河时代还会再来。

“爸爸，我别的什么都不怕，就怕这一件事。”小家伙无不担心地说。

“傻孩子，那是影响不到我们这儿的。”托马斯·赫德森说。

“我明白。可我忍不住想，冰河时代来了，明尼苏达、威斯康辛和密歇根州，甚至伊利诺伊和印第安纳的人们怎么办。”

“这冰河时代就是要来的话，那也得过上几千几万年的时间呢！”托马斯·赫德森说。

“我明白。”小汤姆说，“啊，对了，还有一件事，我很怕旅鸽[1]绝种呢。”

啊，我这个儿子也真是！汤姆一边想一边小心翼翼地把酒放进一个手榴弹架上，拿起望远镜仔细观察。他没看到任何帆船驶来的迹象，于是他放下了望眼镜。

父子俩最好的时光就数在岛上和在西部的日子了，他心想。不过欧洲除外，一想到欧洲，他就又想到在欧洲遇见的那个女孩，这让他更不好受了。也不知她现在在哪里。也许她和某个将军在一起了吧，希望她这次找个好的，能幸福。

当年在哈瓦那见到她时，她看上去是那么的美丽。一想起她，我就可以想上整个晚上。不过我不能让自己这样做。放任自己沉浸在对小汤姆的想念中已经够任性了。如果没有喝酒，我不会想这么多，不过有时

[1]旅鸽是栖息于北美东部的一种野鸽子，善于长距离飞行，曾经一度大量繁殖，后因人类不加节制滥加猎捕以供食用，数量日渐稀少，19世纪初终遭灭绝。

候人必须要放纵一次，我很高兴我这么做。让我再想想我的儿子，然后等到今晚威利和阿尔回来了，我就去解决我们的小问题。他们是一个很棒的团队，威利在菲律宾学了一口蹩脚的西班牙语，但他们彼此非常默契。大概因为阿拉是巴斯克人，西班牙语也说得不好。天哪！我可不想在威利和阿拉布好了机关之后再登上那艘废船。

好了，现在就把剩下的这半杯酒喝完算了，再多想想有意思的事吧，回忆过去的幸福时光总是让人伤感。小汤姆已经不在人世了，虽然自己的伤心永远也不能消除，但是，我终究是挺住了。

他心里又想：哪几段时光最幸福？其实在那个美好纯真的年代，只要能找到活儿干，挣够吃饱饭的钱还是不成问题的，那时的我一直都是十分幸福的。骑辆自行车在“树林公园”[1]看街景，对健康又有利，逛够了就回家，沿着香榭丽舍大街一路慢悠悠地踏着，过了圆点广场[2]还可以往前走好远，回头看看背后，发现暮色之中的凯旋门如同一个灰衣巨人高高耸立在两道车流之上。过了圆点广场便是协和广场了，暮色

---

[1]即巴黎西郊的“布洛涅森林公园”，详见前注。

[2]全名是香榭丽舍圆点广场，星形广场（1970年更名为戴高乐广场）和协和广场之间，在香榭丽舍大街上。

苍茫中，七叶树那挺立在枝头的花雪白雪白的，透着玉石一般的光泽。他有时就跳下自行车，干脆推着车，在碎石子铺成的人行道上慢慢悠悠地走，再惬意地欣赏着那些七叶树，享受着在树下徜徉的乐趣。当时他脚上穿的二手跑鞋，还是他在以前常光顾的餐馆认识的一位服务员那里购买的，这位服务员曾是奥运会冠军，为了买这双鞋，他答应为餐厅老板画一幅肖像画。

“你能帮我画马奈风格的吗？赫德森先生。”

这幅画的马奈风格虽不至于让马奈本人见了都想署名，但也远远盖过了它的赫德森风格，并且画中人物也与老板十分相像。赫德森因此得到了这双鞋以及长期在这里享用免费酒水的特权。终于有一天晚上，赫德森主动提出应该给这杯酒付费了，老板欣然接受了，至此这画画的酬劳彻底结清。

当时，丁香园咖啡馆的一名服务员十分喜欢他们夫妇，也特别投缘，调给他们的酒总有普通人的两倍，他们只需给里边兑上些水，一晚上就不用再去买第二杯酒了。他们后来也搬到那一带去居住。每天小汤姆入睡以后，夫妇二人总要一起去这家温馨的咖啡馆，在那儿消磨一晚。那相亲相爱的样子，看了真是让人妒忌。从咖啡馆出来以后，他们就会像往常一样，到圣女日南斐法山[1]一带昏暗的街上走走，而且每天晚上都会换一条不同的道儿，就这样牵着手一路走回家。回到家后，就能听到床上小汤姆那均匀的鼻息声，跟他睡在一起的是一只直打呼噜的大猫。

托马斯·赫德森还清楚地记得，当时别人一听说他们竟让小汤姆和一只猫睡在一起，而做父母的居然双双出门，撇下小家伙一个人在家时，全都十分惊讶，有的甚至吓坏了。可是小汤姆却总是睡得又香又好，没出一点事。就算是醒了，也自有大猫在身边陪他玩，那猫是小汤姆最好的朋友。谁敢靠近小床，那大猫决不依饶，它英勇护主，忠心可嘉。

此一时，彼一时，如今小汤姆却……算了，不能多想了。有些意外是免不了的。事到如今我也明白回天无力的事情太多了。然而这却是唯一存在的真正结局。

你怎么确定呢？他问自己，一走了之也是一种结局，摔门而去也是一种结局。不诚信可看作一种结局，出卖他人更是一种结局。不过这些你也只是嘴上说说而已。死亡才是真正的结局。我真希望阿拉和威利能快些回来。他们一定在船上布置了许多机关，只怕要

[1] 塞纳河左岸巴黎第五区的一座山丘。

把那条破船搞成个夺命船了。我向来是不愿意伤人性命的，一辈子就是这种耿直的脾气。但威利却爱要人性命。这家伙也真是奇怪，但相处下来，发现人还是挺不错的。他做事总要精益求精。

他远远看见小艇向他这边驶来。不一会儿就听到了引擎声，他看着小艇一点一点靠近，一点点清楚，不一会就靠上了大船。

威利神气活现地站在驾驶台上。他一个立正，气派十足地向托马斯·赫德森敬了个礼："报告，请问现在可以向队长汇报吗？"

"你喝醉了吧，威利？"

"没有喝醉，汤姆。只是心里觉得热乎乎的。"

"你喝酒了。"

"是喝了点儿朗姆酒，汤姆。喝完后，我们就在酒瓶里撒了泡尿，又在瓶子上挂了个饵雷。他们一碰就完蛋，哈哈，卖弄一下，这叫连环计。"

"船上机关摆够了吗？"

"汤姆，我完全可以向你担保，哪怕是只蟑螂，只要它踏上了这条船，绝对给炸飞不可，连一只蚂蚁都别想爬上去。不瞒你说，阿拉还一直都特别担心那德国佬死人身上的苍蝇会碰上机关把船给炸了呢。也不怪他担心，这满船机关真是布置精巧，妙不可言啊。"

“阿拉现在干什么去了？”

“他现在兴奋得坐不住了，拿过枪就拆，拆枪、擦枪忙个不停。”

“你们两个怎么了，到底喝了多少朗姆酒？”托马斯·赫德森问道。

“半瓶不到。那都是我让喝的，不干阿拉什么事。”

“好吧。你现在给我下去，也跟他一块儿擦枪去，除了冲锋枪要擦，五零机枪也要仔细检查一遍。”

“这机枪如果想好好检查，就必须实弹试射一下。”

“我知道，但是现在不要试射了。你就按要求彻底检查一遍好了，记得把上过膛的子弹扔掉。”

“这一招真高明。”

“去叫亨利上来，让他再带一小杯酒给我，他要想喝的话也叫他自己带一杯上来。喝什么酒就问安东尼奥好了，他有数。”

“挺好的，你总算又开始喝点酒了，汤姆。”

“省省吧，我不喝酒也用不着你这么高兴吧。”

“老实说，汤姆，我不想看到你像个没充电的机器人一样。你就做个半人马[1]，难道不好吗？”

“半人马，你从哪里听来这个怪词？”

[1] 希腊神话中人首马身的怪物，也被称作人头马。

“我是在书上看到的，汤米。不要瞧不起人哦，别看我年纪不算大，可我肚子里的学问大着呢。”

“真有你的，老小子。好啦，你快下去照我交代的办吧。”托马斯·赫德森对他说。

“遵命，长官。汤姆，等我们完成了这次出海任务，你能不能卖给我一幅你画的海景，就跟挂在那家酒店里一样的那种？”

“别胡扯了。”

“我才不跟你胡扯呢。你怎么这么不理解人呢？真是怪毛病。”

“也许是吧。恐怕这也是我总也改不了的毛病。”

“汤姆，玩笑话我也说得够多了。不过说真的，你这次追击敌人确实干得够漂亮。”

“明天看吧。算了，我不想喝了，你让亨利自己端杯酒上来就好。”

“别，汤姆，还是喝一点点吧。今天晚上我们就是干一小仗，而且我看打不起来。”

“好吧，那就让他送来吧。你就别再赖在这里了，下去干你的活吧。”托马斯·赫德森说。

第二十章

亨利按照托马斯·赫德森的要求，递了两杯酒上来，然后才从螺旋梯上钻进驾驶台。他站在托马斯·赫德森身边，探出身子，望着远处那礁岛的影子。西边，清冷的天上挂着一弯细细的月牙儿。

“为你的健康干杯，汤姆，我可从来没有朝左边回过头去看过月亮。”[1] 亨利说。

“今天的月亮并不是第一天露脸的新月，昨天才算是初次打照面儿。”

“是啊。昨天起了风暴，所以我们大家都没看见。”

“是啊。下面怎么样？一切都好吧？”

“挺好的，大家都在各干各的活儿，情绪还挺高。”

“威利和阿拉现在怎么样了？”

“他们喝了点朗姆酒，有点兴奋，不过现在没喝

[1] 西方人的迷信，认为右边为吉利，左边为不祥。

了。”

“对。他们也不会再喝了。”

“我现在巴不得快点完成任务，威利肯定也这么想。”亨利说。

“我不这么想。我们到这儿来的目的就是这个。你也知道的，我们一定得抓活的。”

“我知道。”亨利说。

“他们因自己杀戮太多，不可饶恕，所以很怕被我们活捉。”

“说得好委婉。你说他们今天晚上会不会对我们搞突然袭击？”亨利说。

“我看可能性不大。不过我们还是得格外警惕，不怕一万，就怕万一。”

“我们一定得提高警惕。依你看，他们到底会打什么样的鬼主意，汤姆？”

“我可算不准，亨利。如果他们真的狗急跳墙，也不排除来打我们船的主意。如果他们中还有报务员，确实完全可以修好我们的电台，然后一直把船开到安圭拉岛[1]去，发个电报跟叫辆出租汽车一样容易，到时就会有潜水艇接他们回去。他们有充分的理由来打

[1]位于加勒比海的东北部，是英国十四个海外领土 之一。

我们船的主意。说不定有什么人在哈瓦那，就泄露了我们的秘密呢，搞不好他们清楚我们的底细。”

“谁会泄露我们的行踪和消息呢？”

“虽然常言说，人死莫揭短，不过我就担心，会不会是他在喝了酒以后把我们的秘密泄露了出去。”托马斯·赫德森说。

“肯定是威利透露了。”

“他知道些什么？”

“不知道。他只是很肯定。”

“这只是一种可能。要是从陆路逃走去哈瓦那的话，可以搭西班牙船，或者搭阿根廷船也行。他们杀了那么多的人，肯定怕被抓住。所以我觉得他们穷凶极恶，什么铤而走险的事都能干得出来。”

“但愿如此。”

“那我们也得一切都准备好才行。”托马斯·赫德森说。

可是一晚上，除了天上星移，东风呼啸，水流划过船身，一点别的动静都没有。一个个大浪把海草从海底连根拔起，一束束、一团团海草闪着磷光，就像微弱的火苗在海面上漂来漂去。

天还没亮，风势减弱了些。天刚一亮，疲惫不堪的托马斯·赫德森就趴在甲板上睡着了，脸靠在帆布角上。安东尼奥看见后拿来一块帆布，轻轻地把他和他的枪盖好，托马斯·赫德森睡得太熟，竟一点也没有觉察。

于是安东尼奥顶了托马斯·赫德森的班，等到潮涨足了后，船开始在水里悠悠晃动时，他才叫醒了托马斯·赫德森。接着他们就起锚开始出发。潮水清澈而明净，行起船来还有些困难，不过比前一天要好很多。他们还砍了一根树枝，插在上一次搁浅的那条水道里作为标桩。托马斯·赫德森回头一望，插好的树枝上绿叶在水流里漂来漂去。

托马斯·赫德森又抬起头，望着前方。他们的船紧紧地跟着小艇，顺着水道往前走。再往前开了一会儿，竟发现一排长着红树的礁岛。正在用望远镜观察的吉尔大声喊道："快看，前面有标桩，汤姆。就在小艇的正前方，贴着红树林子呢。"

"再仔细看看，那里也许是去内陆方向的航道，进出口在何方？"托马斯·赫德森说。

"看样子像是，但我看不到进去的路口啊。"

"我从海图上看，那条口子很窄。恐怕我们的船都得擦着红树林了。"

这时候他突然想起了一件事，便开始责备自己：我怎么会犯这么低级的错误，怎么会这么糊涂？那条破捕龟船上的机关还没拆呢，应该叫威利和阿拉回去把它们给拆了。若是现在不拆掉，以后万一有哪个不走运的渔民一脚踩上去，那可就得出人命了。好吧，回头我就让他们去拆了。

小艇上发来信号，那意思是要他尽量朝着三个小岛的右边靠，于是他们将船紧紧贴着红树林走。不大一会儿，像是怕他还没有领会似的，小艇又掉过头来，开到大船跟前。“航道就紧贴着红树林，记住，标桩在左船在右。我们就一直往前去了。你就只管加足马力往前开。这条水道可深着呢。”威利扯开嗓门喊道。

“我们忘了拆那条捕龟船上的机关了。”

“知道了，那也得我们回头再去拆。”

阿拉将小艇掉了个头，疾驰向前，威利还冲托马斯·赫德森做了个手势，表示他刚担心的事没问题。小艇左一拐右一转的，一会儿就消失在绿叶丛中了。

托马斯·赫德森跟在小艇的后面往前开。他发现这里的水面相当开阔，从海图上可没看出来。他心想：估计是来过一场飓风，冲宽了这条老航道。不一会儿，小艇就进了一条窄水道，可是红树林里竟然一只鸟儿都没有惊飞起来。

托马斯·赫德森一边把舵，一边通过传话筒通知还在前舱的亨利：“一会儿我们肯定会在这条水道里遭到突然袭击。船头船舷的五零机枪要进入战斗状态，做好射击准备。密切监视，注意隐蔽，一旦发现有枪口的火光出现，就盯死了压往猛打，火力要猛。”

“收到，汤姆。”

他又通知了安东尼奥。

“吉尔，放下望远镜，拿上两颗手榴弹，把保险销松一松，放在我右手边的弹架上。你自己去拿上两颗，准备好了以后就不要再去看望远镜了。从地形上看，敌人很可能两面夹击我们。”托马斯·赫德森说。

“该扔的时候你喊一声，汤姆。”

“一看见枪口的火光，就扔过去。要扔得高一些，不然没法落到树丛里。”

潮水涨高了，鸟儿待在红树林里。船驶进了一条狭窄的水道。光着头，赤着脚，下身一条卡其短裤，托马斯·赫德森感觉自己一丝不挂。

“吉尔，你快卧倒，该爬起来扔手榴弹的时候我会喊你的。”他说。

吉尔正趴在地上，两颗“灭火弹”正放在手边，所谓“灭火弹”就是给灭火器装上炸药和助爆药，用常规手榴弹的起爆装置来引爆，只是在导火索的接头处锯掉原有的火药管，再接上火帽，拧紧口子。

托马斯·赫德森瞅了吉尔一眼，见他的额头直冒汗。他转过头来，不想给他施加压力，自己密切注意两边红树林里的动静。

他想，我可以把船倒出去，不过潮水这么急，我也没有信心。

他望着前方绿色的两岸。海水污浊，红树叶却亮得像上过蜡。他一路仔细查看枝叶是否有被人砍过、折断的痕迹，可是什么异样的情况也没发现，一切如常。可以看到红树根下露出的蟹洞，洞里有几只蟹在慢慢地爬着。

船一路往前开，水道越来越窄，再往前一点，水道就开阔起来了。也许是我神经太过敏了吧，他心想。这时，他看见一只螃蟹从高处的树根里急急忙忙地爬了出来，“扑通”一声跳进了水里。他紧张地盯着红树林看，可是看了半天什么也没有发现，除了根根树干、丛丛枝叶，还是一无所获。只见又是一只蟹，依然急急忙忙爬出来，“扑通”跳进水里去了。

就在这时候，有人向他开枪了。他还没来得及注意到火光，甚至连“嗒嗒”的枪声还没有听到就已经中弹，身旁的吉尔跟着一下子跳了起来。安东尼奥这时看到对方枪口的闪光，于是，一连串子弹径直向闪光处射去。

“把灭火弹朝曳光弹打的地方扔。”托马斯·赫德森对吉尔说。他此时觉得身上像是给人重重地用棍子狠击了三下，左腿湿乎乎的。

吉尔使出吃奶的力气扔出灭火弹。只见阳光把那铜壳子和圆锥形的喷嘴照得闪闪发亮，在空中左右旋转着飞了过去。

“卧倒，吉尔！”他当即喊了一声，接着就看见灭火弹爆炸的刺眼亮光，随即烟雾也冒起来了。他闻到了烟味和焦味，然后才听到轰然一响，光着的脚板甚至都能感觉到船在震动。打得真激烈，他心想。这一下该把那帮狗杂种压住了。

先是炸弹刺眼的亮光，接着一声巨响，随之烟雾升腾。他闻到了烟味和树枝、绿叶烧焦的味道。

“吉尔，快起来，再扔两颗手榴弹，往起烟的地方，一边一个。”不等手榴弹在红树林里炸响，托马斯·赫德森又对着传话筒传令：“亨利，给我狠狠地打，打他们一个屁滚尿流，没处躲藏。”

“再扔两颗手榴弹。一颗扔在灭火弹后边，另一颗靠着我们这一边扔。”托马斯·赫德森对吉尔说。

他看着吉尔把手榴弹扔了出去，随即迅速扑倒在甲板上。他也说不清到底是他自己卧倒的，还是甲板上到处是他的血把他自己滑倒的。第二声爆炸响时，他听见有两块弹片打穿了帆布，其他弹片打在船壳上。

“把我扶起来，你这颗可是扔得够近的。”他对吉尔说。

“你哪儿受伤了，汤姆？”

“腿上有两处。”

这时，他看见威利和阿拉驾着小艇从前面的水道驶过来了。

他这才通过传话筒告诉安东尼奥，要他拿个急救包上来给吉尔。

就在这时候，他看见威利“扑通”一下卧倒在小艇的船头，用那把“汤姆森”冲锋枪向右边的红树林里开起火来。嗒！嗒！嗒！枪声一连串，紧跟着就是一阵连射。托马斯·赫德森马上将两台发动机一齐发动，以最快的速度向他们驶去。速度到底是多少，他掌握不了，此时他只觉得浑身难受，骨头发疼，而那种软绵绵的感觉正在向他袭来。

“快把机枪对准右岸，威利又发现敌人了。”他对亨利说。

“明白，汤姆。你不要紧吧？”

“我受伤了，不要紧。你和乔治如何？”

“我们很好，没事。”

“一定小心，随时注意。”

“明白，汤姆。”

为了免得大船误入威利的火力范围，托马斯·赫德森停止前进，缓缓地往回倒退。威利此时已经换上了一夹曳光弹，他可能想以此给大船指示目标。

“找到目标了吗，亨利？”托马斯·赫德森从传声筒里向他问道。

“找到了，汤姆。”

“用短促连射，记住，要先打中心，再打四周。”

接着，他就听见两挺五零机枪又急又快地吼叫了起来，他向阿拉和威利招招手，叫他们快向这边靠拢。阿拉看到了他的手势，便将那台小小的发动机开足马力，火速赶了回来。威利一路上还端着枪不停地射击，直打到靠上大船方才收手。

威利三步并作两两上了船，来到驾驶台上，他让阿拉去把小艇拴好。

他看了看汤姆，又看了看吉尔。吉尔此时正拿着条止血带给汤姆包扎受伤的左腿。“噢，天哪，你这是怎么啦，汤姆？”威利说。

“我也不清楚。”托马斯·赫德森无力地说。他确实也不知道怎么就受伤了。而且他也看不见自己的伤口在哪儿，心里也不慌。不过感觉血流得太多，颜色也深，他觉得浑身难受极了。

“你在那边发现什么了吗，威利？”

“那儿有个家伙竟敢拿冲锋枪发了疯似地向我们开火，老子只一枪就把他撂倒了。”威利说。

“你的枪声好响啊，我根本就没听见他的枪声。”

“你们这儿的响声更大，跟炸了个弹药库似的。依你看，那边还会有漏网之鱼吗？”

“不排除这个可能。”

“让我们再去一趟，去干个底朝天。”威利说。

“我要让那帮王八蛋求生不能，求死不得，我们马上去把这事情了结了吧。”托马斯·赫德森说。

“我还是想留下来照应你。”

亨利仍然在用他的五零机枪搜寻可疑的目标。他打机枪又狠又准，此刻手里有两挺机枪可使，更让他的特长得到了加倍的发挥。

“你知道他们藏在哪儿吗，威利？”

“只有一个地方可以藏身。”

“那我们就直接杀过去，打他们个屁滚尿流，遍地求饶。”

“我们把他们的小船给报销了。”威利说。

“啊！我们怎么没听到动静呢？”托马斯·赫德森说。

“本来就没闹出什么大的声响，阿拉用大砍刀把小船劈开了一个大窟窿，把船帆也砍了个稀巴烂。

就是叫基督老爷子把他当年在木匠铺里的一手绝活使出来[1]，没有一个月也休想修好。”威利说。

“我们出发吧，阿拉和安东尼奥去右舷，你跟亨利和乔治到船头上去。”托马斯·赫德森说。此刻他觉得难受极了。吉尔给他扎上了止血带，腿上的血目前倒是止住了，他明白肯定是体内在出血。“火力要猛，不要停。我还需要你们给我指引船怎么走。他们现在离这里有多远？”

“很近，紧靠岸边，在小土墩背后。”

“如果让吉尔把大家伙拿出来打，能不能打得到？”

“应该可以，我可以打曳光弹给他指示目标。”

“依你看，他们还会在哪儿出现？”

“除了这里，他们没有地方可去了。他们看见我们毁了他们的小船。他们现在在红树林里，就如同当年兵败被困的卡斯特[2]一样，只能作无谓的挣扎。如

[1] 据《圣经·新约》，耶稣的父亲约瑟是木匠，也有说耶稣本人是木匠的。

[2] 乔治·阿姆斯特朗·卡斯特（1839—1876），美国著名将领。在小大角一役中被印第安人团团包围，兵败身亡。

果现在我手头有安海斯—布希公司出品的上等啤酒[1]就可以好好庆贺一番。”

“要冰镇的上等啤酒才够劲呢，我们还是快去吧。”托马斯·赫德森说。

“你的脸色苍白，汤姆，肯定是失血过多。”威利说。

“我们还是快把船开过去吧，放心，我还撑得住。”托马斯·赫德森说。

船很快就迎头赶了上去，威利时不时抬起头，探出右舷，打手势指引船的方向。

在高一些的树梢边上能看到土墩的影子。亨利瞄准土墩的前后不停地射击。乔治也找到了瞄准点，把自己的火力对准土墩出口。

“情况如何，威利？”托马斯·赫德森向传话筒里问道。

“只看见满地的弹壳，估计开个铸铜厂都没问题，你把船头往岸边靠靠，好把船身横转过来，这样可以让阿拉和安东尼奥打个痛快。”威利回答说。

吉尔以为前方出现了目标，猛开一阵火。一会儿

[1] 安海斯—布希公司是美国最大的啤酒厂商之一，出产的百威啤酒名扬世界。

才搞清楚那不过是亨利打断的一棵树。

托马斯·赫德森眼看着船离对岸越来越近，岸上的树叶他都能看得清。一会儿就听见安东尼奥开火了，他的曳光弹一连串打过去，威力无穷。这时候，阿拉也开起火来。于是他慢慢倒退，把船往后略微倒了倒，让船紧贴岸边，保持安全距离以便吉尔投起弹来没有后顾之忧。

“吉尔，扔一个灭火弹过去，就扔在刚才威利开火的地方。”他说。

吉尔的灭火弹一刹那就出了手，托马斯·赫德森在一旁看得暗暗称奇：吉尔的身手实在太棒了，只看见那圆筒形的铜壳子打着转儿，在空中高高飞起，不偏不倚地落在目标上。只见白光一闪，轰隆一声，腾起一柱烟雾。托马斯·赫德森看见一个人从烟雾里走了出来，他两手抱头，向他们走来。

“阿拉，停止射击！”他急忙以最快的速度向两个传话筒里用力喊道。

但还是晚了，阿拉对准那人扣动扳机，只见那人膝盖一弯，脑袋向前一歪，一下子扑倒在红树丛里。

看到那个人倒地后，他只得又重新对他们下令：“继续射击，不要停。”接下来吩咐吉尔时，他已筋疲力尽：“再扔一个，还是扔在老地方附近，再送两颗手榴弹。”

他暗自叹息：哎，明明俘虏已经到手了，可是又失去了。

过了会儿，他对威利说：“威利，你想不想跟阿拉去红树林里看一看？”

“好，不过你们要在后方给足火力，好掩护我们冲上去。我打算从后面包抄过去。”威利说。

“跟亨利说一下你的想法。你看火力什么时候停？”

“等我们过了这个口子。”

“好吧，丛林野人。”托马斯·赫德森说。说完这话，他才意识到，自己恐怕要死了。

第二十一章

托马斯·赫德森听见小土埂的背后响起了手榴弹的爆炸声。但再没有听到第二响，也没有听到有枪响的声音。他感觉有些吃力，便将身子慢慢挪到舵轮上，靠在上面。

“一看见小艇，我就把船开进口子。”他对吉尔说。

他感觉到安东尼奥的胳膊正紧紧地搂着他，听见他说：“汤姆，你好好地躺一会儿吧，我来开船。”

“好吧。”说完，他最后看了一眼水道那头，两岸一片绿意葱茏，水面尽管是褐色的，却很清澈。此刻，潮水涨势正猛。

吉尔和安东尼奥把托马斯·赫德森扶在驾驶台的铺板上，放他平躺下。安东尼奥来掌舵，他倒了倒船，来挡挡潮水。托马斯·赫德森的身体感受到那两台大马力发动机运行发出的美妙节奏。

“吉尔，可以帮我松一松止血带吗？”他对吉尔说。

“你躺着别动，我去给你拿气垫来。”吉尔说。

“我就这样躺在木板上，你放心吧，我不会动的。”托马斯·赫德森说。

“吉尔，在汤姆的头下枕个垫子，他就好受些。”安东尼奥说道。但他没有回头，眼睛一直死死地盯着水道的那头。

盯了一会儿，只听安东尼奥说了声：“他们在向我们招手，要我们过去呢，汤姆。”托马斯·赫德森感觉发动机挂上了档，船往前行进了。

“安东尼奥，记着船一出水道就要下锚啊。”

“明白，汤姆。别说话。”

下锚的时候，亨利来接手安东尼奥掌舵驾驶。船又开到了空阔的水面上，托马斯·赫德森虽然平躺在铺板上，但是仍然能感觉到船身在摆动。

“这儿的水面开阔着呢，汤姆。”亨利说。

“确实。从这儿一直到凯瓦林，都是一路畅通，海图上标注得也很完整。”

“拜托，汤姆，你就别再说话了。好好歇着，别出声。”

“让吉尔给我盖上薄毯子吧。”

“我去拿。痛得厉害吗，汤姆？”

“很痛，不过还挺得住。咱们打了人家，对方也痛。”

托马斯·赫德森说。

“威利来了。”亨利说。

“你这个混蛋汤姆，叫你别说话了。包括向导在内，一共有四个人。他们的主力也是这四个人。还有一个人，也就是阿拉失手打死的那个德国人。就是因为你说怎么也得要个俘虏，所以阿拉为了自己失手打死俘虏的事难过得要命。他现在还在那边哭呢，干脆就让他留在底下吧。这真的不能怪他，当时的情况那么激烈，他也没来得及细想就开枪了，这种事换作别人也是难免失手的。”威利说。

“你们扔那个手榴弹炸着什么了？”

“什么都没炸着。我看着不顺眼，就赏了他一颗手榴弹。你别说话了，汤姆。”

“你们还得回去把那条破船上的机关给拆了。”

“我们马上就走，还有一个地方我们要去查看一下。如果我们有一艘快艇该多好啊。汤姆，你还别说，我们这些灭火弹的威力还真不赖，比八三毫米[1]的迫击炮可差不了多少呢。”

“可要论射程，那就差多了。”

“要那么远的射程干吗？瞧瞧吉尔扔的那一颗，

[1] 原为“an .83 mm mortar”，疑有误。此处应译为“八三毫米迫击炮”。

还不是一样把他们一锅端？”

“你快走吧。”

“实话告诉我，你到底感觉怎样，伤得重不重，汤姆？”

“挺重的。”

“挺得住吗？”

“我尽力吧。”

“你一定要坚持住。千万不要动。”

他们走的工夫并不长，可是托马斯·赫德森却觉得足足走了大半天。安东尼奥给他搭了顶篷。吉尔和乔治把驾驶台上临风一面的帆布解下来了，新鲜的海风吹在他身上。这风不像昨天那么猛了，不过还是东风。云又远又淡，在蓝天上飘浮着。岛的东边信风强劲，所以天总是那么蓝。托马斯·赫德森仰面朝天，躺在顶篷下，强忍疼痛。亨利拿来吗啡想给他打一针，可他拒绝了，因为他觉得自己还要思考，万一要是实在忍不住了，随时都能打。

他躺在那儿，身上盖着薄毯子，尽管三处伤口都被吉尔包扎得好好的，但是仍脸色苍白。吉尔还在他的三处伤口上洒满了磺胺粉[1]，在旁边守护着他。吉

[1]第二次世界大战时曾用于伤后抗菌消炎，但有副作用，后弃用。

尔是个十分单纯的小伙子，体格强壮，看上去倒真是块运动员的料。他既然投得出曲线球，可见要是去打棒球真是个可造之材，不去实在是很可惜。他投球的能力如此了得，没准磨炼磨炼的话，就能成为一个顶级的棒球运动员。托马斯·赫德森看了他两眼，想起他投手榴弹的情景，不禁微微一笑。

“吉尔，你真是块做投手的好材料。”托马斯·赫德森说，他的声音很奇怪。

“我的掷球能力不行。”

“你今天就表现得非常好。”

“也许逼到了那个份上才使了出来。”吉尔笑笑说，“你得喝点水，嘴唇太干了，汤姆。想喝的话你就对我点点头。”

托马斯·赫德森轻轻地摇了摇头，望着前方辽阔的水面，此时海面的波浪不大，这样的风力行船正合适。从辽阔的水面望去，他能看见图里瓜纽的一脉青山。

他心想：我们就去中央岛或者邻近的地方好了，没准那儿有医生。即使没有，他们或许会用飞机再去别的地方请一个技术高明的外科医生来。不过糟糕的医生还不如没有，所以我还是老老实实地躺着不动才是良策，这样就能撑到高明的外科医生来给我看。我是不是应该敷大剂量的磺胺粉呢？不过水是不能喝的。但是又转念一想：你这个人啊，何苦到现在命都保不住了还要去操这份心呢？你这一辈子就这么着了，再也别想有什么更好的结局了。如果阿拉真的及时住了手，没把那个人打死该有多好呢。那样的话，我们就能拿出铁证来，证明我们所干的这一切都是值得夸耀的，我们的人个个都是顶天立地的汉子。倒不是说我们做得多么了不起，但至少是有些作用。妈的，要是对方手上有我们这样的火力，那就不敢想象了。想必他们是把水道里的标桩拿掉了，故意引我们进入这个陷阱。不过就算我们抓到了这个活口，也保不准他是个啥也不知道的呆瓜，虽说他总归还是有些用处。现在没用的是我们了，不，我们当然有用，我们这就要去拆除那破船上的机关了呢。

还是想想战后的生活吧，将来是不是重操旧业继续作画呢？这世上可画的好题材、好风景多得实在数不过来。如果我能排除一切外部干扰，一心一意地作画，取得的成就绝对了不起。要知道画画绝对要忠实于生活，不能过度美化。现在正是我发挥才能之时，要发挥多少都是没有问题的，但不能刻意期望有所回报。

“汤姆，你想喝水吗？”吉尔又问。

托马斯·赫德森摇了摇头。

他心想：只是三颗子弹而已，就妄想叫我再也不能画出好画来，还什么也证明不了？这帮该死的浑蛋。他们为何非得把小岛上的人赶尽杀绝呢，其实他们要是投降的话，那就什么事也不会发生，也不会死伤这么多人。为什么这帮家伙就非得干出这么十恶不赦的事呢？简直是暴力狂热分子。虽然我们也一直在追击，而且这场战斗也打得很坚决，并且以后这样的战斗还将一直进行下去，但是我相信我们跟他们不一样。

这时候他听见了小艇回来的声音。他平躺在甲板上，看不到小艇靠上大船，不一会儿，威利和阿拉上了驾驶台上。阿拉满头是汗，两人身上都有划破的伤痕，估计是在矮树丛中划伤的。

“对不起，汤姆。”阿拉说。

“说什么呢。”托马斯·赫德森说。

“咱们还是尽快离开这里吧，回头我再向你汇报详细情况。阿拉，去起锚吧，顺便叫安东尼奥上来掌舵。”威利说。

“我们朝里走去中心岛，会快些。”

“聪明。汤姆，你别说话，听着就行。”威利停了一下，在托马斯·赫德森的前额上轻轻摸了摸，又伸到毯子里把了把脉，动作轻柔。

“老小子，你可千万不能就这么挂掉啊，坚持住，别乱动。”他说。

“收到。”托马斯·赫德森说。

威利坐在甲板上，向托马斯·赫德森汇报情况。他坐在上风位，身上的汗酸味直扑托马斯·赫德森的鼻孔。那只坏掉的眼珠乱转，脸上整过形的地方煞白煞白的。托马斯·赫德森躺在那儿完全不作声，就听他说着。

“头一个回合，我们就打死了对方三个。一开始就看到他们有两把冲锋枪，而且占位很好。可是吉尔头一颗灭火弹就打中了他们，我们的五零机枪更帅，硬是打得他们屁滚尿流，抱头鼠窜。安东尼奥的枪弹更没放过他们。我发现亨利打起五零机枪来还真是有一手。”

“他一向不含糊。”托马斯·赫德森说。

“对了，你放心吧，我们刚才已经拆除了那条破船上的所有机关。我和阿拉割断了所有的引线，炸药都还放在那儿没动。这些德国佬的位置我会标出来的。”

起锚了，发动机在飞转，船缓缓地起航了。

“我们干得还是不够干脆漂亮，你们觉得呢？”托马斯·赫德森说。

“实事求是地说，对方的计谋更胜我们一筹。但好在我们的火力够强，所以最后才能胜出。关于俘虏的事，你可别再责备阿拉了。他心里已经够难过的了。他说当时还没来得及想，就条件反射扣动扳机了。”

船速渐渐加快，向那前方的青山驶去。

“汤姆，我这么爱你，你可千万不能有事，别这么轻易地去见上帝。”威利说。

托马斯·赫德森两眼定定地瞅着他，头一动也不动。

“你自己好好想想吧，我这话你肯定听得懂。”

托马斯·赫德森还是直直地瞅着威利。他的神思有些恍惚，所有的问题都不存在了。他感觉到船速正在加快，紧贴着甲板的肩胛处感受着发动机的震动。抬眼望去，只见头上是湛蓝的晴空，那可是他一向喜爱的。转一下头，可以看到无际的水面。他心想，恐怕是再也画不了这片大海了。他稍微挪了挪身子，想缓解一下疼痛感。现在发动机的转速得有三千了吧，他想。这些震动通过甲板钻进了他的身体。

“我想我懂，威利。”他说。

“得了吧，你从来不懂爱你的人。”威利说。